Fantasy Frontier Spirit

김운영 판타지 장편 소설

흑사자
Dark Leonal
黑獅子

흑사자 2

김운영 판타지 장편 소설

초판 1쇄 찍은 날 § 2005년 10월 4일
초판 1쇄 펴낸 날 § 2005년 10월 14일

지은이 § 김운영
펴낸이 § 서경석

편집장 § 문혜영
편집책임 § 최하나
편집 § 장상수 · 서지현

펴낸곳 § 도서출판 청어람
등록번호 § 제1081-1-89호
등록일자 § 1999. 5. 31
어람번호 § 제1-0640호

주소 § 경기도 부천시 원미구 심곡1동 350-1 남성B/D 3F (우) 420-011
전화 § 032-656-4452 팩스 § 032-656-4453
http://www.chungeoram.com
E-mail § eoram99@chollian.net

ⓒ 김운영, 2005

ISBN 89-5831-761-2 04810
ISBN 89-5831-759-0 (SET)

전장의 흑사자

2

Fantasy Frontier Spirit

김운영 판타지 장편 소설

흑사자
Dark Leonal
黑獅子

도서출판 청람

CONTENTS

❖ Chap 1 ❖
그를 노리는 자

그를 노리는 자

약 백 명의 인원으로 가득 찼음에도 관람석은 상당히 조용한 편이었다. 자리의 주인인 귀족들이 저마다 교양을 과시하며 소곤거리고 있었기 때문이다.

오늘 경기에 내기를 했던 이들 사이에는 희비가 교차하고 있었다.

내기에 걸린 돈은 3대 1로 스팔시온 측이 훨씬 많았다.

레오 쪽에 돈을 건 사람들은 낮은 확률 대신 높은 배당을 노린 셈이다. 이들 중 대부분은 트루 나이트 발렌과 자이언트 나이트 휴케바인의 명성에 승부를 걸었다.

물론 이들 중 대부분은 스팔시온 후작의 반대파에 속한 귀족들이었다.

지난 전쟁에 직접 뛰어들었던 몇몇 귀족들은 고인이 된 가이안 자작에 대한 예의로 레오 쪽에 돈을 건 이도 있었다. 함께 전선을 지키지 못하고 후퇴했던 자신들을 대신하여 목숨으로 왕국을 사수한 이에 대한 경의의 표시였다.

발렌이 1승을 올리고 다시 휴케바인이 1승을 더한 부분까지는 관람석의 예측에서 벗어나지 않았다. 2대 2의 상황에서 마지막 출전자를 살피던 이들은 처음으로 예상 밖의 인물이 나서는 것을 의아하게 주시했다. 다음 순간 스팔시온 측의 마지막 출전자가 타니아의 소드 마스터인 샤이넨 백작임이 드러났다.

"아무리 인척 관계라고 해도 타국의 마스터를 끌어들이다니… 쯧!"

"저 스팔시온다운 일이군요."

누가 뭐라 해도 이는 명예를 위한 결투였다. 스팔시온 후작 쪽에 돈을 걸었던 귀족 중에도 샤이넨까지 끌어들인 일을 못마땅하게 생각하는 이들이 있었다.

"레오 경이 당했군!"

"교활한 스팔시온 후작 같으니!"

레오 쪽에 돈을 건 귀족들은 내심 내기에 건 돈을 포기하고 저마다 스팔시온의 험담에 열중했다. 이들 대부분은 내기 자체에 대한 욕심보다는 응원의 의미로 참여한 이들이었다. 그러기에 그들의 욕설은 한층 농도가 짙었다.

물론 이 모든 대화들은 한 자리 건너면 전혀 들리지 않을 속삭임으로 진행되고 있었다.

다음 순간 레오 쪽에 돈을 걸었던 이들이 먼저 바로크 백작의 부재를 눈치챘다.

"바로크 백작께서 나오신다면 승부는 다시 반반이 되겠군요."

조심스럽게 희망 섞인 예측이 나타났다.

“사실 바로크 백작이 출전한다면 대결 자체가 무산될 가능성도 있지요.”

“하긴 아무리 후리안 후작이라고 해도 자국의 마스터를 위험한 대결에 임하게 하기는…….”

실제로 후리안 후작도 바로크 백작을 상대로 위험을 감수할 생각은 없을 것이다. 아무리 그라 하더라도 자국의 하나뿐인 마스터를 잃을 수 있는 모험을 할 리가 없었다.

하나 잠시 후 바로크 백작은 타카 2세의 옆 자리에 나타났다. 비슷한 시기에 레오 쪽의 마지막 출전자가 모습을 나타냈다. 타니아의 마스터와 맞서기 위해 나선 기사는 바로 레오 가이안 자신이었다.

레오 쪽을 응원하던 이들은 저마다 안타까움을 숨기지 않았다. 승부는 불을 보듯 뻔했고, 내기 돈은 이미 날아갔지만 대부분 상관도 하지 않았다. 그들은 걱정스러운 마음으로 이 젊고 패기 넘치는 귀족이 크게 다치지 않기만 바라고 있었다.

바로 그때였다.

“이 멍청아! 저자가 바로 흑사자란 말이다!”

비명에 가까운 후리안 후작의 목소리가 관람석 안에 폭탄처럼 울려 퍼졌다.

“흑사자?”

“저자가 흑사자란 말이야?”

“흑사자가 우리 왕국에?”

관람석의 소곤거림은 순식간에 술렁거림으로 화했다. 귀족들은 대륙에 퍼진 소문의 당사자를 확인하기 위해 저마다 앉은자리에서 길게 목을 늘여 경기장 안을 주시했다.

사실 흑사자가 출몰했던 왕국들에서는 그의 인상착의가 전해지며, 일부에서는 필수적으로 교육되기까지 한다.

하지만 슈란 왕국에는 흑사자가 나타난 적이 없었다. 따라서 슈란의 귀족들에게 흑사자는 단지 과장된 전설처럼 알려진 먼 인물일 뿐이었다.

귀족들은 흑사자라는 이름만 알 뿐 모습은 모른다. 다른 왕국처럼 인상착의를 교육받지도 않는다.

"흑사자? 레오 경이 흑사자였다는 건가?"

타카 2세 또한 믿기 어렵다는 표정으로 바로크 백작 쪽으로 고개를 돌렸다. 바로크 백작은 자신이 본 것을 떠올리며 경악한 표정으로 대답했다.

"레오 경의 저 복장은 흑사자에 대해 알려진 말과 일치합니다."

대기실에서는 무심히 넘겼던 검은 갑옷과 사자 모양의 투구였다. 바로크 백작은 소드 마스터였기에 슈란 왕국의 다른 이들보다는 흑사자라는 강자에 대해 관심이 많았다. 물론 후리안 후작의 외침이 없었다면 아무리 복장이 비슷하다고 해도 둘을 연관시키지는 못했을 터였다.

샤이넨 백작은 경기장 중앙에 홀로 서서 상대를 기다리고 있었다. 비록 주군의 명에 따르긴 했으나 내심은 착잡했다. 이 결투의 뒷사정을 알게 된 후에는 더욱 불쾌했으나 일단 나선 이상 질 수는 없다.

'타니아의 마스터로서 져줄 수는 없겠지만…….'

그는 내심 가능하면 큰 상처 없이 승리를 거둘 생각이었다. 이는 물론 후리안과 스팔시온의 요구에 어긋나는 것이었지만, 괘념치 않기로 했다. 일단 그렇게 마음을 먹자 갑갑함이 조금 사라지는 듯했다.

바로 그때 상대방 진영에서 마지막 출전자의 모습이 나타났다.

'설마!'

대기실 밖으로 완전하게 레오의 모습이 나타난 순간 샤이넨의 안색이 순간적으로 변했다. 여유롭게 경기장 안으로 발걸음을 옮기는 레오의 모습을 좇는 그의 눈동자는 불안하게 떨리고 있었다.

평생 수련에 수련을 거듭하여 마스터의 경지에 오른 샤이넨은 정신력도 남들과 비교할 수 없을 정도로 뛰어났다. 그런 그조차도 지금 걸어오는 상대를 보고는 평정을 지키기 힘들었다.

그러나 그는 역시 마스터. 취하고 있는 자세는 한 점의 흐트러짐도 없었다. 빈틈이 없는, 언제라도 싸울 수 있는 준비가 되어 있는 모습이다.

레오는 평상시와 같은 걸음걸이로 경기장의 중앙까지 나온 후 샤이넨을 향해 입을 열었다.

"오랜만이군."

둘의 나이 차이에도 불구하고 첫 인사부터 반말이다. 정작 샤이넨은 그런 레오의 태도나 말투를 당연하게 받아들였다.

흑사자는 싸울 상대에게는 절대로 존대를 하지 않는다. 샤이넨은 이미 알고 있는 사실이었다.

"오 년 만이오."

오히려 샤이넨의 어투가 더 정중하게 나왔다.

"정확한 것을 좋아하는 성격이었던 것이 생각나는군. 그대와 이런 장소에서 마주치게 될 거라고는 생각해 보지 못했는데?"

일국의 최고 기사가 남의 나라의 개인적인 대전사 결투에 참가하는 것은 정말로 황당한 일이라고 할 수 있다. 아무리 샤이넨 백작이 후리안 후작에게 충성을 맹세한 기사라고 해도 이럴 수는 없었다.

이런 일이 가능했다는 것은 타니아 왕국 내에서 후리안 후작의 권력이 왕보다 더 강하다는 뜻이 된다. 마스터는 바로 국력과 직결되는 중요한 국가의 귀중한 자원이기 때문이다.

레오는 이 점을 알고 있었기에 일부러 샤이넨에게 물었다.

샤이넨도 질문의 의도를 바로 파악하고 쓴웃음을 지었다. 그는 사실을 숨길 생각이 전혀 없었기에 질문에 순순히 대답했다.

"스팔시온 후작이 후리안 전하에게 30만 골드의 보상금을 지불했소. 나는 30만 골드에 팔려온 셈이오."

그리고는 잠시 뜸을 들였다가 말을 이었다.

"상대가 그대임을 알았다면 나오지 않았을 것이오. 후작 전하도 그대와 대적할 마음은 절대 없었을 테니까."

물론 후리안은 아주 간단히 공돈 30만 골드를 챙길 생각이었고, 샤이넨도 그런 주군의 의도를 알고 있었다.

'후훗, 흑사자가 상대인 것도 모르고 봐줄 생각을 했다니……'

샤이넨은 방금 전까지 혼자 결심했던 것을 생각하며 속으로 자조했다. 좀 전에 관람석 쪽에서 울린 비명 소리가 아니었더라도 후리안 후작이 지금 얼마나 애가 탈지는 익히 짐작할 수 있었다.

"30만 골드라……."

레오는 샤이넨의 말을 받아 중얼거리듯 말하고는 입을 다물고 잠시 생각했다.

30만 골드가 그렇게 큰돈인가? 자신의 권력의 기반이 되는 마스터 나이트를 외국의 결투에 내보낼 정도로?

물론 대답은 아니었다. 이번과 같은 예상 밖의 상황이 아니더라도 결코 해서는 안 될 일이다.

레오는 후리안이 왕 이상의 권력을 가질 그릇도, 마스터 급의 기사의 주군이 될 자격도 없다는 결론을 내렸다.

그때 관람석에서 후리안 후작이 외치기 시작했다.

"이 시합은 무효다! 샤이넨, 물러서라!"

레오가 고개를 돌려 그쪽을 보니 당장이라도 경기장 안으로 뛰어들 듯한 기세의 후리안이 보였다. 옆에서 스팔시온과 수하로 보이는 남자가 버둥대는 그를 말리고 있었다. 레오는 투구 안에서 이맛살을 살짝 찌푸리며 못 볼 꼴을 본 듯 얼른 시선을 되돌리고 샤이넨에게 다짐하듯 물었다.

"물러날 텐가? 나는 두 번째로 싸우는 상대에게는 절대 검을 멈추지 않는다."

오 년 전 샤이넨과 비무하여 꺾었을 때에는 승부가 나는 순간 검을 멈추었다. 상대의 갑옷을 뚫고 들어간 검은 육체를 뚫고 들어가기 바로 전에 멈췄고, 샤이넨은 패배를 인정했다.

'꽤 훌륭한 비무였지. 좋은 검을 보여줬던 상대였어.'

레오는 과거를 회상하면서 속으로 생각했다. 검뿐만 아니라 패배를 인정하면서도 샤이넨의 태도에는 한 점의 비굴함도 없었다.

그는 지금 자신의 앞에서 당당하게 서 있는 샤이넨이 결코 싫지 않았기에 물러설 기회를 주고 대답을 기다렸다.

샤이넨은 레오의 경고가 호의에서 비롯되었음을 느낄 수 있었다. 그의 얼굴에 아주 잠깐 갈등의 빛이 어렸다. 하나 다음 순간 단호하게 고개를 든 샤이넨은 담담하게 말했다.

“돈에 팔려서 구경거리가 된 몸, 이제 흑사자를 앞에 두고 두려워 물러났다는 망신까지 당하고 싶지는 않구려.”

사실 흑사자를 상대로 물러나는 것은 절대로 망신이 아니다. 지금 물러난다고 해도 비겁하다고 욕할 사람은 없을 것을 샤이넨도 알고 있었다. 그럼에도 그는 그렇게 말하며 레오를 똑바로 쳐다보며 덧붙였다.

“나도 지난 오 년간 쉬지 않고 수련을 했으니 조심해야 할 거요.”

레오가 본 샤이넨의 눈에서 불타오르고 있는 것은 죽음을 각오한 투지, 바로 그것이었다. 삶에 대한 미련은 단 한 점도 느껴지지 않았다.

샤이넨은 주군의 억지스러운 명령을 거절하지 못하고 이 자리에 나왔다. 그리고 지금 흑사자를 만나 운명적인 죽음의 향기를 맡으며 각오를 다지고 있었다.

그는 지금 검에 생명을 건 검사로서 투지를 불태우고 있었다. 그것은 생명을 도외시했으되 결코 무력하게 포기한 것이 아닌 당당함이었다.

드물게 레오의 금빛 눈이 따스한 기운을 담고 상대를 주시했다. 담담하지만 칭찬에 가까운 말이 저절로 튀어나왔다.

“모자란 주군에게 아까운 기사로군!”

샤이넨은 그늘 한 점 없는 미소로 그 말에 화답했다.

레오가 먼저 자신의 바스타드 소드를 들어올려 두 손으로 잡아 가슴 앞에 세웠다. 정식으로 대결을 하는 기사의 예에 따른 극히 정중한 자세였다.

“서로의 명예를 걸고 정당한 승부를.”

기사들 간에 결투를 할 때 그 시작을 알리는 말이다. 이 일련의 과정을 먼저 표하는 것은 상대 기사에 대한 최대한의 존중을 표하는 것이기도 했다.

샤이넨 또한 즉시 같은 자세로 동일한 말을 반복했다.

"서로의 명예를 걸고 정당한 승부를."

대전사 결투의 마지막 주자들은 가히 기사도의 모범이 될 만한 당당한 자세로 마주 서 있었다. 이는 바로 마지막 시합의 시작을 알리는 것과 같았다. 일단 기사의 예를 취한 두 사람 사이에 끼어들 수 있는 것은 아무것도 없었다.

"안 돼!"

후리안은 샤이넨이 기사의 예를 받아들이는 자세를 취하자 마지막 발악처럼 소리치고는 털썩 주저앉아 버렸다.

경기장에서는 마주 선 두 기사가 동시에 순간적으로 전신의 기를 개방하기 시작했다.

샤이넨의 전신에서는 불길과도 같은 열기가 뿜어져 나오기 시작했다. 눈에는 보이지 않았지만 피부를 찌르는 그의 기세는 분명히 공간을 장악해 가며 사방으로 뻗어나가고 있었다.

샤이넨의 검에서 자청색의 빛이 나기 시작하자 숨죽인 탄성이 울려 퍼졌다.

오러!

그는 인간의 몸으로 오러를 발산할 수 있는 마스터의 경지를 만인의 앞에서 아낌없이 보였다.

반면 마주 선 레오의 몸에서 흘러나오는 기는 얼음처럼 차가우면서도 그리 강하지 않았다. 그것은 처음에는 거의 느끼지 못할 정도로 부드럽게 흘러나와 샤이넨의 기운과 마주쳤다.

다음 순간 구름 같은 레오의 기운은 샤이넨의 열기와도 같은 기를 삼켜 버렸다. 서로 전혀 다른 형태의 기가 부딪쳤는데도 반발조차 하지 않았다.

레온의 기운은 샤이넨의 기세를 삼키고도 모자라 사방으로 퍼져 나갔다. 얼음 같은 기운이 결투의 흥분에 대한 열기로 가득 찬 경기장 내를 서늘하게 가라앉혔다. 관중들은 자신도 모르는 사이 한기를 느끼며 몸을 떨기 시작했다.

"차핫!"

이대로는 불리하다고 판단했을까? 샤이넨은 크게 기합을 질러 자신의 몸으로 침투하려는 한기를 몰아내면서 빠르게 앞으로 한 걸음을 내딛으며 검을 앞으로 찔렀다.

중단 찌르기, 가장 기본적인 동작이지만 그만큼 강력한 힘을 넣을 수 있다. 샤이넨은 이 첫 번째 공격에 전력을 다했다. 한 번이라도 밀리면 그 순간 승부는 끝난다는 것을 본능적으로 알 수 있었다.

위잉, 캉.

레오가 옆으로 스르르 미끄러지듯 움직이며 검을 돌려 샤이넨의 검 옆면을 때려 튕겼다.

역시 교본에서 본 그림과도 같은 기본적인 방어 동작. 하지만 마스터의 오러 블레이드를 그런 동작만으로 튕긴다는 것 자체가 신기라고 할 수 있었다.

"오러를 사용하지 않다니? 역시 영주님은 마스터의 경지에 오르지 못한 건가?"

첫 번째 공방을 본 발렌이 심각한 표정으로 중얼거렸다.

오러 블레이드를 사용할 수 없다면 단 한 번의 실수만으로도 승부가 결정지어진다. 지금은 완벽한 타이밍으로 검의 옆면을 칠 수 있어서 위기를 모면한 것이다. 만일 검날에 부딪치면 그 순간 금속을 종이처럼 자르는 오러 블레이드에 의해 무기가 파괴된다.

'저것도 영주님 정도의 힘이니 옆면을 치는 것으로 상대의 오러 블레이드가 튕겨난 것이겠지.'

휴케바인의 괴력을 넘어서는 레오만이 할 수 있는 일이라고 발렌은 생각했다. 저런 경우 보통의 기사라면 오러 블레이드 자체가 가지는 탄성에 의해 오히려 그의 검이 튕긴다.

'예나 지금이나 검의 길은 완벽하다! 하지만 저대로는 도저히 승리를 장담할 수 없어.'

오러를 사용할 수 없다면 정면으로 상대의 검을 받을 수 없다. 모두 피하거나, 지금처럼 힘의 흐름을 잡아 흘려야 한다.

'하나 상대는 마스터. 그런 마스터를 상대로 단 한 번만 실수해도 승부가 결정지어진다면… 이런……'

이것이 바로 발렌이 생각할 수 있는 한계라고 할 수 있다. 이는 정상적으로 검을 수련하는 거의 모든 기사들의 상식이기도 했다.

'흑사자라… 휴우, 흑사자가 마스터라는 소문은 듣지 못했는데……'

레오가 이미 샤이넨을 꺾었던 과거를 알지 못하는 발렌은 자신이 흑사자에 대해 아는 것이 너무나 없음을 한탄했다. 발렌은 초조한 눈빛으로 계속 이어지는 둘의 공방을 주시했다.

부웅, 캉! 슈욱, 캉!

레오는 뒤로는 한 발자국도 물러나지 않았다. 필요에 따라 옆으로 이동하는 경우는 있어도 상대의 검을 피하려고도 하지 않았다. 때로는 오히려 앞으로 나아가 상대의 공격을 사전에 봉쇄했다.

샤이녠은 공격 한 번 한 번을 모두 정확하고 진중하게 행했다. 그는 모두 검술 기초에 나오는 것과도 같은 기본적인 움직임을 보였으며, 그 속도도 그렇게 빠르지 않았다. 검에 실린 살기도 없었다.

어떻게 보면 두 사람이 서로 짜고 모범 시합을 하는 것 같았다. 그것도 재미없고 단순한 기초 검술 시범!

하지만 아무도 그들의 대결에서 눈을 떼지 못했다. 일단 시합이 시작된 이후에는 후리안 후작조차도 얼이 빠진 듯이 경기장 안을 뚫어지게 바라보고 있었다.

위잉, 캉. 슈욱, 캉.

경기장 안에는 검이 바람을 가르는 소리와 서로 부딪치는 소리만이 들렸다. 관중석에서도 숨소리조차 크게 내는 이가 없었다. 이유를 알 수 없는 긴장감이 장내에 흐르고 있었다.

발렌이나 휴케바인 정도의 경지에 달한 기사들은 숨 쉬는 것조차 잊을 지경이었다.

검술의 극치!

그들은 눈앞에서 펼쳐진 최고의 검의 경지를 단 한 동작도 놓칠 수 없다는 듯 눈도 깜박이지 않았다.

심지어는 왕의 옆에 앉아 있는 바로크 백작도 마찬가지였다. 그의 이마에서 굵은 땀방울이 흐르고 있었지만 본인은 그것을 의식하지 못하는 듯 닦을 생각도 없어 보였다.

'내가 나섰다면 졌을 확률이 크다!'

바로크 백작은 샤이녠의 경지가 자신보다 조금 위라고 느꼈다. 물론 실력이 바로 승패를 의미하지는 않지만 마스터 간의 결투에서 운을 바라는 것은 어리석은 일이다.

저 기본 동작은 바로 샤이넨이 검법을 완벽 이상으로 익혀 이제는 오히려 단순하게 되었다는 것을 의미한다.

기초 검술의 동작은 가장 빈틈이 적은 자세라고 할 수 있다. 샤이넨은 여기에 자신의 모든 것을 걸었기에 레오와 맞서 한동안 대등한 결투를 지속할 수 있었다. 실제로 마스터인 바로크 백작을 제외한 대부분은 오러를 빛내며 공세를 유지하는 샤이넨이 유리하다고 생각했다.

어느 순간 레오의 눈이 순간적으로 황금색의 열기를 띠며 반짝였다. 마치 차갑게 가라앉아 영원히 파도치지 않을 것 같은 바다에서 갑자기 바람이 불고 파도가 일렁이기 시작하는 것과도 같았다.

파도는 곧바로 거대한 해일이 되었다.

레오가 처음으로 검을 막거나 흘리지 않고 맞받아 쳤다.

우우우웅, 쾅!

경기장 전체에 무언가 폭발하는 것 같은 굉음이 울렸다.

"크윽!"

순간적으로 강력하게 밀어내는 힘에 충격을 받은 샤이넨은 신음 소리를 내며 두어 걸음 물러났다.

여전히 레오의 검에 오러는 보이지 않았다. 하나 샤이넨은 확실히 마스터의 오러 블레이드가 부딪쳐 생기는 강력한 탄성과도 같은 충격을 받았다.

"무광의 오러!"

샤이넨은 신음하듯 중얼거렸으나 그간의 정상적인 움직임이 무색할 정도로 빠르게 대응했다.

흑사자를 상대로 일단 뒤로 밀리면 그 뒤에는 만회하기 어렵다. 아니, 불가능하다. 샤이넨은 과거의 기억과 그동안의 소문으로 이를 잘 알고 있었다. 물러서는 순간 상대는 눈앞으로 달려들어 일격에 승부를 결정할 것이다.

'하지만 이번에는!'

샤이넨은 자신이 있었다. 물러서는 것과 동시에 눈에 보이지 않을 정도의 속도로 이미 검을 위로 올렸다. 일반적인 시력을 가진 이들에게는 샤이넨의 검이 무서운 기세로 내려쳐지는 모습만 보였다. 바로 그 검의 궤적 끝에 앞으로 쇄도하는 레오의 몸이 놓여 있었다.

부웅, 쩡.

굉음과 함께 떨어지던 샤이넨의 검이 그보다 빠른 속도로 위로 팅겨졌다. 이번만큼은 샤이넨도 레오가 어떻게 검을 휘둘렀는지 볼 수 없었다.

아래에서 위로 휘두른 것인가? 그런 생각을 하며 급히 몸을 뒤로 날리려 했다. 그러나 이미 늦었다.

푸욱.

왼쪽 가슴에 거대한 불덩어리가 파고드는 느낌이 들었다. 그것은 순식간에 가슴을 파고들어 심장을 꿰뚫었다.

"흐윽!"

샤이넨은 고개를 숙여 자신의 가슴 쪽을 내려다보았다. 그의 심장을 차지한 것은 레오의 바스타드 소드였다.

'처음부터 가슴을 노린 거였군.'

샤이넨은 자신이 레오가 검을 팅겨내는 순간을 놓친 것이 아님을 알 수 있었다.

'그럼 내 검을 팅긴 것은 무엇이지?'

샤이넨이 고개를 들자 마치 그의 생각을 듣기라도 한 듯 레오가 말했다.

"오러만 너의 검을 향해 날렸다. 오러를 발산한다는 것은 마나의 낭비이지. 검 밖으로 오러를 내보내는 경우는 이런 경우뿐이다."

샤이넨은 레오를 보며 희미하게 슬쩍 입꼬리를 들어올리며 흐뭇한 표정으로 대답했다.

"그랬었군. 과연 오러를 초월한 자. 그대와 싸운 것을 후회하지 않는다."

오러만 밖으로 발산하는 또 다른 경지를 본 것만으로 샤이넨은 만족하고 있었다. 단지 자신이 그 경지를 위해 수련할 수 없음이 조금 아쉬울 뿐이었다.

레오는 그런 샤이넨을 보며 담담하게 말했다.

"오 년 전과 달랐다. 다른 자들에 비해 앞서 있군. 적어도 내가 싸울 당시의 사람들보다는."

"크흐흐, 그것참 영광이군."

최후의 힘을 담아 샤이넨은 웃음을 터뜨리며 대답했다. 그것으로 더 이상 말은 필요치 않았다.

레오는 샤이넨의 심장에서 검을 뽑으며 뒤로 물러섰다.

팍. 툭.

피가 튀며 샤이넨의 몸은 생기를 잃고 그대로 옆으로 쓰러졌다.

샤이넨이 검에 찔리는 순간 경기장 안은 순간적으로 정지된 것처럼 보였다. 약속이나 한 듯 모든 이들이 경악한 표정으로 얼어붙은 듯 굳어 있었던 것이다.

마치 솟구치는 붉은 피가 주변의 시간을 다시 흐르게 한 듯 사람들의 탄성이 여기저기서 울려 퍼졌다.

"안 돼! 이럴 수는 없어! 어허허헝!"

후리안 후작은 절망에 차 큰 소리로 통곡을 했다. 30만 골드 때문에 자신의 정치적 기반의 가장 큰 힘이 되어준 마스터 나이트를 잃었다.

아버지 대부터의 인연으로 자신의 가문에 충성해 온 그가 있었기에 왕의 권위를 넘어서는 위세를 보일 수 있었는데! 그는 그야말로 자신의 모든 것을 잃어버리는 것과도 같은 슬픔과 상실감을 느꼈다.

일국의 후작인 그가 최소한의 체면도 차리지 못하고 경기장이 떠나가라 울부짖었다.

레오는 시끄러운 소리를 들었지만 후리안 쪽은 일견도 하지 않았다. 샤이넨은 주군에 대해 실망했지만 그래도 끝까지 원망하지 않았다. 그래서 레오도 그냥 무시하기로 했다.

"승부는?"

레오는 고개를 돌려 경기장 한쪽에서 아직도 멍한 얼굴로 서 있는 진행자를 보며 말했다. 거리가 가까웠던 만큼 기세를 더욱 강하게 느낀 모양이다.

진행자는 퍼뜩 놀라 고개를 세차게 흔들어 억지로 정신을 차리고는 떨리는 어조로 말했다.

"레오 자작의 본인의 승리로 인해 3승을 했습니다. 따라서 대전사 결투의 승자는 레오 자작임을 선언합니다."

"그럼 후작이 약속한 보상금과 사과문을 오늘 내로 나의 숙소로 전해주시오."

"알겠습니다. 그대의 정당한 요구에 슈란 왕실의 신용을 걸고 응하겠습니다."

　진행자는 레오의 요구에 즉시 대답했다. 그리고 곧바로 스팔시온 후작 측을 보며 다시 그것을 요구했다.

　스팔시온은 지나친 충격으로 넋이 나간 듯 보였다. 그 또한 몇 차례나 비명을 질렀지만 바로 옆의 후리안이 워낙 큰 소리를 내고 있어 들리지 않았을 뿐이다.

　진행자는 몇 번을 거듭 말한 후 결국 스팔시온이 아닌 돌룬으로부터 대답을 들을 수 있었다.

　정작 답변을 해야 할 스팔시온이 공포에 찬 표정으로 굳어 있었기 때문이다. 그 시선의 끝에는 바로 승자인 레오가 황금빛 눈을 번뜩이며 서 있었다.

　진행자의 답변을 들은 레오는 스팔시온 쪽을 한동안 노려보았다. 이 자리에서 그냥 목을 치고 싶었다. 하지만 지금은 그럴 수 없다. 예전과는 달리 자신의 위에 왕이 있기 때문이다.

　'삼 일쯤 후가 좋겠군.'

　레오는 이 승부에서 이긴 것은 이미 잊었다. 어디까지나 목표는 아버지와 형을 모욕한 후작의 목이다.

　'흠, 아무래도 영지를 맡은 후에 나도 참을성이 참 많이 늘었어.'

　레오는 지금 그를 아는 이들이 안다면 황당해할 것이 분명한 생각을 하고 있었다.

　"영주님."

　발렌이 경기장 안으로 걸어나오며 레오를 불렀다. 휴케바인을 비롯한 다른 기사들도 모두 나왔다. 그들은 지금에서야 겨우 놀람이 가신 듯 뒤늦게 기뻐하고 있었다.

　레오는 평상시와 같이 담담한 어조로 기사들에게 명했다.

“이겼다. 정리하고 숙소로 돌아가 쉬어라.”

“옛.”

휴케바인이 허리를 숙여 인사하며 힘있게 대답했다.

흑사자라니? 자신의 주군이 흑사자라니? 레오에 대해서는 무슨 일이 있어도 놀라지 않겠다고 결심한 그였지만 이번만큼은 놀라지 않을 수 없었다.

“레오 경, 국왕 폐하께서 부르십니다.”

진행자가 조심스럽게 레오에게 말했다. 고개를 돌려 관중석 중앙에 있는 타카 2세를 보니 과연 그가 손을 들어 레오를 가리키고 있었다.

이를 본 발렌과 휴케바인, 그리고 피터슨과 라이안은 일렬로 정렬해서 경기장 중앙에 섰다.

왕의 앞이다. 그리고 자신들의 주군이 왕의 앞으로 나아가고 있다.

“부르셨습니까? 폐하.”

레오는 타카 2세의 앞까지 나아간 후, 정중하게 허리를 굽혀 인사했다.

타카 2세는 그런 레오를 보며 고개를 끄덕였다.

허리를 굽힌다는 것은 상대의 수하임을 인정하는 것이다. 적어도 그가 듣기로 흑사자는 그 누구에게도 허리를 굽히지 않는다고 했다. 그런 그가 지금 타카 2세 앞에서 스스로를 낮추어 예를 취하고 있었다.

타카 2세는 들어올렸던 오른손을 좌우로 한 번 저어 경기장 안의 모든 귀족들을 침묵시켰다. 그리고는 자신과 이 자리에 있는 모든 이들이 궁금해하는 질문을 했다.

“레오 경, 그대가 세상의 모든 강자를 꺾은 흑사자인가?”

“그렇습니다.”

웅성웅성.

본인의 입으로 시인하자 사람들은 참지 못하고 옆 사람과 놀람의 감정을 나누었다.

타카 2세는 다시 손을 들어 옆으로 저었다. 귀족들은 왕의 손짓에 순식간에 입을 다물었다.

주변의 웅성거림이 멎었지만 타카 2세는 바로 입을 열지 않았다. 그는 한동안 침묵을 지키며 눈앞의 검은 기사를 응시했다.

숨 막힐 듯한 침묵이 얼마간 지속된 후 타카 2세의 입이 열렸다.

"그대는 짐과 짐의 왕국인 슈란에 충성을 맹세하겠는가?"

귀족들은 이 대담한 질문에 숨을 삼켰다. 그들의 왕은 저 흑사자를 상대로 정공법을 선택했다.

타카 2세는 흔들림없는 눈빛으로 레오의 대답을 기다렸다. 은은한 위엄이 절로 피어나오는 그야말로 일국의 국왕다운 기세였다. 단지 왕좌에 따르는 권력이나 힘을 믿는 오만함이나 허세와는 다르다.

레오는 고개를 숙이고 눈을 감았다. 이미 결정을 내린 일이었지만 그것이 입으로 나오기까지는 또 다른 결심이 필요했다.

하지만 지금 이 결정을 바꿀 마음은 없다.

그는 눈을 뜨고 고개를 들었다. 그리고는 한쪽 무릎을 꿇어 군신의 예를 표하는 자세를 취한 후 입을 열었다.

"저는 그러기 위해 왔습니다. 폐하와 슈란 왕국에 충성을 맹세하겠습니다."

"오오!"

주변의 귀족들이 탄성을 질렀다.

발렌을 비롯한 레오의 수하들 또한 주군을 따라 무릎을 꿇었다. 휴케바인은 거구를 움직이여 무릎을 꿇으며 속으로 생각했다.

'진심이셨군.'

그가 아는 레오는 결코 건성으로 저런 일을 할 성격이 아니다. 그의 주군은 지금의 국왕을 자신의 윗사람일 뿐만 아니라 충성을 바칠 대상으로 받아들였음을 행동으로 나타내고 있었다.

타카 2세는 기쁨이 역력한 표정으로 곧장 자신의 검을 뽑아 레오의 머리에 대었다.

"그대의 충성을 받아들이겠다. 정식 작위 수여와 기념 연회는 내일 하기로 하지. 오늘은 이만 물러가서 쉬게, 레오 백작."

"명에 따르겠습니다."

레오는 대답을 함과 동시에 몸을 일으켜 당당한 걸음으로 경기장 안으로 돌아왔다. 수하들 또한 그들의 주군을 따라 일어났다.

"가자."

레오는 짧게 명했다.

"넷."

기합을 넣어 한입으로 대답하는 기사들의 얼굴에서는 감출 수 없는 자부심이 빛나고 있었다. 그들은 약속이나 한 듯 주군의 뒤를 따라 한껏 절도를 갖춘 자세로 걸어나갔다.

짝짝짝짝짝.

귀족들은 극히 일부만 제외하고 모두 일어나서 레오 일행이 대기실 안으로 사라질 때까지 박수를 쳤다. 예법이 이들을 묶고 있지 않다면 당장 환호라도 할 기세였다.

그 흑사자가 우리 왕국에 있다!

대륙 최고의 강자가 충성을 맹세했다!

흑사자 한 사람으로 인해 왕국 전체의 무력 평가가 바뀌게 된다. 그들의 머리 속에는 빛나는 미래가 그림처럼 떠오르고 있었다.

*　　　*　　　*

"과연, 어르신께서 정식으로 작위를 받았단 말이지?"

"옛, 그렇습니다. 대전사 결투에서 상대로 나온 마스터를 꺾었다는군요."

"그건 당연하지. 상대가 불쌍한 거야. 흐흐흐."

킬번은 웃었다. 아직도 그날의 공포에서 완전히 벗어나지 않았는지 생각만 해도 얼굴이 굳는 그였다.

"어르신의 정체에 대한 정보는 이미 각 왕국으로 보냈겠지? 빠진 곳이 있어서는 곤란해."

"물론입니다. 적어도 현상금을 건 곳은 모두 공평하게 정보를 받았을 겁니다."

"좋아, 그럼 쉬도록 하게."

킬번은 사람 좋은 미소를 지으며 수하에게 물러가라고 했다. 수하는 속으로 안도의 한숨을 쉬며 얼른 그의 방을 나섰다. 일이 잘될 때에는 미소를 짓지만, 그렇지 않을 경우의 킬번은 별로 경험하고 싶지 않은 윗사람이다.

"다행이야."

턱.

수하가 나가고 혼자가 되자 킬번은 등받이에 기대며 중얼거렸다. 예상대로 막대한 이익이 발생했다.

"이렇게 쉽게 돈을 벌 수 있다니……."

하지만 결코 쉬운 일이 아니다. 자신의 목숨의 무게를 돈으로 환산하는 것과 같았다.

그는 다시 중얼거렸다.

"하지만 그건 바로 쉽게 죽을 수 있다는 뜻도 되지. 어르신을 옆에서 모셔야 하니까 말이야."

부르르르.

다시 몸이 떨려왔다. 솔직히 그날 흑사자가 처음 자신을 찾아왔을 때에는 자살을 생각했을 정도였다.

스팔시온 후작이 왔다 간 날, 레오는 숙소의 뒷문으로 빠져나와 도시의 안쪽으로 걸어 들어갔다. 이미 날은 완전히 어두워져서 사람들의 얼굴을 확인하기도 어려울 정도였다.

대로를 벗어나 뒷골목 쪽으로 들어가니 환락가가 나왔다. 귀족들이 다니는 격조 높은 살롱 같은 곳이 아닌 뒷골목 인생들이 즐겨 찾는 그런 곳이었다.

레오는 잠시 주변을 두리번거리다가 한쪽 벽에 그려진 표식을 보고는 다시 그쪽 골목으로 들어갔다.

등불조차 켜지지 않은 좁고 어두운 골목길이 그의 앞에 나타났다.

개미굴과 같이 좁은 길이 이리저리 뻗어 있는 수도의 빈민가의 거리는 수년 동안 이곳에서 살아도 가끔씩은 길을 잃을 정도로 복잡했다.

그러나 레오는 조금도 거리낌없이 표식이 나 있는 거리를 따라 걸었다. 심지어는 길로도 보이지 않는 집과 집 사이에 나 있는 틈 사이로도 그 표식은 이어져 있었다.

이윽고 표식이 끝나는 어느 초라한 집의 바로 앞까지 도달한 레오는 비로소 발걸음을 멈추고 중얼거렸다.

"저곳이군."

처음 오는 곳이지만 틀림이 없을 것이다.

지난 십 년간 자신의 좋은 친구였던 자들이 있는 곳이다. 정작 그들은 그렇게 생각하지 않았지만 그거야 레오가 상관할 바 아니었다.

끼이익.

녹이 슨 문을 밀자 꽤 요란한 소리가 났다. 사람이 살지 않는 곳이 분명해 보였다.

그러나 레오는 망설임없이 그곳으로 들어갔다. 그의 눈에는 이곳에 하루에도 몇 번씩 사람들이 드나든 흔적이 보였다.

"누구냐? 처음 보는 자인데 어떻게 우리의 표식을 알지?"

벽 속에서 사람의 말소리가 들려왔다. 빈 집에 울려 그 소리가 어디서 들리는지는 알 수 없게 되어 있었다.

레오는 왼쪽 벽을 보며 말했다.

"열어라. 길드장을 만나러 왔다."

"클클클, 길드장이라고? 그 어르신이 아무나 만나주실 정도로 한가한 줄 아나?"

벽속의 남자는 상당히 웃기는 듯 그렇게 말했다.

그는 벽에 뚫린 구멍으로 레오의 모습을 확인하고 자기네 길드원이 아니라는 것을 확인한 후였다.

그렇다면 외부의 인물일 것이다. 표식을 알아보고 찾아온 것을 보면 동업자다.

"일단 자기소개부터 해라. 네놈이 아무리 대단한 놈이라고 해도 이

안에 들어와서 규칙을 지키지 않는다면 살아서 나갈 수 없다.”

원래 다른 지방의 도둑이나 암살자라면 남의 길드에 오면 일단 인사를 하게 되어 있다. 자기소개를 하면 그 명성에 따라 대접하는 것이 보통이다.

하지만 레오처럼 절차를 무시하고 무례하게 말하는 경우엔 그냥 죽여 버려도 할 말이 없는 법이다.

레오는 신분을 밝히라는 요구에 입을 꾹 다물었다.

그리고 다음 순간 오른손을 들어 왼쪽 벽을 향해 뻗었다.

파직.

손이 번개처럼 벽을 뚫고 안으로 파고들었다. 그리고 그 안에 있는 남자의 목을 움켜잡았다.

“커헉, 어, 어떻게?”

겉보기와는 다르게 이중으로 보강된 벽이다. 해머로 내려쳐도 잘 부서지지 않는다.

그 남자는 기겁을 하며 자신의 허리에 있는 단검을 뽑아 레오의 팔목을 찌르려 했다. 그러나 그보다 약간 빠르게 레오는 벽에 박힌 자신의 손을 끌어당겼다.

콰지직.

“꺼어억!”

당연히 손에 목을 잡힌 남자가 벽을 부수며 딸려왔다. 상당한 충격을 받았는지 그는 목이 잡힌 상태에서도 비명을 지르며 눈을 까뒤집었다.

휘익, 쿵.

레오는 그 남자를 아무렇게나 옆으로 집어 던지며 부서진 벽 사이로 들어갔다.

　벽은 비밀 문이었고, 그 안쪽으로 이어진 통로가 있었다.

　저벅, 저벅.

　레오는 커다란 걸음걸이로 당당하게 통로를 따라 들어갔다. 통로는 아주 좁아서 정말로 휴케바인은 걸어 들어가기 힘들 정도였다.

　슈슈슈슉.

　벽에서 갑자기 창이 네 개나 튀어나왔다. 사람 하나가 겨우 지나갈 정도의 벽이기 때문에 거의 치명적인 기습이라고 할 수 있었다.

　그러나 그 순간 레오의 모습이 흐릿해지며 1m쯤 앞에 나타났다. 순간적으로 너무 빠르게 움직여 잔상이 남을 정도였다.

　"보통 놈이 아니군! 하지만 함부로 들어온 이상 살아 나가지 못한다!"

　어디선가 말소리가 들려왔다. 좁은 복도에 마치 저주와 같은 소리가 음산하게 울려 퍼졌다.

　이런 식으로 말을 하는 놈은 그래도 간부급이라는 것을 레오는 오랜 경험으로 알고 있었다.

　그는 갑자기 자신이 왼손에 들고 있던 바스타드 소드의 자루를 오른손으로 잡고 검집째로 천장을 향해 휘둘렀다.

　쾅!

　"아이악!"

　자루로 쳤는데도 천장이 거의 2m 정도나 부서지며 그 위에서 한 남자가 떨어져 내렸다. 방금 전 레오에게 말을 한 남자였다.

　레오는 발을 들어 그 남자의 가슴을 밟았다.

　드드득.

가슴에서 뼈가 어긋나는 소리가 나며 남자가 비명을 지르기 시작했다. 그의 갈비뼈는 거의 부서지기 직전이었다.

"길드장에게 안내할 테냐, 아니면 죽을 테냐?"

"끄으윽, 안내하겠습니다!"

그는 거의 죽을 것 같은 표정을 지으며 급하게 대답했다. 그러자 레오는 발을 들며 대신 자신의 바스타드 소드를 그의 겨드랑이 사이에 끼워 한 손으로 들어올렸다.

남자는 팔이 비틀리는 고통에 다시 비명을 질렀다. 그러면서도 감히 저항할 엄두도 내지 못했다.

한 손만으로 바스타드 소드 끝에 매달린 자신의 몸을 지탱하고 있는 레오의 괴력에 기가 질린 듯했다.

"어느 쪽이지?"

"저, 저쪽입니다."

그는 필사적으로 고통을 참으며 비교적 자유로운 오른손으로 한쪽 통로를 가리켰다.

슬럼가의 지하에 뻗어 있는 도둑 길드의 통로는 일종의 미로와도 같기 때문에 안내인이 없으면 길을 잃기 십상이었다.

레오는 친절한 도둑 길드 간부의 안내를 받으며 길드장실로 향했다.

더 이상의 습격은 없었다. 짧은 시간 레오가 보여준 무위는 도둑들로 하여금 쉽게 손을 쓰지 못하게 했다.

그러나 레오는 느꼈다, 살기가 점점 자신의 주위로 모이고 있다는 것을. 만약 도둑 길드의 장이 공격 명령을 내린다면 지금 모이고 있는 자객들이 수단과 방법을 가리지 않고 자신을 공격해 올 것이다.

하지만 레오는 전혀 망설이지 않고 간부가 안내하는 대로 걸어 들어갔다.

복잡한 통로를 이리저리 들어가자 드디어 정면에 하나의 문이 나타났다. 그리고 그 문 위에는 길드장실이라고 쓰여 있었다.

"저 안입니다! 아마 길드장께서는 안에 계실 것입니다."

"알았다."

턱.

레오는 바스타드 소드를 내려서 그 남자를 땅에 떨군 후, 주저없이 문을 열고 안으로 들어갔다.

"대단한 손님이군! 그래, 나에게 무슨 볼일이 있어서 왔지?"

들어서자마자 들려오는 말소리. 레오는 정면에 있는 책상 맞은편에 앉아 있는 남자를 보았다. 그리고는 방 안을 한 바퀴 둘러보았다.

방은 제법 넓었고, 안에는 책상의 남자 이외에도 여섯 명이 더 있었다.

하나같이 전신에서 진한 살기를 뿜어대는 자들, 길드의 살수들 중에서도 가장 뛰어난 부류에 속하는 자들이 틀림없었다.

그런 만큼 책상에 앉아 있는 남자는 상당히 여유로운 표정을 짓고 있었다.

그러나 레오는 그의 등에서 흐르고 있는 땀까지 느낄 수 있었다.

벽 뒤에서 기척을 죽인 채 크로스 보우를 들고 대기하고 있는 열두 명의 인기척도 눈에 보일 듯이 잡혔다. 눈에 보이는 여섯 명의 살수들이 보란 듯이 살기를 뿜어대고 있는 것은 그들 열두 명의 기척을 숨기기 위해서였다.

힘겹게 이중의 함정을 꾸민 이들에게는 딱한 일이지만 이런 세심한 대비조차 레오에게는 다 부질없는 짓이라 할 수 있었다.

느긋한 표정으로 방 안을 한차례 둘러본 후에야 레오는 입을 열었다. 정면, 책상을 마주하고 앉은 남자를 향해서이다.

"그대가 길드장인가?"

"그렇다. 그런데 나는 그대를 모르겠는데? 왜 나를 애타게 찾는 거지?"

레오는 가볍게 고개를 저었다. 몇 년 전부터는 이 정도에서 보통 자신을 알아본다. 눈치 빠른 곳은 입구에서 자신의 말투를 듣자마자 확인을 한다.

하기는 무리도 아니다. 지난 십 년간 슈란 왕국 내에는 한 번도 들어오지 않았으니까.

레오는 적당히 봐주기로 했다.

휘익, 파파파파팍.

쿠쿠쿵.

레오가 바스타드 소드를 검집째 들어 크게 휘두를 때, 그 속도에 반응하는 자는 아무도 없었다.

반사 신경만큼은 기사들보다도 뛰어나다고 자부하는 일급 살수들이 손도 써보지 못하고 그대로 쓰러졌다. 심지어 그들은 비명도 지르지 못했다.

"쏴라!"

길드장은 급히 외침과 동시에 책상 아래로 몸을 날렸다.

그는 의자에 앉아 있는 것이 아니라 등받이만 있는 가짜 의자에 몸을 걸친 채 아래쪽에 열린 통로에 언제라도 몸을 날릴 준비를 하고 있었던 것이다.

그러나 레오의 움직임은 그의 상상을 초월했다.

스스슥.

그의 몸이 길게 잔상을 남기며 길드장의 바로 앞까지 다가와 머리카락을 움켜잡았다.

그 상태로 발로 책상을 차서 한쪽 벽에 세우고 그 책상에 기대어 맞은편에서 날아오는 크로스 보우의 볼트를 검으로 가볍게 쳐냈다.

슈슈슉, 타타탁, 팍.

"아아악!"

순간적으로 레오의 손에 잡혔던 길드장은 돌연 엄청난 통증을 느끼고 비명을 질렀다. 레오가 옆에서 날아오는 화살 중 한 발을 길드장의 몸으로 막은 것이다.

길드장은 어깨에는 그의 명령에 맞춰 수하가 쐈던 화살이 박혀 있었다. 길드장의 비명이 신호가 된 듯 더 이상의 화살은 날아오지 않았다.

레오는 무표정한 얼굴로 그의 어깨에 박힌 화살을 사정없이 잡아 뽑았다. 길드장은 다시 비명을 질렀다.

"시작하지."

"무, 무슨?"

퍽, 쿵.

"커헉!"

레오의 발에 차인 길드장이 맞은편의 벽에 가서 부딪쳤다. 전신의 뼈가 어긋나는 고통에 그는 비명도 제대로 지르지 못했다.

그리고 레오는 탁자의 다리 하나를 꺾어 그것으로 길드장을 사정없이 패기 시작했다.

벽 속에 숨어 있던 도둑들은 구멍으로 그것을 보면서 벌벌 떨었다. 감히 다시 크로스 보우를 쏠 엄두도 내지 못했다.

"왜 날 때리는 거냐? 이유나 알고 맞자! 아아악!"

빡, 퍼퍽.

입을 굳게 다물고 계속해서 몽둥이질을 하는 레오의 살기에 그는 제대로 말을 할 수도 없었다.

잠시의 시간이 흐르자 길드장의 말투가 달라졌다.

"제가 잘못했습니다. 제발 살려만 주십시오! 시키는 대로 할 테니 한 번만 봐주십시오!"

그는 자신이 무엇을 잘못했는지도 알지 못했다. 그러나 일단 빌었다. 체면도 잊고 무조건 레오의 발목을 잡고 늘어지며 처절하게 빌었다.

그제야 레오는 겨우 손을 멈추고 차분한 목소리로 말했다. 그렇게 격렬하게 움직였는데도 그는 숨도 차지 않는지 여느 때와 같이 아주 느리게 호흡을 하고 있었다.

"길드장에게 안내하라."

"어헉? 어떻게? 으윽."

레오의 말에서 길드장은 상대가 자신이 가짜임을 알고 있다는 것을 깨달았다. 그는 고통도 잊을 정도로 기겁해서 물었다. 그러나 곧 전신의 뼈가 비명을 지르는 듯한 고통에 다시 신음 소리를 내었다.

"그래도 한 나라의 수도에 있는 길드에 너 정도 수준의 길드장이 있다는 것은 말이 안 된다. 어서 안내하지 않으면 이곳을 쓸어버리겠다."

레오는 그렇게 말하며 눈을 약간 가늘게 떴다. 날카로운 황금색의 눈빛이 가짜 길드장의 눈을 통해 뇌리에 압박을 가했다.

"으으으!"

가짜 길드장은 이 일이 자신이 감당하기에는 너무 힘들다는 것을 알았다. 하지만 진짜 길드장이 있는 곳을 밝힐 수도 없다. 그랬다가는 자신은 확실하게 죽는다. 그것도 가장 잔인하게!

그러나 지금 이자의 말을 따르지 않았다가는 그것 또한 죽음으로 이르는 확실한 길일 것 같은 느낌이 들었다.

그는 뭐라고 말을 하지 못하고 몸만 부르르 떨었다. 말해도 죽고, 말을 안 해도 죽으니 오늘이 자신의 제삿날이 아닐까 하고 생각했다.

그러나 역시 사람이 죽으란 법은 없다. 벽 속에서 묘한 소리가 들려왔다.

타타타탁, 탁, 탁.

도둑의 비밀 신호! 그것은 바로 허락의 표시가 아닌가? 가짜 길드장은 황급히 레오를 보고 외쳤다.

"안내하겠습니다! 길드장이 있는 곳으로 지금 안내하겠습니다!"

레오는 막 다시 시작하기 위해 들어올리던 손을 내렸다.

그리고는 입을 다문 채 묵묵히 가짜 길드장이 비틀거리며 일어나는 것을 기다렸다.

"따라오십시오."

가짜 길드장은 자신이 몸을 숨기려고 했던 바닥의 구멍 쪽으로 들어가며 말했다.

도둑 길드는 지하 1층과 2층으로 되어 있는데 2층은 간부급들만 들어갈 수 있었다.

당연히 길도 더 복잡하고 함정도 많다.

레오는 가짜 도둑 길드장을 따라 안으로 들어가며 다시 주변에 수많은 살기가 모이는 것을 느꼈다. 아마도 도둑 길드 내에 비상 소집령이 떨어진 모양이다.

'상관없겠지.'

그는 속으로 그렇게 중얼거리며 계속해서 안으로 들어갔다.

다시 문이 나타났다. 그 문에는 역시 길드장실이라고 쓰여 있었다. 방금 전과 다른 점이라면 문이 꽤 화려하고 전보다 두 배 정도 크다는 것이다.

레오가 다가가자 문이 저절로 열렸다.

안으로 들어가니 몇몇 사람이 서서 기다리고 있었다. 책상도 있었는데 책상에 앉아 있는 사람은 없었다.

"어서 오게. 수하가 사람을 몰라보고 실수를 한 모양이구만. 그래, 무슨 일로 날 찾아왔는가?"

하얀 턱수염을 기른 남자가 입을 열어 말했다. 그러면서 그는 다시 말했다.

"꼭 내가 길드장이라는 것은 아니네. 이 방에 있는 사람 중 한 명이 길드장이지. 자네의 몸놀림이 무척 빠르다고 해서 이렇게 한 것이니 이해하게나."

방 안에는 여덟 명의 사람이 있었다. 상당히 넓은 방이었는데 그들은 하나같이 벽에 붙어 팔방으로 퍼져 있었다.

아마도 이렇게 하면 레오가 손쉽게 전원을 제압하지 못하리라고 생각한 것 같았다.

레오는 천천히 주변을 둘러보았다. 그의 시선이 한곳에 고정되더니 그때까지 표정 없던 얼굴에 의외라는 빛이 떠올랐다.

레오와 시선이 마주친 중년 남자의 얼굴에 아주 잠깐 당혹스러운 빛이 스치고 지나갔다.

'우연이겠지. 아니면 어림짐작으로 속을 떠보는 걸까?

진짜 길드장인 그는 레오의 시선이 계속 자신에게 머무르자 애써 초연한 표정을 지어 보였다. 반응을 보이지 않으면 다른 사람들에게 시선을 돌리리라. 하지만 그의 희망과 달리 레오는 정확하게 그를 쳐다보면서 입을 열었다.

"본 얼굴이군? 킬번이었나? 탐린 왕국의 수도 길드장이 어째서 이런 곳에 있지?"

킬번은 크게 놀라서 상당히 당황한 기색으로 레오를 보았다.

"아니? 어떻게 날 알지? 가만, 그 눈빛은! 허억!"

킬번은 레오를 알아보았다. 맨 얼굴을 보는 것은 처음이지만 레오의 검고 긴 머리카락과 황금색의 눈동자를 보는 순간 그의 정체를 알 수 있었다.

그러고 보니 이자가 이곳까지 온 방법은 그야말로 이 남자 특유의 방법이 아닌가?

그는 속으로 레오의 18대 조상까지 쉬지 않고 욕을 했다. 이자를 피해 가장 안전한 지역이라는 이 슈란 왕국까지 왔건만 다시 만나다니!

그는 자신의 운명을 저주했다. 그러나 이런 속마음은 결코 겉으로 드러낼 수 없는 것이었다.

킬번은 즉시 얼굴에 비굴한 웃음을 지으며 허리를 90도로 굽혀 레오에게 인사를 했다.

"이제 봤더니 어르신이셨군요! 몰라뵈서 죄송합니다. 다들 나가라! 이분은 길드장 이외의 사람들과는 별로 대화를 하지 않으시니 아무도 근처에 접근하지 말아야 한다!"

그의 명령에 다른 사람들은 고개를 갸웃거리면서도 얼른 방을 나섰다.

그들은 이자가 누구이기에 길드장이 이렇게까지 저자세로 나오나 하고 궁금한 표정이었지만 감히 명령을 어기지는 못했다.

쿵.

방문이 닫히고 방 안에는 레오와 킬번만이 남았다. 킬번은 굽힌 허리를 펴지도 못하고 말했다.

"이쪽 왕국에서도 활동하신다는 소문은 듣지 못했기에 제가 실수를 했습니다. 너그러이 보아주십시오."

"허리를 펴라. 물을 것이 있다."

"무엇입니까? 제가 아는 것이라면, 아니, 모르는 것이라도 꼭 방법을 강구해서 알아봐 드리겠습니다."

킬번은 염려 말라는 듯 자신의 가슴을 탕탕 치며 말했다. 이 남자가 정보를 얻으러 왔다면 일단 안심이라고 할 수 있다.

레오는 그런 킬번의 태도가 마음에 드는 듯 바로 용건을 꺼내놓았다.

"스팔시온 후작이 나에게 차용증서를 한 장 내밀었는데 나는 그 증서에 대한 기억이 없다. 그대는 이것에 대해 짐작 가는 것이 있는가?"

킬번은 레오의 말에 벙찐 표정이 되어 입을 벌렸다. 잠시 동안 충격에 말을 못하던 그는 겨우 제정신을 찾은 후에도 약간씩 말을 더듬으며 레오에게 되물었다.

"아, 아니? 그, 그 스팔시온 후작이 어르신에게 차, 차용증을 내밀었다고요? 무슨 생각으로 그런 자살 행위를 한단 말입니까?"

믿기 어려운 일이다. 차라리 이 남자를 암살하려고 암살단을 투입한다거나 하면 이해가 간다. 죽일 수 있다면 그야말로 대박이니까.

아니, 그것도 요즘은 말이 안 되는 일이다. 일개 후작 따위가 어떻게 그런 망상을 품을 수 있단 말인가?

그 정도로 죽었을 거라면 팔 년 전 도둑 길드가 그에게 완전 항복을 하는 일은 없었을 것이다.

도둑 길드라는 것은 완벽한 실력의 조직이다.

어둠 속에 사는 자들인만큼 당해도 어디 가서 하소연을 할 수도 없다. 그런 만큼 그들은 자신들을 위협하는 존재에 대해서는 수단과 방법을 가리지 않고 끝까지 싸운다.

대륙이 여러 개의 왕국으로 나뉘어 혼란의 시기가 계속된 지 벌써 오백 년이 흘렀다. 그동안 도둑 길드만큼은 아직도 초국가적 조직으로서 대륙 전체에 그 뿌리를 내리고 있다. 그만큼 단결력이 강하다는 뜻이 된다.

왕에게 죄를 지은 자는 다른 나라로 도망가면 살 수 있지만 도둑 길드에 죄를 지은 자는 그 어느 곳에서도 마음을 놓을 수 없다. 아예 사람이 살지 않는 깊은 산속으로 들어가기 전에는 도둑 길드의 눈을 피할 수 없기 때문이다.

바로 그런 도둑 길드가 눈앞의 남자와 싸운 지 이 년 만에 모든 것을 포기하고 처절하게 굴복을 했다.

다 죽기는 싫었던 것이다.

이것은 그야말로 치욕이라고 할 수 있었다.

그러나 어차피 처음 이 어둠 속의 전쟁의 발단이 된 도둑 길드장과 그 버릇없는 망나니 아들은 이미 세상에 없다. 누구를 원망하려고 해도 늦은 셈이다.

오히려 도둑 길드가 수백 년 만에 대륙 길드장인 시프 마스터를 탄

생시킨 거라는 말을 하는 이도 있었다. 물론 그렇게 말하는 이는 극히 소수이지만.

대륙 길드장이니만큼 굴복을 해도 수치가 아니라는 소리다.

그러나 이자는 도둑이 아니다. 강도다. 어쩌면 악마일지도 모른다.

뭐, 지금은 나름대로 안정이 되어 다들 이자의 방문을 그저 액땜이라고 생각하고 있다.

반대로 가끔씩은 이익이 되는 경우도 있기 때문에 그다지 불만도 없는 모양이었다. 물론 그 확률은 극히 희박하지만 그만큼 이익도 컸다.

"차용증서에 대한 의견을 물었다."

레오의 담담한 목소리에 킬번은 퍼뜩 놀라서 잽싸게 상념을 지우고는 얼른 자신이 아는 정보를 말했다.

"그러니까 스팔시온 후작은 과거에도 몇 번 상대가 모르는 차용증서를 내밀어 이익을 취한 경우가 있습니다. 그 대부분이 선대 영주가 갑자기 죽어 급하게 영지를 이어받은 후계자들입니다만, 어째서 어르신에게……."

"그런가? 그럼 확실하군. 나도 이번에 영지를 이어받았다."

"예?"

킬번은 레오의 말에 너무나도 놀랐지만 그 상황에서도 머리를 고속으로 회전시켜서 레오의 말속에 있는 정보를 뽑아내었다. 평생을 이쪽 방면에서 살아온 자답게 필요한 것은 거의 무의식적으로 할 수 있었다.

"그럼, 어르신께서는 이 왕국 출신이셨습니까?"

"그렇다."

레오가 순순히 사실을 시인하자 킬번은 복잡한 표정을 지으며 그의 얼굴을 멍하니 바라보았다. 오늘은 너무 놀라서 이제는 아예 몸에 힘이 들어가지 않을 정도였다.

'미치겠군. 가장 안전한 장소라고 생각한 곳이 바로 악마의 소굴이 었다니! 아니지, 그게 아니야. 여기서 잘해야 돼! 삶과 죽음의 실타래가 복잡하게 엉켜 있으니 절대로 냉정해야지.'

킬번은 침을 꿀꺽하고 삼키며 급격하게 뛰는 심장을 안정시켰다.

위기는 곧 기회다.

이자에게 가까이 있으면 있을수록 위험한 것은 사실이지만 그만큼 좋은 점도 많지 않은가?

일단 이자의 출신을 알아낸 것으로도 상당한 이익이 발생한다. 특급 정보에 해당하기 때문이다.

피할 수 없는 불행은 오히려 이쪽에서 뛰어들어 그 안에 갇혀 있는 희망을 찾으려 하는 킬번이었다.

"그러면 이야기가 되는군요. 아마 스팔시온 후작은 어르신이 누군지를 모를 것입니다."

"그렇겠지."

"그자는 자신의 지위와 힘을 이용해 처음 영지를 이어받은 어수룩한 영지 후계자들의 등을 치는 자입니다. 이쪽 세계에서는 제법 유명한 이야기이지요. 대부분 알아도 당하는 형편입니다만, 그래도 제대로 대처하면 약간의 손실로 끝나고, 아니면 영지를 거의 절반쯤 빼앗긴 경우도 있다고 하더군요."

킬번의 열띤 설명에 레오는 전후 사정을 모두 이해할 수 있었다. 결국 그 스팔시온이란 자는 자신을 속이려 한 것이다. 그것도 아버지와 형의 이름을 팔아서!

'날 애송이로 본 거군.'

레오는 웃었다. 이런 기분은 그야말로 오랜만이라고 할 수 있었다.

지난 삼 년간은 너무나도 심심해서 가끔씩은 내가 왜 살고 있나 하는 생각까지 하곤 했다.

그러나 얼마 전 삶의 목표를 얻었고, 이제는 자신을 속이려는 자가 나왔다.

"그런데 그 차용증서는 어떻게 된 거지? 분명히 서류에 쓰여 있는 글씨는 아버님과 형님의 필체였고, 인장도 확인했다."

레오는 문득 생각이 나서 킬번을 보며 물었다.

사실 그것 때문에 자신은 스팔시온 후작에게 함부로 대응하지 않았다. 아버지와 교분이 있는 사람에게 최소한의 예의를 지키고 싶었다.

"아, 그거 말입니까? 이쪽 업계에서 위조 분야의 최고 권위자가 스팔시온 후작의 영지에 있습니다. 아! 물론 길드하고는 전혀 상관이 없는 일입니다. 정보에 의하면 스팔시온 후작이 그 사업을 구상하고는 수십 년에 걸쳐 키운 자라고 하더군요."

"위조라고? 필체와 인장까지 모두 똑같이 위조를 한단 말이지?"

"마법까지 동원해서 아주 세밀하게 살펴도 진위를 구분하기 어려운 수준이랍니다. 하지만 보통은 그 조사마저도 후작이 자신의 힘을 이용해서 막아버리는 것이지요."

세상에는 천재가 있다. 킬번은 자신이 알고 있는 몇 가지 사례를 들어 지금 스팔시온이 데리고 있는 위조 전문가가 대륙에서도 손꼽는 권위자라는 것을 설명했다.

레오는 묵묵히 그 설명을 듣다가 킬번의 말이 끝나자 간단하게 물었다.

"그자가 있는 곳은?"

"아마 스팔시온 후작령에 있는 후작가일 겁니다. 사실 길드에서도 관심있게 지켜보고 있는데 달리 의심 가는 곳은 없다고 하더군요."

아무리 도둑 길드라고 해도 후작의 집까지는 침투할 수 없었던 모양이다. 하지만 사람이 살면 틀림없이 그 흔적은 남는다.

"자신의 집에서 작업을 시킨다는 소리군. 그게 확실하겠지."

"후작령에 관한 정보를 드릴까요?"

킬번은 눈치 빠르게 먼저 챙겼다. 사실 킬번에게는 이때의 레오의 대답이 가장 중요했다.

"음, 그게 좋겠군."

긍정의 대답이 떨어지자 킬번은 환호성이라도 지르고 싶은 심정이었다. 그는 애써 침착하게 그간 모아둔 후작령에 대한 정보를 잘 챙겨서 공손하게 건넸다.

이제 궁금한 것은 모두 알아냈다. 역시 길드는 레오에게 있어서 좋은 친구라고 할 만했다.

레오는 고개를 한 번 끄덕여 보이고는 자리에서 일어났다. 상황을 파악했으니 돌아가서 자신의 방식대로 일을 처리하기만 하면 된다.

"벌써 가십니까? 다른 정보가 궁금하시면 언제라도 들르십시오."

킬번은 그렇게 마음에도 없는 말을 하면서 얼른 책상 밑에 있는 작은 금고를 열어 그 안에서 하나의 주머니를 꺼냈다.

제법 커다란 주머니였는데, 킬번은 그것이 상당히 무거운 듯 두 손으로 받쳐 들었다.

다행히 혹시나 하는 마음으로 미리 준비해 둬서 상대를 기다리게 하지 않아도 되었다.

"이것은 변변찮은 것입니다만, 일을 하시면서 아랫사람들에게 용돈

이나 주실 때 쓰시면 될 겁니다. 대충 10골드에서 20골드씩 따로 묶어
놨습니다.”

“음.”

레오는 사양 한 번 안 하고 한 손으로 그 주머니를 받아 품속에 넣었
다. 주머니의 무게로 보아 약 2천 골드가 들어 있는 것 같았다.

대도시의 길드는 2천 골드, 중형 도시의 길드는 천 골드, 이것이 바
로 오 년 전쯤부터 암묵적으로 굳어진 레오의 방문 사례금이다.

그리고 주머니 안에는 다시 백여 개의 작은 주머니가 들어 있었는데,
이것은 레오가 워낙 손에 잡히는 대로 돈을 던지는 습관이 있다는 것
을 깨달은 도둑 길드가 적당한 수준으로 나누어놓은 것이다.

안 그러면 정말로 큰 주머니를 한 번에 던져 버리는 경우도 있기 때
문이다. 여기까지 신경을 쓰는 이유는 그렇게 던지고 돈이 떨어지면
그걸 다시 채우는 것은 도둑 길드의 몫이기 때문이다.

이가 갈리는 얘기지만 이자는 도둑 길드가 마르지 않는 샘처럼 돈을
끊임없이 쏟아낸다고 믿고 있는 것 같다.

“그럼 가겠다.”

“예, 살펴 가십시오.”

킬번은 공손하게 인사를 하고는 레오가 나가기 편하게 문을 열어주
었다. 그러다가 갑자기 생각이 난 듯 얼른 말을 더했다.

“미노 왕국의 국왕이 어르신에 대한 현상금을 늘렸습니다. 천만 골
드입니다. 혹시 미친놈이 나올지 모르니 유의하십시오.”

천만 골드면 웬만한 왕국에서는 만들어내기도 힘든 금액이다. 그러
나 레오는 자신에게 그런 현상금이 걸렸다는 소리를 듣고도 얼굴색 하
나 변하지 않았다.

"그런가? 알았다."

레오는 태연하게 길드장실을 걸어나갔다. 그리고 그대로 도둑 길드 밖까지 가서 자신의 숙소로 돌아갔다. 그를 막는 사람은 아무도 없었다.

킬번은 레오가 길드장실을 나가자마자 비굴한 웃음을 거두고 다시 날카로운 눈매의 길드장 본연의 모습으로 돌아왔다.

그는 즉시 서류를 뒤적여 스팔시온 영지 내에 있는 주요 도시를 확인하기 시작했다.

상당히 흥분한 듯 숨이 거칠어져 있었다. 재수없게 두 번씩이나 그를 만났다고 생각했는데, 그게 아니었다.

그는 자신의 계속해서 서류를 확인하며 머리 속으로 어떻게 해야 하는지를 과거의 사건에 비추어 차곡차곡 정리를 시작했다.

그리고 이윽고 모든 작전이 세워졌을 때, 그는 비로소 미소를 지으며 중얼거렸다.

"흑사자가 먹이를 잡으면 우리 같은 하이에나가 뒤처리를 해야지. 내 생전에 이런 행운이 돌아올 줄이야!"

그는 길드 내에서 소위 말하는 '흑사자 복권'에 당첨된 오늘을 평생 잊지 못할 것이라고 생각했다.

그로부터 모든 일이 킬번의 예상대로 흘러 그는 막대한 이익을 챙길 수 있었다.

순간의 선택이 평생을 좌우하는 법, 킬번은 운명으로부터 도망가지 않고 자신의 목숨을 담보로 뛰어들기로 했다.

그는 상인이 되었다.

세상에서 가장 강한 자로 알려진 흑사자는 그의 고향인 슈란 왕국의 왕 타카 2세에게 충성을 맹세했다.

슈란 왕국의 수도에 있던 주변 왕국의 사람들은 급히 자국으로 사람을 보내 이 사실을 알렸다.

사실 가장 중요한 부분은 이미 삼 일 전에 수도의 도둑 길드장인 킬번에 의해 전 대륙으로 퍼진 후였다.

킬번은 각국에서 내건 흑사자의 정체와 출신 왕국에 대한 현상금을 싹쓸이 할 수 있었는데, 그 총금액은 무려 20만 골드에 달했다고 한다.

더불어 이날 이후 슈란 왕국 안에서의 장사도 무척 짭짤했다. 슈란의 귀족들이 저마다 흑사자에 대한 정보를 구하기 시작했기 때문이다. 킬번은 타국에서는 이미 가치도 없는 상식적인 정보들로 공돈을 챙길 수 있었다.

베일에 가려져 있던 흑사자의 출신 왕국이 슈란임이 밝혀졌다. 그로부터 삼 일 후 흑사자의 본명과 더불어 대전사 결투의 마지막에 있었던 충성의 맹세는 전 대륙을 들끓게 했다.

지금 열국의 왕들은 진심으로 타카 2세를 부러워하고 있었다.

❖ Chap 2 ❖
작위 수여식

작위 수여식

"후리안 후작은 떠났는가?"

스팔시온 후작은 소파에 앉아 자신의 손에 들린 브랜디를 들어 벌컥벌컥 마시고는 물었다. 이미 상당량의 술을 마신 듯 얼굴이 붉게 변해 있었지만 여전히 그의 눈동자에 실린 분노와 좌절, 그리고 공포의 감정은 퇴색되지 않았다.

"예, 수행원들을 모두 이끌고 떠났습니다."

돌룬이 조심스러운 말투로 대답했다.

"흥, 겁쟁이 같으니! 자신의 수하를 잃고도 찍소리 못하고 그렇게 도망가?"

휘익, 챙.

여섯 번째 잔이 앞쪽의 벽에 부딪쳐 산산조각으로 깨졌다. 돌룬은 거실의 구석 쪽에서 벌벌 떨고 있던 하녀에게 슬쩍 손짓을 했다.

하녀는 겁에 질린 표정으로 새로운 잔을 놓고는 가능한 한 빠르게 뒷걸음질쳐서 자신의 자리로 돌아갔다.

스팔시온 후작은 레오가 왕의 부름을 받기 전에 자신을 쳐다본 그때의 눈빛을 잊을 수 없었다.

자꾸만 몸이 떨려왔다. 그런 눈빛이 있을 수 있다니?

수십 년간 왕국의 수도에서 정권을 휘둘러온 그였다. 나름대로 목숨을 건 위기의 순간도 있었다. 그런 그도 막상 지금은 공포를 잊기 위하여 술에 매달릴 수밖에 없었다.

레오가 흑사자임을 알고 처음 떠오른 것은 결투의 승패였다. 후리안이 겁을 먹고 타니안 백작을 물러나게 하려 했을 때만 해도 스팔시온은 속으로 그를 겁쟁이라 욕하고 있었다.

검의 경지가 낮은 그는 결투가 시작된 초기에 샤이넨이 훨씬 유리하다고 생각했다. 하지만 잠시 후 샤이넨은 단 일 검에 심장이 뚫려 생명을 잃었다.

스팔시온이 승부에 졌음을 깨닫고 가장 먼저 느낀 감정은 분노였다. 대전사 결투에 걸린 엄청난 보상금. 절대 자신이 질 리 없었기에 생각도 하지 않았던 손해였다.

다음 순간 분노는 곧바로 공포로 변했다. 후리안 후작의 통곡에 맞추어 욕설을 하던 그는 형언할 수 없는 느낌에 자신도 모르게 경기장 쪽을 보게 되었다.

흑사자, 레오가 자신을 노려보고 있었다.

황금빛이 번쩍이는 그 눈에 사로잡혀 시선을 돌릴 수도 움직일 수도 없었다. 형언할 수 없는 차가운 한기가 온몸을 친친 감으며 압박하는 느낌.

그 길지 않은 시간 동안 스팔시온은 죽음을 체험했다.

겨우 몸을 움직일 수 있게 되었지만 그 이후 그 눈빛은 계속 그를 따라다녔다.

저택으로 돌아온 스팔시온은 즉시 흑사자에 대한 모든 정보를 모으기 시작했다. 세상에 나도는 소문 따위는 믿을 게 못 된다. 과장된 소문이었음을 알게 되면 이 지긋지긋한 공포의 느낌에서 벗어날 수 있을 것만 같았다.

'인간이 아니다!'

흑사자에 대한 정보를 받아본 스팔시온은 더욱 절망해야만 했다. 그가 애송이라 생각하고 등을 치려던 자는 전 대륙의 국왕들조차 꺼리는 상대였던 것이다.

후리안 후작을 욕했지만 사실 그 심정은 충분히 이해할 수 있었다.

후리안은 욕심에 눈이 어두워 자신에게 충성하던 마스터 나이트를 잃었다. 타니아로 돌아가면 왕으로부터 심한 질책을 받을 것이다. 재상의 자리를 보존하는 것조차 어려울 게 분명했다. 국가의 중요한 힘인 마스터 나이트를 사적인 욕심으로 잃은 책임은 그만큼 무거웠다.

그런데도 그는 흑사자를 향해 욕 한 번 하지 못하고 조용히 짐을 싸서 바로 떠났다.

사실 스팔시온은 그런 후리안이 부러울 지경이었다. 그도 떠날 수만 있다면 떠나고 싶었다. 덮어버릴 수 있다면 없던 것으로 하고 싶었다.

이것이 후리안을 욕하는 그의 솔직한 심정이었다.

그러나 흑사자는 그걸 허용하지 않을 것이다. 그의 과거의 행적들이 그것을 말하고 있다. 그리고 그때의 눈빛이 너무나도 강력하게 증명해주었다.

지금 스팔시온이 할 수 있는 일이라고는 이렇게 저택에 처박혀 술을 마시는 것뿐이었다.

뿌드득.

벌써 몇 번이나 이를 갈며 레오를 저주했는지 모른다. 공포를 극복하는 것은 그보다 더한 분노뿐이었다.

이처럼 이성을 잃은 주군을 처음 본 돌룬은 그 어떤 위로나 충고도 하지 못하고 그저 가만히 서서 대기하고 있었다.

"돌룬 경."

목구멍에서 쥐어짜는 듯한 목소리였다. 가늘고, 음산했다. 한이 서려 있었다.

"네, 말씀하십시오, 후작 전하."

돌룬은 하녀를 향해 슬쩍 손짓하며 고개를 숙였다. 화들짝 놀란 하녀는 급히 거실에서 나갔다.

후작이 하는 말을 잘못 들을 경우 목숨이 몇 개 있어도 부족한 경우가 있다. 돌룬은 그것을 알기에 하녀를 대피시킨 것이다.

"블루오닐과 샤키라의 조직원들을 불러라. 이쪽이 당하기 전에 선수를 친다."

블루오닐, 그리고 샤키라! 스팔시온이 만약을 대비하며 기른 두 개의 암살 조직의 명칭이다.

스팔시온은 벌써 십 년 전부터 재능있는 자들을 골라 비밀리에 훈련시켜 왔다. 그 결과 일급 살수 백 명으로 구성된 두 조직을 사적으로 운영하고 있었던 것이다.

"그들을 말씀이십니까?"

돌룬이 평소답지 않게 머뭇거리는 어조로 되묻자 스팔시온은 짜증이 섞인 어조로 구체적인 명령을 내렸다.

"그들을 지금 사용하지 않는다면 언제 사용하지? 내일 레오, 그놈이 정식으로 작위를 받으면 보름 정도 있다가 영지로 돌아갈 것이다. 그때 돌아가는 길목에 매복하여 습격하도록 하자. 한밤중에 강화궁과 강철 그물, 그리고 기마 돌격을 동반하여 이백 명의 살수가 습격을 가한다면 아무리 그놈이라고 해도 죽을 수밖에 없을 것이다!"

"으음."

돌룬은 그 말에 동의할 수 없었으므로 대답을 못하고 신음성만 흘렸다.

정보에 의하면 흑사자에게는 암습을 해도 전혀 소용이 없었다. 반대로 그 자신이 습격할 경우에는 단 한 번의 실패도 없었다고 한다.

그를 죽이려고 한 자들은 무수히 많았고, 지금도 그걸 원하는 자들이 많다. 하지만 흑사자는 한 번도 당하지 않았다. 단신으로 십 년 동안 세상을 떠돌아도 저렇게 팔팔하게 살아 있다.

"위험하지 않겠습니까?"

돌룬은 최대한 완곡한 표현을 사용하여 다시 한 번 생각해 보라는 충언을 올렸다.

스팔시온은 돌룬의 신중함과 판단력을 높게 판단하여, 평소에는 이렇게 말하면 그의 의견을 듣고 의논하곤 했었다.

하지만 이미 후작은 공포에 잠식되어 그것으로부터 벗어나기 위해 몸부림치고 있었다. 술기운이 더해진 공포는 이성을 손쉽게 눌러 버렸다. 이미 신중하고 여우와 같이 영리한 그는 존재하지 않았다.

"어차피 하지 않고 기다려도 그놈이 나를 칠 것이다. 더욱 괘씸한 것은 나에게 충성을 다짐한 북부의 귀족 놈들 대부분이 흑사자 만세를 외치고 있다는 것이다. 이대로라면 나는 끝이다. 모든 것을 잃게 된다!"

북부의 귀족들은 스팔시온 후작이 자신의 가문의 문장을 위조했다는 사실에 겉으로는 드러내지 못해도 크게 분노하고 있었다. 그런데 마침 흑사자가 나타나자 얼씨구나 하고 바로 스팔시온 후작에게서 등을 돌렸다.

정과 의리가 아닌 이익과 힘으로 이어진 자들의 한계라고 할 수 있었다. 따져 보면 그 최소한의 이어진 관계에서 먼저 배신한 쪽은 오히려 스팔시온이다.

돌룬은 그것을 알고 있었지만 지금 그런 말을 할 수는 없었다. 그는 조심스레 티 나지 않게 한숨을 쉬었다.

사실 스팔시온의 말도 틀리지 않다. 지금 상황으로 뒤를 기약할 수도 없다. 최후의 발악으로 보일 행동이라도 아무것도 하지 않는 것보다는 나을지도 모른다.

"알겠습니다. 즉시 사람을 보내 수도 근경에 집결시키겠습니다."

"그게 최선이야. 암, 최선이고말고!"

스팔시온은 다시 잔에 브랜디를 따라 마시며 그렇게 중얼거렸다. 아무것도 없는 눈앞의 허공을 잠시 노려보던 그는 이를 갈며 으르렁거렸다.

"네놈을 결코 용서하지 않겠다! 설령 네놈이 흑사자라고 해도 나의 검을 피할 수는 없을 것이다!"

분명 위협적인 말이건만 어쩐지 절규에 가깝게 느껴지는 다짐이었다.

　　　　　　*　　　　　　*　　　　　　*

타타타탁.

마키아는 뛰고 있었다, 이곳이 절대 정숙을 요구하는 왕궁의 복도라는 것도 잊은 채.

놀란 하녀들이 급히 옆으로 비켜서서 길을 내주었다. 마스터 마키아가 가는 쪽은 바로 왕의 홀. 빨리 비키지 않았다가는 그대로 베이게 된다.

"열어라!"

"넷."

왕의 홀 앞의 위병들은 마키아가 복도 저쪽에서 달려오면서 하는 소리에 두말없이 얼른 문을 열었다. 마키아는 그대로 뛰어서 안으로 들어갔다.

"마키아, 도착했습니다."

"늦었군. 그대가 마지막이다. 자리에 앉도록."

중앙 대전의 태사의 위에는 왕인 그레일 3세가 있었다.

그 양쪽으로는 여덟 개의 의자가 놓여 있었는데, 그중 일곱 개의 의자에는 이미 주인이 있었다.

일렬로 놓인 의자 뒤쪽으로는 양쪽으로 각기 열다섯 명씩 서른 명이 일렬로 시립하고 있다. 앉을 자리도 배당받지 못한 이들이지만, 이 미노 왕국에서는 권력의 핵심에 있는 자들이라고 할 수 있다.

마키아는 자신에게 주어진 의자에 가서 앉았다. 황궁 밖에서 전력으로 달려왔지만 이렇게 앉아서 호흡을 가다듬으니 즉시 안정되었다. 마스터인 그는 스스로의 몸을 거의 완벽하게 제어할 수 있다.

"다 모였으니 시작하도록 하지."

그레일 3세는 자신의 오른손에 든 왕의 권위를 나타내는 홀을 들어 올리며 선언하듯 말했다. 이미 절대 권력을 손에 넣은 그의 말은 이 대륙 북서부 최강의 왕국 내에서는 가장 무거운 법이라고 할 수 있다.

기다렸다는 듯 의자 주인 중 유일한 여성인 디오네가 일어섰다. 삼십 세의 나이로 재상을 상회하는 권력을 손에 넣은 그녀는 왕의 애인임과 동시에 최고의 심복으로 정보와 계략을 담당했다.

자리에서 일어난 그녀는 몸을 약간 돌려 왕과 신하들을 동시에 보며 설명을 시작했다.

"흑사자의 정체가 드러났습니다. 그자는 남서부의 강국 중 하나인 슈란 왕국의 태생으로 본명은 레오 가이안, 집안은 가이안 자작가입니다. 이번에 고향인 슈란으로 돌아가 영지를 이어받고 정식으로 슈란 왕국에 충성을 맹세했다고 합니다."

디오네의 설명이 끝나자마자 마스터 나이트인 마키아의 붉은 머리가 거꾸로 치솟아올랐다. 타오르는 불길과도 같이 변한 그의 머리는 미노 왕국에서도 건드릴 수 없는 분노의 업화로 이름이 높다.

벌떡.

"으으으, 그자가 드디어 둥지를 틀었다고? 당장 군대를 보내어 슈란을 쳐야 합니다, 폐하! 제게 십만의 병사만 주신다면 즉시 그곳으로 진군하여 흑사자 놈을 갈기갈기 찢어버리겠습니다!"

흑사자의 이름을 듣는 순간 마키아는 극도로 흥분했다. 그는 자신보다 강한 자를 용납하지 못하는 성격이다. 그런 그가 육 년 전 흑사자에게 일방적으로 패했다.

그날 이후 그는 목숨을 건 가혹한 수련을 계속해 왔다. 그러나 수련을 하면 할수록 흑사자의 그림자는 넓게만 느껴지는 것이었다. 평생 벗어날 수 없을 정도로!

극복할 수 없다면 없애야 한다!

그것이 마키아의 생각이었다. 아니, 성격이었다. 세상에서 가장 강한 자는 자신이 되어야 했다.

흑사자가 무서운 것은 그의 정체와 거처를 모르기 때문이다.

신출귀몰. 그가 자취를 감추면 절대로 찾을 수 없다. 도둑 길드조차도 의뢰를 받아주지 않는다. 위치를 모르니 군대를 파견할 수도 없고, 오히려 반대로 흑사자의 습격을 두려워해야 했다.

실제로 미노 왕국은 그 흑사자의 습격을 받은 일이 있다. 치욕의 그날, 흑사자는 이 왕궁에 침입해 수많은 기사와 병사들을 단신으로 도륙내고 마침내 선왕을 시해하지 않았던가?

이제 그의 거처가 드러난 이상, 군대를 파견하면 모든 원한을 풀 수가 있다.

아무리 강한 자라고 해도 인간일 뿐이다. 혼자서 수만 명의 병사를 대적할 수는 없다.

영지가 있으니 피하지도 못할 것이다. 영주가 영지를 버리고 도망가는 것은 정말로 수치스러운 일인데 흑사자가 그런 수모를 감당할 리가 없기 때문이다.

흑사자의 영지, 흑사자의 고향!

그것은 십 년 만에 밝혀진 유일한 약점이라고 할 수 있다.

흥분한 마키아는 당장이라도 검을 들고 뛰어나갈 기세였지만 정작 그레일 3세는 냉정한 모습이었다.

"앉아라, 마키아."

왕의 목소리는 서늘했고, 부드러웠다.

그러나 마키아는 그 목소리를 듣자마자 입을 다물고 조용히 자리에 앉았다.

"흑사자는 나에게 있어 부친을 죽인 원수이다. 그대가 재촉하지 않아도 원한을 갚는다."

주군의 생각이 자신과 같음을 확신하는 순간 애써 흥분을 억제하던 마키아는 재빨리 앞서의 요청을 되풀이했다.

"저에게 군을……."

탁.

하지만 이번에는 말을 끝까지 하지도 못하고 다시 입을 다물어야 했다. 바로 그레일 3세가 왼손으로 팔걸이를 두드려 소리를 냈기 때문이다.

마키아는 등골이 서늘해지는 느낌에 얼른 입을 다물고 고개를 숙였다. 여기서 한마디만 더 하면 위험하다. 기가 죽은 듯 마키아의 머리카락도 순식간에 제자리를 찾아 내려앉았다.

그의 주군인 저 위대한 패왕은 마스터인 자신이라고 해도 거역할 수 없는 존재다. 선왕도 그랬지만 지금의 왕은 마키아가 진심으로 충성을 맹세하게끔 만든 그릇이 아닌가?

마키아가 완벽하게 순종적인 자세를 취하는 것을 보고 그레일 3세는 차분한 어조로 설명했다.

"이곳에서 슈란 왕국까지는 대륙의 끝과 끝이라고 해도 과언이 아니다. 그런데 십만의 대군을 그렇게 쉽게 움직일 수 있겠나? 아쉽지만 그 시꺼먼 사자는 끝까지 우리를 괴롭히고 있는 셈이다."

마키아는 자신의 주장이 터무니없었음을 깨닫고 얼굴을 붉혔다. 그레일 3세는 부끄러운 빛을 보이는 그를 향해 슬쩍 미소를 지어 주었다. 사실 마키아는 머리가 나쁜 것이 아니다. 상대에 대한 적의와 복수심으로 지나치게 흥분한 탓임을 왕도 알고 있었다.

그레일 3세는 고개를 돌려 디오네를 보며 말했다.

"계책을 내라, 디오네."

그러자 디오네는 분위기와 걸맞지 않게 가벼운 미소를 지었다. 짐짓 겸손한 자세를 취했지만 그녀의 미소는 숨길 수 없는 자신감을 드러내고 있었다.

사실 그녀는 이미 성공을 자신할 만한 계책을 세워놓았다. 이제 그것을 말하고 사람들을 움직이면 된다.

"먼 곳에 있는 왕국을 치는 방법은 역시 이간계가 제일입니다. 그렇지 않아도 지난 몇 년간 폐하의 명으로 슈란 왕국이 대륙 남동부의 패자가 되는 것을 막기 위해 여러 가지 공작을 했으니, 이제 다시 한 번 그것을 이용하는 것이 좋겠습니다."

"과연, 흑사자가 나타나서 가장 긴장하고 있는 곳은 인근의 왕국이겠지. 특히 애슐론과 발도어는 그야말로 애가 타겠군."

왕의 왼쪽에 앉아 있던 노인이 고개를 끄덕이며 동의했다.

왕국의 재상인 라이넥스 공작, 왕의 삼촌인 그는 선왕 때부터의 재상이었고, 미노 왕국을 움직이는 세 명의 최고 권력자 중 한 명이었다.

디오네는 자신의 의견에 힘을 실어준 라이넥스 공작에게 미소를 지어 고마움을 표시하고는 말을 이었다. 여성다운 목소리에는 어딘지 사람을 매혹시켜 설득하는 힘이 들어 있었다.

"네, 그러니까 우리는 몇 년 전처럼 그들 왕국을 자극하여 다시 전쟁을 일으키게 하면 됩니다. 그리고 그 중간에 흑사자가 제거되도록 손을 써야 하겠지요."

디오네는 거기까지만 말하고 조용히 자리에 앉았다. 일단 제안을 했으니 중신들의 의견을 들을 차례다.

"좋은 의견이군. 폐하, 이 늙은이는 폐하의 뜻에 따르겠습니다."

라이넥스 공작이 의자에서 일어나 허리를 굽히며 말했다.

그는 선왕의 야망에 동참하여 지난 이십 년간 쉬지 않고 노력해 온 당사자이다. 그는 선왕의 오른팔이 되어 암중으로 몇 개의 왕국을 사실상 정복했다. 뿐만 아니라 멀리 있는 왕국들 중 위협이 될 만한 곳을 빠짐없이 관찰하여 수단과 방법을 가리지 않고 그들의 성장을 방해했다.

디오네가 현왕의 모사라면 지금 국정을 지휘하는 재상은 선왕의 모사로 수많은 계획을 성사시킨 실적의 주인공이다. 그런 라이넥스 공작이 디오네의 계획에 절대적인 지지를 표명했다면 더 생각할 필요도 없었다.

재상의 굽힌 허리가 펴지기도 전에 다른 의자에 앉아 있던 자들과 시립해 있던 자들도 허리를 굽히며 일제히 외쳤다.

"폐하의 의지대로 모든 것이 이루어질 것입니다! 저희들이 폐하의 도구가 되어 행하겠습니다!"

대전 안이 그들의 외침 소리로 쩌렁쩌렁 울렸다.

선왕인 마이오스 4세는 위대한 왕이었다. 이들은 그의 손으로 미노 왕국은 대륙에 군림하는 제국으로 성장하리라 의심치 않았다.

그런데 흑사자 한 명으로 인해 모든 일이 망가져 버렸다. 제국의 야망은 십 년이나 뒤처져 버렸다.

다행히 현재의 왕인 그레일 3세는 선왕을 능가하면 능가했지 절대로 떨어지지 않는다. 패기와 야망, 그리고 능력을 겸비한 그릇, 2대에 걸쳐 이런 왕이 나왔다는 것은 하늘이 미노 왕국을 돕는 것이라고밖에 생각할 수 없었다.

지금의 그레일 3세는 즉위하면서 제국 건설에 실패한 선왕의 이름을 잊지 않겠다고 공언했다. 단 일대이지만 제국을 선포했던 그때의 미노의 자존심을 다시 세우겠다고 말했다.

"나는 미노 왕국이 제국으로 군림했던 시기의 그레일 대제의 후계가 되겠다."

그는 스스로 그레일 3세로 칭하였으며 즉위 이후 그의 행보는 일사천리로 이어져 왔다.

지금 그에게 허리를 굽힌 그의 신하들은 자신들의 왕이 진정한 제국을 이룰 것을 굳게 믿고 있었다.

그레일 3세는 그런 신하들을 보며 약간은 기분이 풀리는 듯 미간의 주름을 풀며 왕의 홀을 가볍게 휘둘러 그들이 제각기 임무를 할당해 수행하도록 지시했다.

밤이 되자 그레일 3세는 내전 깊은 곳으로 향했다.

수백 명의 아름다운 여인들이 오직 그의 손길만을 기다리며 지내고 있는 후궁의 침소는 화려하기 이를 데 없었다.

왕의 침실은 모두 아홉 개였다. 원래는 네 개였으나 선왕이 흑사자의 습격으로 서거한 후, 암살에 대한 경계심이 극에 달한 그레일 3세는 그 수를 늘렸다.

패왕으로 일컬어지는 그레일 3세는 보기 드문 정력의 소유자이기도 했다. 그는 거의 매일 대기하고 있는 후궁들 중 몇 명을 불러 즐기고는 했다.

그런 후궁들조차 왕이 어느 침실에서 밤을 보낼지 미리 알 수 없었다. 세심한 성격의 왕은 직접 후궁의 처소를 찾아 상대를 선택한 후 그날의 침실을 정했다.

오늘처럼 중요한 일이 있는 날 그의 밤 시중을 드는 여자는 정해져 있었다.

“어서 오십시오.”

후궁의 처소 중에서도 가장 넓고 화려한 방의 주인이 그를 반겨 맞았다.

“오늘은 실버룸으로 가지.”

“네.”

디오네는 약간 고개를 숙이며 대답하고는 마법의 빛을 발하는 등불을 들고 앞장서서 걷기 시작했다.

낮의 회의 때와 달리 앞서 걷는 그녀의 온몸에서는 요요로운 기운이 풍기고 있었다. 희고 풍만한 가슴에 아슬아슬하게 걸린 녹색 드레스는 한 손에 잡힐 듯 가는 허리를 지나 엉덩이까지 이르는 부드러운 선을 우아하게 드러내 주었다.

공식 석상에서는 단단하게 틀어 올렸던 머리카락은 굽실거리면서 길게 늘어져 걸음을 내디딜 때마다 금색 물결처럼 흔들리며 윤기를 발했다.

어디를 보아도 삼십 세라는 실제 나이로는 절대로 보이지 않았다.

이십대 초반의 아름다움을 그대로 간직한 미모와 누구보다 뛰어난 머리 덕에 디오네는 왕의 총애를 잃지 않고 있었다.

복잡한 복도를 따라 이리저리 걸어 들어가자 끝이 막힌 곳이 나타났다. 그 옆쪽에는 섬세한 세공의 은으로 장식된 문이 달려 있었다.

"드시지요."

디오네는 문을 연 채 안으로 들어가지는 않고 한쪽에 서서 그레일 3세를 기다렸다.

그리고 왕이 방으로 들어가자 조용히 뒤를 따른 후 안쪽에서 문을 닫았다.

그들 두 사람 이외에는 아무도 오늘 그들이 이 방에서 묵는다는 것을 모르게 되어 있다.

급히 전할 말이 있으면 마법의 종을 울리면 된다. 이 종소리는 아홉 개의 침실에서 모두 들리며, 이를 들은 왕이 연락을 한다. 물론 이 경우에도 연락받은 자는 왕의 위치를 알 수 없게 되어 있었다.

그레일 3세는 디오네의 도움을 받아 윗옷을 벗었다. 디오네는 그 옷을 침대 옆에 있는 옷걸이에 건 후 욕실로 동행하여 왕의 목욕 시중까지 도맡아했다.

안전을 위해 왕의 몸시중은 그날 그를 모시는 후궁이 모두 맡아서 하게 되어 있다.

준비가 끝나자 그레일 3세는 속옷 차림으로 침대에 털썩 누우며 중얼거렸다.

"후, 흑사자라⋯ 그놈은 정말 잊을 만하면 나타나서 내 신경을 긁는 군."

어느새 얇게 비치는 선정적인 잠옷을 걸친 디오네가 왕의 옆에 누우면서 달콤한 목소리로 속삭이듯 말했다.

"폐하께서 심각하게 생각할 정도의 인물은 아니라고 생각합니다. 저희들에게 맡겨주십시오."

순간 그레일 3세는 디오네 쪽으로 뻗던 손을 거둬들이며 냉랭하게 말했다.

"흥, 그 정도의 인물이 아니라고? 그가 선왕의 제의를 거절했을 때, 선왕께서는 짐에게 뭐라고 말했는지 아나?"

디오네는 속으로 자신이 경솔했음을 인정했다. 이 일에 관한 한 서투른 위로 따위는 왕의 오랜 분노를 자극할 뿐이다. 그녀는 희고 매끄러운 손을 뻗어 연인의 가슴을 부드럽게 쓰다듬으며 조용히 다음 말을 기다렸다.

디오네에게는 다행히도 그레일 3세는 디오네의 애무를 거부하지는 않았다. 대신 그는 자신의 질문에 스스로 답했다.

"십만의 정병을 희생시키는 한이 있더라도 그자를 처치해야 한다고 하셨지. 그리고 선왕께서는 그것을 실천하셨어. 그런데도 실패로 끝난 거지. 십만의 정병들의 포위망을 귀신같이 뚫고 사라진 거지. 마법사들과 레인저들조차 그를 추적하지 못했다구!"

그는 말하면서 그 일이 생생하게 떠오른 듯 분을 참지 못하고 손으로 침대를 탁탁 두드렸다.

그레일 3세는 남이 보는 앞에서는 거의 감정을 드러내지 않는다. 낮에 마키아에 한 것처럼 극도로 자제하며 국왕으로서의 권위를 보이는 것이다.

그런 그도 이렇게 침대에 누워 있을 때에는 상대에 따라 가끔 어린애처럼 감정을 드러낸다. 디오네는 그런 왕의 투정을 구경할 수 있는 몇 안 되는 후궁 중의 한 명이다.

"그리고 결국 그자는 황궁에 나타났지. 수백 명의 위병들과 다시 수십 명의 로얄나이트들이 모두 죽었어! 선왕의 비장의 카드 중 하나였던 마일로 백작마저! 마스터인 마일로도 그의 검을 막지 못했다고!"

마일로 백작은 미노 왕국이 외부에 알리지 않고 비밀리에 키운 열세 번째 마스터였다.

그는 암살과 호위를 위해 길러진 자들 중 하나였다. 특이하게도 정통 검술에서 특출한 재능을 발휘하여 마침내 마스터의 경지에 이르렀다.

마이오스 4세는 이 알려지지 않은 마스터를 신변 보호의 최후 카드로 삼고 매우 든든하게 생각했었다. 마일로는 정식 기사 출신이 아닌 암살과 호위의 달인이면서 그 실력은 마스터에 이르렀던 인물이다. 실상 대륙 전체에서 가장 호위에 뛰어나다고 판단해도 무리가 아니었다.

뿌드득.

그레일 3세는 분을 참지 못하고 이를 갈았다. 바로 그 마일로마저도 흑사자의 검에 앞에서는 무력하게 생을 접어야만 했다. 그것은 바로 선왕의 죽음과 이어졌다.

"그 때문에 선왕은 미처 피신할 틈도 없이 그에게 당했지. 우리 미노 왕국이 수십 년에 걸쳐 준비한 것이 그의 앞에서는 아무런 소용도 없었던 거야."

그레일 3세는 이제 공포의 감정마저 숨기지 않고 드러냈다. 선왕은 지나칠 정도로 신변 보호에 신중을 기했었다. 하지만 흑사자라는 존재 앞에서 그 모든 세심한 준비는 순식간에 빛을 잃었다.

선왕이 죽임을 당한 날, 자신의 형제들도 대부분 죽었다. 사실 왕위 계승의 경쟁자인 배다른 형제들을 죽여준 것에 대해서는 별로 원한은 없다. 하지만 자신도 그의 눈에 뜨였다면 결코 살아 있을 수 없었을 것이다.

흑사자의 눈에 뜨이는 자는 모두 죽었고, 숨은 자들은 들키면 그냥 죽는다는 것을 알기에 숨도 제대로 쉬지 못할 정도였다.

그날 미노 왕국의 왕궁을 장악한 자는 틀림없이 흑사자였다. 왕궁의 모든 인물들은 구석구석에 숨어 죽음의 신이 자신을 피해 가기를 간절히 기원했다.

그레일 3세도 마찬가지였다. 흑사자가 스스로 물러날 때까지의 그 공포의 시간은 평생 그의 머리 속에서 지워지지 않으리라! 왕국의 절대 권력을 휘두르는 패왕으로 당당히 군림하는 지금도 흑사자는 공포와 증오의 대상이었다.

적어도 흑사자가 죽기 전까지는 매일 밤마다 악몽에 시달리게 될 것이다.

"후욱, 후욱."

그레일 3세는 애써 참았던 감정을 쏟아낸 후 심호흡을 하며 가빠진 숨을 가라앉혔다. 가쁜 숨소리가 차츰 정상으로 돌아오며, 크게 위아래로 움직이던 가슴의 움직임도 거의 가라앉았다.

제 호흡을 찾은 왕은 옆에 누워 있는 디오네를 안고 가볍게 애무를 하기 시작했다. 붉은 입술에 키스를 하고 다시 서서히 움직여 그녀의 귀를 가볍게 핥았다.

디오네는 반사적으로 살짝 몸을 움츠렸다. 귓불을 잘근거리는 느낌에 몸 안이 간질간질해졌을 때 낮게 속삭이는 음성이 들려왔다.

"계책을 내라, 디오네. 흑사자를 확실하게 처리할 방법이 필요하다."

"확실하게라고 말씀하신다면 할 수 있는 모든 수를 쓰는 수밖에 없습니다."

디오네는 약간 달뜬 목소리로 대답했다. 그레일 3세는 그녀의 말에 눈빛을 빛냈다. 그녀는 분명 모든 수라고 했다. 그렇다면 몇 가지 방법이 있다는 소리가 된다.

바쁘게 움직이던 연인의 입술과 손이 떨어져 나가자 디오네는 아쉬운 마음에 고개를 돌려 왕을 마주 보았다. 그러나 이미 그녀의 연인은 냉정한 패왕의 눈빛으로 돌아가 모사로서의 디오네를 재촉하기 시작했다.

"그 방법이란?"

디오네는 얼른 상대와 보조를 맞춰 유능한 모사의 얼굴을 하고 차분하게 설명을 시작했다.

"첫째는 낮의 회의에서 말씀드린 대로 애슐론 왕국과 슈란 왕국이 다시 전쟁을 일으키게 하는 것입니다. 이번에는 애슐론 왕국이 슈란 왕국을 쳐야 하겠지요."

"음, 그럴 경우 사건이 어떻게 진행되지?"

"슈란의 왕인 타카 2세는 복수를 위해 전군을 이끌고 그들과 맞서 싸울 것입니다. 그런데 만약 그때 우리가 슈란 왕국의 그자에게 연락을 해서 작전을 조종하도록 한다면 충분히 흑사자를 궁지에 몰아넣을 수 있습니다."

"과연, 혼자가 아니니 이제는 도망가지도 못하겠지. 도망간다면 그 놈은 영주로서는 끝장이 나는 것이니까."

그레일 3세는 디오네의 말을 단번에 이해하고 직접 그녀의 말을 뒤이어 마무리했다. 모사로서 이 정도로 머리가 좋은 주군을 가진 것 또한 복이다. 굳이 자세한 설명을 할 필요가 없을 뿐 아니라 실마리만 제공해도 알아서 결론을 내릴 능력이 된다.

디오네는 왕의 말에 동의하듯 그의 가슴 위에 놓인 손으로 톡톡 두 드린 후 일부러 자극적인 말을 꺼냈다.

"그러나 그것만으로는 안심할 수 없습니다. 만약 슈란 왕국이 멸망한다고 해도 꼭 흑사자가 죽으란 법은 없으니까요."

"역시 그게 문제야! 그 까만 사자 녀석은 죽을 줄도 모르는 무식한 놈이지!"

그레일 3세는 그 생각만 해도 화가 치밀어 오르는지 다시 약간 언성을 높였다. 디오네는 상체를 비스듬히 그의 몸 위로 얹고 목을 휘어감은 후 그의 귀에 입을 바짝 대고 속삭였다.

"대국적으로 전쟁을 일으켜 그를 제거하는 시도와 함께 또다시 은밀하게 암살자를 보내는 것이 좋겠습니다."

"암살?"

그레일 3세는 의외라는 어조로 되물었다. 흑사자를 암살하려는 자는 없다. 성공 확률이 전혀 없기 때문이다. 그렇기 때문에 흑사자를 제거하는 계획에 암살을 생각해 본 적은 없었다.

결국 그가 혼자의 힘으로 감당할 수 없는 대규모의 군대를 보내 깔아서 죽이는 것이라고 결론을 내린 터였다. 그것을 누구보다도 잘 아는 디오네가 스스로의 입으로 암살을 끄집어내다니?

그레일 3세는 두뇌는 답을 찾아 빠르게 회전하기 시작했다.

디오네는 불가능하다고 알려진 방법을 제시했음에도 나무라지 않고 생각에 잠긴 그를 눈을 반짝이며 주시했다. 주종의 관계이며 연인 관계인 이들 사이에 이렇게 상대의 의도를 읽는 것은 늘 해온 놀이 중 하나였다.

그리고 그녀의 연인은 아직까지 한 번도 그녀를 실망시킨 일이 없었다. 과연 그는 바로 해답을 찾아내어 반문했다.

"뛰어난 암살자가 있나, 그자를 표적으로 해서 성공할 가능성이 있는?"

그레일 3세는 기대와 초조감이 뒤섞인 어조로 말했다. 디오네 또한 그 질문의 이면을 잘 알고 있었다. 그는 그녀가 찾아낸 암살자가 정말 기대할 만한 실력을 가졌는지 묻고 있었다.

'미노 왕국의 포위망 속을 유유히 뚫고 달아날 정도의 인물을 과연 암살로 처치할 수 있는 자인가?'

굳이 그레일 3세의 질문을 구체적으로 바꾸자면 이와 같았다. 암살자는 최소한 현재까지 밝혀진 흑사자의 실력을 넘어서야 했다. 그를 암살할 사람이 이 모든 것을 알고도 할 수 있다는 자신이 있어야 한다.

디오네는 그에 답하듯 상체를 일으켜 앉아 시선을 마주했다.

"반년 전까지만 해도 없었습니다. 하지만 반년 전에 찾았지요."

또박또박 힘을 주어 말하는 디오네의 눈빛은 성공에 대한 자신감으로 반짝였다. 그녀의 말이 끝나는 것과 동시에 몸을 벌떡 일으킨 그레일 3세는 두 손으로 디오네의 양팔을 움켜쥐었다. 자신도 모르게 손에 힘이 들어가 디오네를 아프게 했지만 그런 것을 신경 쓸 여유가 없었다.

가슴속으로부터 너무나 오래 묵은 심한 갈증이 느껴졌다. 그는 그녀의 눈을 직시하며 차가운 목소리로 물었다.

"누구지? 흑사자를 암살할 수 있다는 자가?"

"팔이 아파요."

디오네는 대답 대신 엉뚱한 소리를 했다. 그레일 3세는 손에서 힘을 빼고 그녀가 낸 문제를 풀기 위해 고심하기 시작했다.

자신이 아는 한 이 대륙에 그런 자는 없다. 흑사자를 암살하기 위한 것은 이미 했었다. 유능하다고 알려진 모든 단체와 개인에게 손을 뻗은 후였다. 그들은 의뢰를 받아들여 흑사자의 손에 죽거나 거부했다. 뒤로 갈수록 후자가 많아졌고, 결국 흑사자의 암살은 불가능하다는 암살 길드의 최후통첩이 있었다.

'암중의 실력자라도 있을까 하여 현상금까지 걸었지만 누구도 해내지 못했다.'

무려 천만 골드의 상금이 흑사자의 목에 걸려 있건만 아무도 나서는 이가 없었다.

그레일 3세는 온갖 가능성을 생각해 보고 다시 디오네를 보았다. 그녀의 눈빛은 있다고 말하고 있었다.

"누구인가, 네가 찾은 암살자는?"

결국 스스로 답을 찾는 것을 포기한 그는 거칠게 다시 물었다. 디오네는 바로 이 순간을 기다리고 있었다. 그녀는 손자국이 난 팔을 문지르며 일부러 시간을 끌었다.

그녀가 의도적으로 애를 태운다는 것을 이미 알고 있는 그레일 3세의 눈빛이 경고를 발하고 있었다. 만일 이렇게 하고 내놓은 답이 만족할 만하지 않다면 그녀 또한 무사하지 못할 것이 분명했다. 하나 그 확연한 경고에도 디오네는 여전히 자신만만했다.

자신이 준비한 비장의 카드! 그것을 드디어 눈앞의 주인이자 애인에게 밝힐 순간이 왔다.

"마녀의 거처를 밝혀냈습니다."

벼르듯 노려보던 왕의 시선이 순식간에 변하는 것을 즐겁게 보면서 디오네는 쐐기를 박듯 덧붙였다.

"그리고 그녀는 이미 의뢰를 받아들이겠다고 승낙했습니다."

왕은 그답지 않게 멍한 표정이 되었다가 순식간에 희열에 가득한 표정이 되어 디모네를 끌어안았다.

"마녀! 그녀가 살아 있었다고? 하하하하하하! 그럴 수도 있구나! 마녀! 마녀 티모라!"

그레일 3세는 미친 듯이 웃으며 디오네를 부둥켜안은 채로 침대 위로 쓰러졌다. 달콤한 복수의 순간은 이제 시기만 기다리면 되는 것이나 마찬가지다.

디오네가 준비한 카드는 그야말로 최상급이었다. 그는 기쁨에 들떠 더욱 사랑스러워 보이는 연인을 품에 안고 넓은 침대 안을 뒹굴며 아이처럼 환호했다.

미노 왕국의 국왕은 그날 이후 처음으로 공포에서 벗어나 통쾌하게 웃을 수 있었다.

밤은 깊어감에 따라 미노 왕국의 흑사자에 대한 원념은 더욱 진해지는 듯했다.

*   *   *

슈란 왕국에서는 타카 2세의 특명으로 대규모의 연회가 벌어졌다.

그 연회는 바로 왕국을 위기에서 구하고 전사한 다인 가이안의 후계자인 레오 가이안의 작위 수여 기념 축제였다.

사실 백작의 작위식을 위해 왕이 이 정도로 성대한 연회를 벌이는 것은 전례가 없는 일이었다.

그래도 아무도 이 연회에 대해 뭐라고 하지 않았다.

오히려 모든 귀족들이 아주 적극적으로 연회에 참석하여 새로운 백작인 레오와 조금이라도 안면을 트고 인연을 맺으려 했다.

흑사자! 아무리 슈란 왕국에는 한 번도 들어오지 않아 소문으로만 들었다고는 해도 그의 명성은 확고부동한 것이었다.

대륙 최강자의 명칭은 그야말로 대단한 것이기 때문이다.

"폐하께 공주님이라도 계셨다면 틀림없이 부마로 삼으셨을 텐데 아까운 일입니다."

"그러게요. 사실 흑사자 정도의 인물이라면 최소 후작은 되어야 하지 않겠습니까?"

귀족들은 끼리끼리 모여 이런 대화를 나누었다.

현재의 국법으로 새로운 후작이 되기 위해서는 왕족과 결혼하는 것만이 유일한 방법이었다.

하지만 지금의 왕인 타카 2세에게는 공주가 없었다. 공주는커녕 가장 중요한 후계자도 없다.

타카 2세에게는 자식이 한 명도 없는 것이다.

아무튼 오늘의 연회에서 레오는 이미 수백 명의 귀족들과 인사를 했다. 그리고 그와 거의 비슷한 수의 여성들과도 인사를 했다.

어떻게 된 것인지 레오에게 말을 건네는 귀족들은 모두 하나같이 딸이나 질녀를 대동하고 있었기 때문이다.

시간이 흘러 연회가 본격적으로 시작되고 레오의 인내심도 슬슬 바닥이 날 무렵, 드디어 연회장에는 후작과 공작들이 입장했다.

원래 높은 작위를 가진 사람들은 지각을 하는 것이 예의이다.

두카 공작이 레오 쪽으로 향하자 줄지어 있던 귀족들은 일제히 움직여 길을 만들었다.

"허허허, 자네가 레오 가이안 경인가? 내가 바로 두카일세."

"재상 각하를 뵙습니다."

"재상이라. 그거야 하릴없는 동생을 위해 폐하께서 억지로 떠맡긴 직위일 뿐이지."

두카 공작은 농담처럼 말하며 레오를 보며 웃었다. 레오도 예의상 미소를 지었다. 그 미소는 거의 알아보기도 힘들 정도로 형식적인 입가의 움직임에 불과했지만 그래도 레오로서는 최선을 다한 것이라 할 수 있었다.

그나마 이 두카 공작이 마음에 드는 점은 그가 바로 레오와 인사를 한 귀족들 중 최초로 딸이나 조카를 대동하지 않고 혼자였기 때문이다.

두 번이 아닌 한 번의 인사로 끝나게 되었으니 이자는 다른 귀족들보다 두 배는 훌륭하다고 생각했다.

그런데 그때 두카 공작이 약간 목소리를 낮추어 말했다.

"어떤가? 경은 아직 미혼이라고 들었는데, 나에게는 딸이 한 명 있거든? 자네만 괜찮다면 그 아이를 자네와 맺어주고 싶은데… 내 친딸은 왕의 조카이니 일단 결혼을 한다면 자네는 왕실의 식구가 되는 걸세."

똑같다. 이자도 다른 귀족과 전혀 다를 바가 없다!

단지 작위가 작위이니만큼 체면을 생각해서 여자를 직접 눈앞에 들이대지 않은 것뿐이다.

두카 공작에 대한 평가는 순식간에 하락 곡선을 그렸다.

레오는 정중하게 손을 저으며 두카에게 거절의 의사를 표시했다.

"당분간은 영지 일에 몰두해야 할 것입니다. 어느 정도 안정이 될 때까지는 결혼을 할 처지가 못 되니 너그럽게 이해해 주시기 바랍니다."

역시 마법사 유스는 쓸모가 있다. 그는 어제 이미 오늘의 사태를 예측하고 레오에게 예의 바른 거절 방법에 대한 교육을 시켰던 것이다.

물론 레오는 그것을 무시하려 했지만 로엔이 레오의 손을 잡고 '삼촌, 전 삼촌이 연회에서 멋있는 신사이기를 바라요' 라고 말하는 바람에 차마 끝까지 거절할 수가 없었다.

"흠, 그런가? 그렇다면 어쩔 수 없군. 나중에 안정되면 다시 이야기하도록 하지."

두카 공작은 매우 유감스럽다는 표정을 노골적으로 지어 보였다. 그는 왕국의 재상이면서 왕의 친동생이다. 후사가 없는 현왕의 정통 후계자이기도 했다.

그런 그가 이렇게 불편한 표정을 짓는 것만으로 다른 귀족들은 허겁지겁 말을 바꾸거나 비위를 맞추려고 애를 쓰는 것이 일반적이었다.

하지만 과연 흑사자는 달랐다. 그저 무덤덤하게 그의 말을 액면 그대로 받아들였다는 듯 초연하기 그지없었다.

사실 이미 최소한의 예의를 지킨 레오가 그의 표정 따위에 신경 쓸 리는 없었다.

두카는 친딸과 후작의 작위로 레오를 자신의 파벌로 끌어들이려 했다. 큰맘먹고 손을 내밀었다가 상대가 그것을 거절하자 상당히 기분이 나빴다.

다음 순간 그는 레오의 거절에 숨겨진 의도가 있지 않나 의심스러워졌다. 혹시 어떤 이유로든 자신에게 적의를 품고 있다면 미리 조치를 취해야 했다.

일단 다른 귀족들에게 레오의 옆 자리를 내어준 후 그는 조심스럽게 탐색을 시작했다. 각 파벌에 속한 귀족들이 레오에게 접근했다가 멀어지는 것이 보였다. 그동안 레오의 표정은 바위로 깎은 양 덤덤하기만 했다.

'원래 성격이 그런가?'

어떤 파벌의 귀족이 접근하든 간에 레오의 태도와 표정은 변함이 없었다. 두카에게 보였던 입술 끝을 올리는 사소한 변화조차도 일어나지 않았다.

'그럼 그렇지. 나를 대한 태도가 제일 낫군.'

두카는 마침내 결론을 내리고 회심의 미소를 지었다. 아무리 흑사자라고 해도 왕의 동생이자 후계자인 이에게 밉보이고 싶지는 않았던 모양이라고 생각하니 마음이 편해졌다.

그래도 역시 흑사자는 흑사자.

두카는 조금 더 조심스럽게 그에게 접근하기로 했다.

어차피 레오가 슈란 왕국에 있는 이상 자신의 그림자를 피할 수는 없다고 생각했다.

귀족들과의 인사가 모두 끝났을 무렵, 드디어 타카 2세가 등장했다.

평상시의 레오라면 벌써 몇 번이나 뒤도 안 돌아보고 나가고도 남았을 것이나, 오늘은 그럴 수가 없었다. 국왕이 나타나야 작위 수여식이 거행된다.

덕분에 이 개 떼 같은 귀족들을 상대하면서도 기다리는 수밖에 없었다.

레오는 늦장을 피운 국왕을 대상으로 속으로 투덜거렸지만, 충성을 맹세한 주군에게 대놓고 불만을 표시할 수는 없었다.

그는 아버지 구스타프 자작이 살아 있을 때처럼 나름대로 초인적인 인내심을 발휘하고 있었다. 그가 누군가를 존중하여 속내를 보이지 않고 참고 있는 것은 실로 십 년 만이었다.

타카 2세는 정중앙에 자리를 잡은 후 근엄하게 말했다.

"레오 가이안은 앞으로 나오라."

왕에게 호명된 레오는 즉각 나선 후 정중하게 무릎을 꿇고 예를 올렸다.

타카 2세는 미리 준비한 자신의 검으로 레오의 양쪽 어깨와 머리를 두드리며 말했다.

"그대의 양어깨로 이 왕국을 떠받들고 머리로는 명예를 세워 왕에게 충성을 보이라."

구국과 충의의 축사. 왕이 자신의 기사에게 내리는 최고의 축복이었다.

드디어 왕은 레오에게 정식으로 백작 작위를 수여했다.

사람들은 일제히 축하의 박수를 쳤으며, 레오는 고개를 숙인 채 한숨을 쉬었다.

십 분 정도가 지나자 레오는 수하들에게 말했다.

"돌아간다."

"네? 연회는 밤새 계속됩니다. 주인공인 영주님께서는 끝까지 남아 계셔야 할 겁니다."

발렌이 급히 말했다. 이 연회는 레오를 위한 것이나 다름없었다. 왕인 타카 2세도 아직 연회장을 나가지 않았다.

레오는 단호한 목소리로 다시 말했다.

"로엔, 발렌, 유스, 너희들이 끝까지 남아서 영지의 명예를 위해 사람들과 인사를 나누어라. 나는 지금 당장 숙소로 돌아가겠다. 휴케바인, 가자.”

“넷.”

휴케바인은 그럴 줄 알았다는 듯 바로 대답했다.

“급한 볼일이라도 계신 겁니까?”

발렌이 미련을 버리지 못하고 다시 물었다. 가능하면 어떻게든 이 영주를 이 연회장에 붙잡아두어서 조금이라도 중앙 귀족들과의 인맥을 넓히게 하고 싶었다.

레오는 몸을 돌려 문으로 향하면서 당연한 걸 묻는다는 투로 대답했다.

“자러 간다.”

목석이 된 발렌을 뒤로하고 레오는 왕궁의 연회장을 나와 자신의 숙소로 향했다. 만사 제치고 숙소로 가서 잠을 자야겠다고 결심한 그를 말릴 수 있는 자는 아무도 없었다.

유스가 멍하게 서 있던 발렌의 등을 툭툭 두드려 정신을 차리게 했다. 발렌이 낙심한 표정으로 돌아보자 유스는 로엔에게 들리지 않도록 작은 목소리로 말했다.

“어차피 웬만한 귀족들과 인사는 다 했습니다. 저 표정으로 더 계셔 봐야 좋을 것도 없습니다.”

발렌은 그 말에 정신이 번쩍 들었다. 지금 레오는 누구나 쌍수를 들어 환영하는 존재이다. 일단 중앙 귀족들이 레오와 친해지고 싶어 안달이 난 지금이라면 어떻게든 접근하려 할 터였다. 하나 실제로 레오와 얼굴을 마주했던 귀족들 중 삼 분도 대화를 유지했던 이는 없었다.

“그건……."

발렌이 무언가 깨달은 표정으로 유스를 보자 그도 심각하게 고개를 살짝 기울이며 말했다.

"일단 현재 레오 경의 후계자는 로엔님입니다. 거기에 발렌 경의 이름은 이미 알려져 있으니 오히려 지금이 더 좋은 기회인 셈이죠."

이들을 속삭이게 한 당사자인 로엔은 레오가 나간 곳을 멍하게 바라보고 서 있었다. 발렌과 유스는 그런 로엔을 발견하고 다정한 말로 달래어 레오가 떠넘긴 사교 활동을 개시했다.

발렌과 유스 그 어느 쪽도 로엔이 어떤 생각을 하고 있는지 짐작조차 하지 못했다. 그들은 괴팍한 삼촌 때문에 로엔이 곤란해하고 있다고 짐작할 뿐이었다.

사실 정작 로엔은 레오가 일찍 나간 것이나, '자러 간다' 고 단언한 것까지 너무나 삼촌답다고 생각하고 있었다. 로엔이 보기에도 삼촌이 인맥을 넓히기 위해 낯선 귀족들과 떠드는 것은 상상하기도 어려웠다.

아버지인 다인은 레오에 대한 여러 가지 일화들을 로엔에게 들려주었다. 그는 혹시 자신의 사후에 하나뿐인 동생이 돌아와 자리를 잡지 못할 수 있다는 점까지 배려하고 있었다. 이런 염려와 동생에 대한 애정을 바탕으로 한 말에 험담이 끼었을 리가 없다.

"레오는, 네 삼촌은 타고난 능력이 남달라서 그런지 상당히 특이한 성격이지."

다인은 레오의 일을 말하면서 꼭 이 말을 하곤 했다. 이런 다인의 사전 조치 덕에 로엔은 레오의 기행에 가까운 행동에 누구보다 잘 적응하고 있었다.

로엔은 레오의 게을러 보이는, 아니, 실제로 게으른 행동까지 그저 특출한 능력에 기인한 것으로 생각해 버렸다.

　로엔은 멍하게 삼촌이 나간 쪽을 보며 꿈을 꾸는 듯한 표정을 지었다. 아버지의 말씀처럼 삼촌은 확실히 남들과 달랐다.

　'그래서 더 멋있어!'

　로엔은 천진스러운 미소를 지으면서 생각했다. 다인의 미화된 말들과 조카에게만큼은 다정하게 대하는 레오의 태도는 특이한 결과로 나타나고 있었다.

❖ Chap 3 ❖
사자의 고독

사자의 고독

끝나지 않을 것 같은 화려한 연회의 밤도 새벽빛에 자리를 양보했다.

슈란 왕국의 제일 관심사가 된 레오 가이안 백작의 숙소에 낯선 방문객이 찾아온 것은 이른 오후였다.

레오의 이름을 대며 만나고 싶다고 전한 방문객은 화려한 색상의 고급 천으로 만든 의상을 차려입은 중년의 남자였다. 머리에 쓴 비단 모자는 최근 잘 나가는 상인들 사이에서 유행하고 있는 바로 그것이다.

스쳐 지나가면 그 얼굴 모양을 기억하는 이가 드물 정도로 평범하고 무난한 생김새이다. 거기에 자연스럽게 떠올린 미소는 그를 매우 넉살 좋은 사람으로 보이게 했다.

누가 보아도 사람을 대하는 데 익숙한 전형적인 상인, 그것도 어느 정도 성공한 상인의 모습이었다.

그러나 발렌은 이 방문객을 보자마자 즉시 긴장했다. 그는 상대의 일거수일투족을 놓치지 않으려는 듯 날카로운 눈빛을 빛내고 있었다.

"성함이 킬번이라고 했소? 무슨 일로 그대 같은 자가 영주님을 찾는지 이유를 듣고 싶소만."

발렌의 질문은 상당히 노골적이었다.

눈앞의 남자는 범상치 않은 수련을 쌓은 흔적이 보였다. 그런데도 그 기도가 거의 알아볼 수 없게 숨겨져 있다. 입구의 병사들과 현관의 기사는 알아보지 못했을 것이다.

이는 애초에 수련할 때부터 기척을 숨기는 습관을 들였다는 사실을 의미한다. 발렌의 상식으로 이런 남자의 정체는 거의 정해져 있다.

암살자, 고도로 숙련된 암살자임에 틀림없었다.

일단 방심할 수 없는 상대가 나타나자 어젯밤의 연회로 인한 피로 따위는 순식간에 사라져 버렸다.

지난 수십 년간의 수련이 결코 어중간한 것은 아니었기에 하룻밤을 샌 상태에서도 거의 최상의 상태를 유지할 수 있는 것이다.

자신을 킬번이라고 소개한 남자는 발렌이 고의적으로 풍기는 위압적인 기운에도 움츠러드는 기색조차 없었다. 오히려 그는 여유만만하게 웃으면서 대답했다.

"하하하, 과연 발렌 경은 엄격하시군요. 저는 수상한 사람이 아닙니다. 레오 경께서 새로 작위를 받으셨기에 축하를 드리러 찾아뵌 것이죠. 물론 레오 경께서도 저를 아십니다. 일단 제가 찾아온 것을 레오 경께 알려주시면 오해가 풀릴 겁니다."

"알겠소. 그럼 이곳에서 기다려 주시오. 어트, 토가린, 손님의 시중을 들어라."

발렌은 예의를 차려 손님을 모실 것을 명했지만 실상 그 의미는 전혀 달랐다. 당번 기사인 어트와 토가린은 발렌의 말과 함께 취한 행동에 바짝 긴장하며 입을 모아 대답했다.

"넷!"

발렌은 방문객에 대하여 경계하고 감시할 것을 손짓으로 명한 것이다. 두 기사를 더욱 긴장하게 한 것은 바로 그 경계의 등급이었다.

발렌이 수신호로 표시한 것은 일급의 위험 인물을 의미하는 3등급의 경계 신호였다. 어트와 토가린의 수준으로는 3등급의 위험 인물이 날뛰면 감당하기 힘들다.

그들은 재빨리 킬번이 앉아 있는 소파에서 적당한 거리를 둔 채 섰다. 호위를 하는 듯한 위치이지만 실제로는 언제라도 협공을 할 수 있는 태세를 취한 것이다.

"과연, 레오 경의 부하 분들답게 하나같이 뛰어나신 분들뿐이군요."

킬번은 웃는 얼굴로 하녀가 가져다준 사과 주스를 마시며 그렇게 칭찬했다.

자신의 실력을 알아본 발렌은 트루 나이트라는 위명이 결코 과장된 것이 아님을 이미 증명한 후였다. 수상쩍은 인물, 즉 킬번 자신에 대해 그가 취한 조치는 참으로 적절했다.

또한 미리 약속된 행동들은 상관의 안전을 위하여 치밀하게 준비해 온 사실을 증명하고 있었다.

'거기에 저 평기사들도……'

협공의 거리를 유지한 채 자신을 감시하려는 두 기사의 자세도 아주 바람직하다고 할 수 있다. 평기사라고 해도 다른 귀족들의 수하들에 비해 한 단계 정도 높은 수준이었다.

‘그러나 이 정도로는 힘들지. 어르신도 고생 좀 하시겠군. 흐흐흐.’

킬번은 괜히 기분이 좋아졌다. 그는 그래도 대륙 내에서 어느 정도 이름이 알려진 인물인만큼 세계의 수준이 어떤지는 잘 알고 있었다.

흑사자의 현재 영지의 부하들은 아직 자각하지 못하고 있겠지만, 일단 그의 부하가 된 이상 그들은 달라져야 한다.

지방이나 왕국 내에서 조금 잘 나가는 수준으로는 대륙 전체의 순위를 놓고 볼 때 정말로 따질 가치조차 없는 것이다.

누가 뭐라고 해도 당금 라시아 대륙의 언터쳐블 챔피언(Untouchable Champion) 흑사자가 아닌가? 그의 부하라는 것은 강하지 않으면 죄가 될 수도 있는 자리이다.

‘내가 신경 쓸 일이 아니지, 어르신께서 알아서 할 테니까. 이자들의 수준을 끌어올리든 아니면 그냥 새로 인재를 영입하든 말이야. 나는 내가 살아남을 걱정을 하기에도 바쁜 몸이니까.’

킬번이 속으로 나름대로의 결론을 내렸을 때, 그의 예민한 감각이 안쪽의 기척을 감지했다.

“흠, 오시는군!”

킬번은 얼른 자세를 바로 하면서 최대한 공손한 표정을 만들고 기척의 주인을 기다렸다.

때맞추어 문이 열리면서 레오의 모습이 나타나자 킬번을 주시하던 두 기사는 속으로 경탄했다.

발렌의 경고는 확실했다. 그들은 레오가 오는 것을 알지 못했지만, 눈앞의 남자는 이미 알고 자세를 바로 한 것이다.

털썩.

맞은편 소파에 자리를 잡은 후 레오가 냉담하게 물었다.

"왜 왔지?"

레오의 얼굴에는 귀찮다는 표정이 역력했다.

원래대로라면 밥을 먹으며 로엔에게 어젯밤 연회에 있었던 일들을 들어야 했다.

로엔은 유스와 발렌에게 하루 종일 일을 배우느라 매우 바빴다. 때문에 레오가 그의 귀여운 조카와 보낼 수 있는 시간은 별로 없었다.

킬번의 방문은 바로 그 소중한 조카와의 시간을 빼앗고 있었다. 레오의 심기가 좋을 리가 없었다.

"어르신의 작위가 오르신 것을 축하드립니다. 여기 변변치 않지만 저희들의 약소한 성의이니 거절치 말아주십시오."

킬번은 품에서 작은 상자를 꺼내 테이블 위에 올려놓고 그 뚜껑을 열었다.

보석!

일견하기에도 값비싸 보이는 보석들이 그 상자 안에 있었다. 적어도 2만 골드의 값어치는 있어 보였다.

레오는 상자는 거들떠보지도 않고 여전히 냉기가 도는 시선으로 물었다.

"그래서?"

단지 이런 이유만으로 아침부터 나를 찾았나? 그러면 넌 무사하지 못한다. 레오의 눈은 그렇게 말하고 있었다.

'역시 이 어르신은 재물도 소용이 없어. 미치겠네. 그렇다고 빈손으로 올 수도 없고.'

윗사람을 찾으면서 선물을 지참하는 것은 도둑의 습관이다. 특히 윗사람들의 덕으로 이익을 얻었을 때에는 당연히 정성껏 선물을 준비해서 인사를 가야 한다.

안 그랬다가 쥐도 새도 모르게 사라진 동료들이 워낙 많기 때문에 그들은 무의식적으로 그것을 꼭 지킨다.

그런데 이 경우 선물을 받는 윗사람이 보이는 반응은 양심적인 경우와 비양심적인 경우로 나뉘게 된다.

레오의 경우는 그야말로 비양심적인 반응의 극치라고 할 수 있었다. 애초에 그는 이런 선물을 별로 원하지 않기 때문이다.

'애써 바친 보람이 없는 어르신이니…….'

킬번은 속으로 투덜대었다. 그러면서도 혹시 레오에게 사람의 마음을 읽을 수 있는 능력이 있지는 않을까 염려하여 욕은커녕 반말을 할 수도 없었다.

킬번만이 느끼고 있는 레오의 살기가 높아졌다. 킬번은 즉시 생각을 멈추고 말을 계속했다.

"헤헤헤, 제가 어찌 어르신의 낮 시간을 조금이라도 방해할 수 있겠습니까? 단지 이번만은 상황이 조금 급한 듯해서 이렇게 무례를 무릅쓰고 찾아뵌 것이니 너그럽게 용서를 해주십시오."

"말해라."

"넷, 수도 주변에 수상한 자들이 모이고 있는데, 아무래도 스팔시온 후작의 비밀 사병인 것 같습니다. 전문적인 훈련을 받은 자들로 두 개의 무리입니다."

레오는 약간 기분이 풀어진 듯 자신의 앞에 놓인 음료수를 들어 한 모금 마셨다. 예전처럼 혼자가 아닌 이상 킬번의 정보는 의미가 있다.

"모이는 자들의 수준과 수는?"

역시 왕국의 실세다운 실력인가? 예상보다 대응이 더 빠르다고 생각하며, 레오가 물었다.

"지금 현재 백여 명 정도입니다. 계속 모이고 있는데 내일까지 이백 명 정도가 모일 것으로 추측됩니다. 수준은 그냥 지방 살수 정도입니다. 솔직히 슈란 왕국은 이쪽 업계에서는 변두리나 마찬가지이니 그다지 신경 쓰실 수준의 인물은 없습니다."

킬번은 스팔시온 후작이 심혈을 기울여 기른 살수들을 딱 잘라 시골 촌놈 취급했다.

사실 그의 판단은 정확했고, 그럴 만한 실력도 있었다.

그렇지 않았다면 어떻게 그가 몇 년 만에 이 슈란의 수도에 길드를 차릴 수 있었겠는가?

물론 그가 대륙 중에서도 이름난 길드의 수장이었기에 전 길드장과 일종의 거래를 해서 이어받은 것이기는 해도 타지의 인물이 가장 위를 차지한다는 것은 다른 곳에서라면 힘든 일이라 할 수 있다.

"그런가? 그럼 오늘밤에 후작을 처리하는 데는 별로 지장이 없겠군."

"어? 오늘 손을 쓸 생각이셨습니까?"

킬번의 눈이 빛났다. 역시 옆에서 얼쩡거리다 보면 이렇게 얻어지는 정보가 있다. 반대로 모가지가 달아나는 경우도 생길 수 있다는 것이 문제이기는 하지만, 그 위험을 각오하고 일을 벌였다.

도망을 가도 소용이 없으니 아예 사자의 발 밑에 둥지를 튼다! 적어도 이 자리라면 사자의 눈치만 보면 다른 위협은 있을 수 없다고 생각했다.

"음."

레오는 태연하게 고개를 끄덕였다.

대전사 결투가 끝났을 때 이미 삼 일 후에 후작을 처리하기로 결정했었다. 어제의 작위 수여식에 이어 오늘이 이틀째이다. 자정만 지나면 정확하게 삼 일이 된다.

레오는 기다리는 것을 별로 좋아하지 않았기에 딱 그 시간에 손을 쓸 생각이었다.

"그런데 어르신, 어르신께서 그냥 그렇게 단도직입적으로 손을 쓰시면 영지에 문제가 발생하지 않을까요?"

킬번은 물었다. 백작이 한밤중에 후작의 집을 찾아가서 다 쓸어버린다. 이것은 정말로 큰 문제가 될 수밖에 없다.

"안 생긴다, 이번에는 신분을 밝히지 않을 거니까."

레오는 믿어 의심치 않는 표정으로 바로 대답했다.

역시! 킬번은 속으로 한숨을 쉬었다.

신분을 안 밝힌다고 누가 모르겠는가? 후작이 말에서 떨어져 다리가 부러져도 아마 사람들은 흑사자가 눈에도 보이지 않는 수로 암습한 거라고 생각할 것이다.

'아니지. 어쩌면 어르신의 말이 옳을지도 모르겠는데?'

생각이 바뀌었다. 다시 생각해 보니 말이 되는 것도 같았다.

평생을 어둠 속에서 살아온 킬번이었기에 이런 쪽의 일에 대해서는 그 결과를 쉽게 예측할 수 있었다.

킬번은 눈을 들어 레오를 바라보았다.

'그걸 생각할 수 있다니… 과연 싸움만 잘하는 바보는 아니었나 보군. 아니, 거의 천재에 가깝다고 해야 하나?'

레오의 눈은 전혀 빛나지 않고 있었다. 아직 잠이 덜 깬 듯 가볍게 하품을 하며 다시 음료수를 들이키는 그의 모습은 무방비하기 짝이 없었다.

당장 품속의 비수를 꺼내 치켜 올려진 그의 턱 밑의 목을 찔러도 확실하게 성공할 수 있을 것처럼 보인다.

'뭐, 그게 가능했다면 벌써 몇 번은 죽었을 테지만…….'

아무리 봐야 소용이 없다고 생각한 킬번은 결론을 내렸다.

'알게 뭐냐!'

그는 눈앞의 상대에 대해 어떤 평가도 내리지 않겠다고 결심했다.

수준이 다르니 감히 언감생심 그의 심중을 파악했다고 자신했다가는 그 뒤에 어떤 후유증이 생길지 상상할 수도 없었다.

결국 킬번은 마음을 비우고 자신이 레오의 마음에 들기 위해 세운 계략을 말하기로 했다.

여유를 부릴 틈은 없다. 어설프게 뜸을 들였다가 레오가 귀찮다고 말을 끊고 안으로 들어가 버리면 곤란하다.

"어르신, 사실은 제가 이번에 어르신의 도움으로 적지 않은 이익을 얻었기에 어르신께 약간이라도 도움이 되고자 둔한 머리지만 필사적으로 생각해 낸 방법이 있습니다만……."

킬번은 말꼬리를 흐리며 슬쩍 레오의 눈치를 살폈다.

"뭐지? 말해라."

역시 이 어르신은 귀찮지만 않으면 일단 들어는 준다.

"그것은……."

킬번은 레오에게 가장 뒤탈이 없게 스팔시온 후작을 제거할 수 있는 방법에 대해 설명하기 시작했다.

물론 그의 계획은 레오가 오늘밤 후작의 집에 방문하는 것을 전혀 방해하지 않고 순수하게 자신이 몸으로 때워서 뒤처리를 하는 방법이었다.

"그럼 그렇게 하지."

레오는 무심한 표정으로 단번에 승낙하고는 바로 일어섰다. 킬번은 황송하다는 얼굴로 후다닥 일어나 벌써 뒷모습을 보이고 있는 레오를 향해 허리를 깊이 숙였다.

킬번과의 용무를 끝낸 레오는 곧바로 식당으로 향했다. 오후가 된 지 이미 두 시간이 지났지만 레오에게는 첫 식사였다.

로엔이 그의 옆 자리에 앉아 점심을 먹다가 물었다.

"레오 삼촌, 아까 찾아온 사람은 누구예요? 발렌 경이 상당히 경계를 하던데요?"

"응? 아, 킬번 말인가? 수도의 도둑 길드장이다."

레오는 나이프로 자른 스테이크를 입속에 넣으며 아무렇지도 않게 대답했다.

"네? 수도의 도둑 길드장이요?"

"응, 내가 대륙을 떠돌 때에는 탐린 왕국의 수도 길드장이었는데 몇 년 전 이쪽으로 자리를 옮겼다고 하더구나."

"네."

그런 자가 어째서 레오 삼촌을 알고 있을까? 로엔은 궁금했지만 더 이상 질문을 하지 못했다. 식사 시간에 상대에게 긴 설명이 필요한 질문을 하는 것은 실례라고 배웠기 때문이다.

레오는 식사를 마치자마자 다시 자러 들어가 버렸다. 오늘밤 후작을 방문하기 위해서 미리 못 잘 잠을 자두겠다는 생각이었다.

그 바람에 로엔은 결국 레오에게 더 이상의 질문을 하지 못했다. 단지 발렌에게 가서 킬번의 정체를 얘기해 주었을 뿐이다.

"도둑 길드요?"

발렌은 로엔의 말에 깜짝 놀라며 되물었다. 과연 도둑 길드, 그것도 이 수도의 길드장 정도라면 낮에 생각한 것들과 맞아떨어진다.

"네. 도둑 길드라는 건 아주 은밀한 곳 아닌가요?"

"물론입니다. 말씀드리지 않아도 알아서 하시겠지만, 이 일은 비밀로 하는 것이 좋겠습니다."

"그렇게 할게요."

로엔이 순순히 대답하자 발렌은 미소를 되돌렸다.

졸지에 발렌은 일반인들은 결코 알 수 없는 수도의 도둑 길드장의 얼굴을 알게 되었다.

밤이 되자 레오는 잠에서 깨어났다. 마치 시간을 약속해 두었던 것처럼 딱 자정이 지날 무렵이었다.

침대에서 나와서 옆에 있던 물주전자의 물을 그대로 한 모금 들이키니 정신이 맑아졌다.

레오는 여느 때와 마찬가지로 자신의 갑옷을 입으려 하다가 이게 아니라는 듯 고개를 저었다.

"오늘은 정체를 들키지 않아야 하는 거였지."

지난 십 년간 거의 하지 않았던 일이다. 자신이라는 것을 숨겨야 하다니? 적을 치는 데 다른 생각까지 해야 하는 것에 위화감이 느껴졌다.

하지만 이제 혼자가 아니다. 위로는 왕이 있고, 아래로는 부하들과 영지가 있다. 왕에게 충성을 맹세한 이상 최소한의 예의는 지켜야 한다. 후작을 대놓고 처리할 수는 없다.

"거추장스럽군."

말로는 투덜대면서도 레오는 그다지 싫지 않은 표정을 지었다. 어떻게 보면 이런 제약들이 바로 살아간다는 증거일지도 모른다는 생각이 들었다.

갑옷을 입는 것은 포기하고 그냥 옷장에서 적당한 옷을 꺼내 걸쳤다. 방어 기능은 전혀 없는 평상복이었지만 최대한 간편한 옷으로 골랐기에 움직이는 데는 크게 지장이 없을 것 같았다.

"음?"

문득 이상한 느낌이 들어 갑옷 진열대에 걸려 있는 자신의 갑옷을 보았다. 그가 레오를 부르고 있었다. 갑옷이 직접 말을 할 리도 없지만 그럼에도 불구하고 단순한 느낌이 아닌 확신으로 다가왔다.

"너도 같이 가고 싶은 거냐? 하지만 그곳에 너를 입고 가면 모두가 나를 알아볼 거다."

레오는 살아 있는 생물을 달래듯 갑옷을 가볍게 툭툭 쳤다.

검은색의 재질을 알 수 없는 전신 갑옷과 얼굴을 완전히 가리는 사자형의 투구는 이미 슈란 왕국의 수도 내에서조차 완벽하게 알려져 버렸다.

스스스스스.

"어? 너는 스스로의 모습도 바꿀 수 있었나?"

레오는 약간 놀란 듯한 얼굴을 했다. 그도 그럴 것이 지금 갑옷이 스스로 변했기 때문이다.

검은색이 짙은 녹색으로 바뀌고, 갑옷의 형상이나 장식도 방금 전과는 전혀 달랐다.

심지어는 투구의 모양까지도 평범한 형태로 변해 버렸다.

"같이 가자는 거군."

레오는 웃었다. 보통의 갑옷은 아니라고 생각했지만 지금에서야 깨달았다. 자신의 검은 갑옷이 살아 있다는 것을!

"좋겠지. 사실 나도 적을 치러 가는데 널 입지 않으면 기분이 나지 않으니까."

레오는 그렇게 중얼거리며 서둘러 갑옷을 입었다.

보통의 전신 갑옷처럼 입고 벗을 때 십 분에서 이십 분씩 걸리지도 않았다. 전신 갑옷은 전신 갑옷이되 재질이 금속이 아닌 가죽으로 되어 있었기 때문이다.

옷을 입듯 일, 이 분이면 입을 수 있었다. 그것도 종자의 도움 없이 혼자서.

이윽고 갑옷을 다 걸친 레오는 투구의 얼굴 보호대를 내리며 중얼거렸다.

"갈까?"

그러면서 그는 침대 옆에 놓여 있던 바스타드 소드를 집어 들고 밖으로 나갔다.

달칵.

레오가 방문을 열고 나오자 어두운 거실에는 두 사람의 기사가 대기하고 있었다.

"출동 준비는 모두 끝났습니다."

레오와 마찬가지로 갑옷을 입고 무장을 완비한 발렌이 보고했다. 휴 케바인도 그 옆에서 씨익 웃으면서 고개를 숙여 보였다. 레오가 오늘 나간다고 했기에 자동적으로 자신들도 같이 가야 된다고 생각하는 두 사람이었다.

밖에는 일전에 후작가를 치러 갔던 다른 기사들도 깨어서 기다리고 있었다.

수도에 있는 후작의 저택은 영지 내의 그것처럼 크지는 않지만, 안에 지키고 있는 자들은 하나같이 실력있는 기사들이다.

오늘 드디어 그들과 결판을 내게 되었으니 기사들의 각오도 대단했다.

레오는 전혀 생각지도 않았던 이들의 태도에 고개를 갸웃하더니 좌우로 저었다. 이들을 데려갈 생각이었다면 미리 명령했을 것이다.

"아니, 나 혼자 간다. 숙소에서 아무 일도 없는 것처럼 대기하도록 하게."

이런 일에 저 고지식한 발렌과 100m 밖에서 봐도 알아볼 수 있는 휴케바인을 대동할 수는 없다. 아무도 모르게 처리해야 하는 일이기 때문이다.

"정말로 혼자 가실 겁니까?"

발렌이 걱정스럽게 물었다.

그는 사실 이런 야밤 습격은 미친 짓이라 생각하고 있었다. 그것도 수도 한가운데서 다른 고위 귀족의 집을 치다니.

낮에 발렌의 생각을 들은 휴케바인은 고개를 저으며 충고했다.

"말려봐야 소용없습니다. 경도 그분의 성격을 잘 아시지 않습니까?"

발렌도 그럴 거라는 건 당연히 짐작하고 있었다. 주군의 생각이 그렇다면 따르는 것이 기사의 도리다.

결국 고집대로 할 것이 뻔했기에 아예 미리 준비하고 기다리기로 했다. 이미 기사들에게도 단단히 준비를 하라고 명해 놓은 상태였다.

하지만 혼자 간다는 말을 듣자 다시 이성적인 생각을 하게 되었다.

단신으로 적을 치면 그만큼 위험도도 높다. 실력이 있으니 무력으로는 문제가 없다고 쳐도 함정이나 마법적인 그 무엇인가에 당했을 때 그것을 벗어나기가 힘들게 된다.

상대가 도망을 가도 쫓기 어렵고 유인이라도 당한다면 쉽게 갇혀 버릴 수도 있다.

적의 본거지를 칠 때에는 꼭 복수의 인원이 진을 치고 일제히 상대방의 급소에 해당하는 부분을 점거하는 것이 바람직하다.

"이번에는 정체를 들키지 않고 아무도 모르게 후작을 제거해야 한다. 그대들과 동행하면 그것이 힘들 것 같군."

레오는 다시 한 번 약간 자상하게 설명을 해주었다.

발렌이기에 그럴 마음이 들었다.

선친이 인정한 기사다. 누가 뭐라고 해도 가이안 영지의 모든 기사들의 중심에는 발렌이 버티고 서 있다. 이는 실력 이전에 인망과 성실성 문제라고 할 수 있다. 그래서 사람들을 그에게 트루 나이트(True Knight: 진정한 기사)라는 별명을 붙여주었을 정도다.

"저도 변장하고 같이 가면 안 될까요?"

휴케바인이 얼른 말했다. 레오의 복장을 보니 평소와는 다른 갑옷을 입고 있었기에 자신도 갑옷을 바꾸고 얼굴을 가리면 될 것이라는 투였다.

'정말 그렇게 생각하는 걸까? 2미터가 넘는 덩치가 그거로 가려질 거라고?'

발렌은 입을 열지 않았지만 제정신이냐는 강렬한 눈빛을 담아 휴케바인의 위아래를 아주 천천히 주욱 훑었다.

그 눈빛을 받은 휴케바인은 머쓱한 표정으로 머리를 벅벅 긁으면서도 레오 쪽을 바라보며 매달리는 눈빛을 지어 보였다. 덩치에 어울리지 않게 마치 버림받은 강아지 같은 표정이랄까?

일순 피식 웃어버린 레오는 확실하게 못을 박아 말했다.

“너는 어떻게 변장해도 안 된다.”

휴케바인은 바로 울상이 되었지만 레오는 이미 발렌 쪽을 보면서 다음 명을 내리고 있었다.

“발렌, 내가 나갔다는 것을 외부의 사람들이 알지 못하도록 이곳을 지켜라.”

레오는 그렇게 말하고는 이제 더 이상 이야기를 할 필요도 없다는 듯 그대로 밖으로 나갔다.

그리고는 도둑 길드의 표식이 꽂혀 있는 담장으로 갔다. 도둑 길드의 킬번은 레오를 위해 미리 사각지대를 조사한 후 표시해 두었다.

흑사자의 행동을 주시하는 감시의 손길이 이미 사방에 퍼져 있었기 때문이다.

휘익, 턱.

레오는 단번에 담장을 뛰어넘어 거리를 따라 걸었다.

그가 저택에서 나온 것을 발견한 감시자는 없었다. 일단 거리로 나오자 아무도 레오를 알아보지 못했다. 만약 스팔시온 후작이 보낸 감시자가 레오가 나서는 것을 발견했다면 후작이 도망가는 사태가 벌어질지도 모른다.

하지만 감시자는 레오의 외출을 몰랐고, 여전히 레오의 숙소 주변에서 눈에 불을 켜고 숙소 안의 움직임에 집중했다.

밤이 깊어가는데 구름이 바람에 날려 두 개의 달을 가렸다. 거리 양쪽에 켜진 마법의 등불이 은은하게 빛나고 있었지만, 역시 자정의 거리는 음산한 분위기를 풍겼다.

전신 갑옷을 입고 한 손에 칼을 든 채 걷고 있는 레오의 모습은 그런 밤거리를 더욱 차갑게 만들었다. 그의 몸에서 이상한 기운이 퍼져 나와 간혹 스쳐 지나가는 취객들에게 알 수 없는 한기를 느끼게 만들었다.

그럼에도 정작 취객들은 레오의 존재를 인식하지 못했다.

레오는 지금 사냥을 앞둔 맹수처럼 기척을 죽이고 있었다. 당당하게 거리 한가운데를 걸어가는데도 누구의 시선도 받지 않았다.

"오셨습니까?"

스팔시온 후작의 저택 가까이까지 가자 한쪽으로 난 골목 안에서 목소리가 들렸다. 등불도 켜져 있지 않은 골목 안쪽으로부터 밤색의 야행복을 입은 남자가 달려나왔다. 허리를 굽혀 레오에게 인사를 하는 그는 바로 킬번이었다.

"주변을 감시하던 자들은 모두 제거했습니다. 한 시간 동안 저들은 더듬이 없는 개미가 된 셈입니다."

스팔시온 후작이 자신이 오는 것을 몰랐다면 도망가지는 못했을 것이다. 레오는 그의 표적이 있는 스팔시온 후작의 저택을 냉정한 시선으로 보았다.

"후작은 4층에 있을 겁니다. 이미 거리에는 우리 도둑 길드의 요원들을 깔아두었으니 일이 벌어져도 후작은 도망가지 못할 겁니다."

"그런가? 알았다."

레오는 킬번의 설명을 듣는 둥 마는 둥 다시 당당한 걸음걸이로 후작가의 정문을 향해 걸어갔다.

정문은 크고 화려한 금속의 문이었는데, 앞쪽에는 두 명의 경비원이 긴장한 표정으로 서 있었다. 원래대로라면 한참 졸려야 할 시기인데 신기하게도 전혀 졸리지 않았다. 스스로 자각하지는 못했지만 주변에 안개처럼 뿌려진 살기에 몸이 반응하고 있었던 것이다.

저벅, 저벅.

"누구십니까?"

오른쪽의 병사가 레오를 발견하고는 물었다. 이렇게 혼자서 정문을 향해 태연히 다가오는 자를 습격자로 생각할 수 있을 리 없었다.

영지의 저택을 기습할 때와 똑같았지만 스팔시온 쪽에서 그걸 아는 사람은 아무도 없었다.

팟, 슈욱.

"……!"

단말마의 비명도 지르지 못했다. 그들은 자신이 어떻게 죽었는지도 몰랐다. 분명히 검을 뽑아 휘두른 것 같은데 레오의 검에는 피가 묻어 있지 않았고, 병사들의 몸에도 상처가 없었다.

단지 코와 입에서 흘러나오는 붉은 피와 초점을 잃고 흐려진 눈동자만이 그들이 즉사했다는 것을 알려주었다.

레오는 다시 검을 수직으로 들어올려 문의 정중앙의 틈을 향해 내려쳤다.

파캉.

문 안쪽에 가로로 꽂혀 있던 두꺼운 금속봉이 둘로 갈리자 문은 레오가 미는 대로 스르륵 열렸다.

"누구냐?"

안쪽에도 두 명의 경비병이 있었다. 그들은 갑자기 신호도 없이 문이 열리고 한 사람이 유령처럼 안으로 들어오는 것에 놀라 소리를 질렸다. 동시에 급히 비상종을 울리려 했다.

그러나 처음에 소리를 지른 것만으로도 그들은 충분한 역할을 했다고 할 수 있었다. 몸을 돌려 비상종의 줄을 잡으려는 순간, 레오가 검을 휘둘렀다.

5m도 넘는 거리에서 허공을 격하고 휘둘러진 검으로부터 알 수 없는 공기의 파동이 밀려와 경비병의 몸을 뚫고 지나갔다.

팍.

"끄윽!"

경비병은 몸 안이 화끈해지는 느낌과 함께 몸이 마비되는 것을 느꼈다. 가까스로 눈알을 돌려 가슴을 보았는데 상처가 없었다. 베이지 않았다! 그는 그것을 확인하고는 기쁜 표정을 지었다. 그러나 그때에는 이미 죽어서 땅에 쓰러지고 있었다.

검기로 허공을 격하고 상대의 내부만을 베는 것은 결코 쉬운 일이 아니다. 차라리 검강편을 날리는 것이 더 쉽다. 하지만 조용히 상대를 격살하는 데는 이보다 더 좋은 수법이 없다고 레오는 생각하고 있었다.

겉으로 어떤 변화도 나타나지 않기에 바로 옆 사람이 죽어도 쉽게 알지 못한다. 막기도 피하기도 힘들어 당하는 사람만 억울한 극강의 수법이다.

레오는 다시 저택의 본관을 향해 걸어가며 안에 풀어져 있는 경비견과 현관을 지키고 있는 자들을 베었다.

정문의 경비병이 지른 소리를 들은 사람들은 무슨 일이 일어났다는 것은 알고 있었다. 다만 비상종이 울리지 않았기에 구체적으로 어떤 사태가 발생했는지까지는 상상하지 못했다.

죽음의 그림자가 이미 그들의 정문을 들어섰다는 것을 아는 사람은 없었다.

"서둘러라. 하지만 실수를 해서는 안 돼."

킬번은 자신의 주변에 모여든 자들에게 그렇게 말하며 손가락으로 스팔시온 후작의 저택 안을 가리켰다.

그들의 수는 약 서른 정도였는데, 두 개의 무리로 나뉘어 각자 통일된 복장을 하고 있었다.

평소 도둑 길드가 그런 통일된 복장을 할 리가 없다. 마치 용병단이나 귀족의 사조직과도 같은 차림이었다.

"어르신을 따라 진입한다. 너무 접근하면 위험하다는 점을 명심하도록. 그럼 가라!"

"……."

타타타탁.

킬번의 수하들은 대답도 없이 고개만 한 번 끄덕이고는 저택 안을 향해 달리기 시작했다. 안쪽에서 비명 소리가 들리기 시작했다. 이미 레오가 움직이고 있는 것이다.

"음산한 날씨야. 오늘밤은 피안개가 뿌려지겠군."

킬번은 그렇게 말하며 앞서 가는 수하들을 따라 저택 안으로 들어갔다.

그들이 들어갔을 때, 레오는 막 현관 앞의 경비병들을 처리하고 있었다.

그런데 현관을 통해 들어가는 것이 아니라 경비병만 해치우고는 그대로 몸을 날려 2층으로 뛰어올라 안으로 뛰어들었다.

쾅!

"누, 누구? 아악!"

2층 안쪽에서 단말마의 비명 소리가 들렸다. 그러더니 다시 창문으로 레오의 모습이 나타났다.

한쪽 발을 창가에 걸치고 선 레오를 본 도둑 길드의 요원들은 급히 걸음을 멈췄다. 혹시 그가 자신들에게 무슨 명령을 내리는 것이 아닌가 하고 시선을 집중시켰다.

레오는 그들을 거들떠도 보지 않고 그대로 뛰어 벽을 타고 미끄러지듯 위로 솟구쳐 올랐다.

파직.

"아악!"

레오가 3층의 창문을 깨고 들어가자 다시 안에서 비명 소리가 들렸다. 방 안으로 들어가자마자 보이는 것을 모두 처치하는 모양이었다.

꿀꺽.

"마치 새처럼 날아오르는군요."

간부 한 명이 킬번을 보며 말했다. 그는 슈란 왕국 출신의 도둑이었다.

"원래 고수는 그러는 거야. 그래도 어르신은 양심적으로 한 층씩 뛰어오르시잖나. 마법을 할 줄 안다면 그냥 날아서 4층으로 가셨을걸?"

킬번은 다시 4층으로 뛰어오르는 레오를 보며 그렇게 말했다.

그가 마법을 모르는 순수한 검사라는 것은 확실하다. 흑사자가 세상에 나타난 이후 그가 마법을 썼다는 기록은 없다. 그는 오로지 검 한 자루로 수많은 적을 물리쳐 왔다.

다수의 적을 상대하는 데 있어서 마법사는 매우 유리한 입장에 선다. 반면 검사의 경우 일정한 한계 이상의 숫자로 밀어붙이면 죽일 수 있다는 것이 세상의 상식이다.

흑사자는 바로 그 상식을 깬 인물이며, 검을 다루는 모든 이의 경외의 대상이었다.

"그나저나 어쩐다?"

킬번은 곤란하다는 듯 중얼거렸다.

"예? 뭔가 문제가 있습니까?"

"멍청아, 원래는 어르신의 뒤를 따라다니며 뒷정리만 할 계획이었는데, 이제는 우리가 아래층을 정리해야 되잖아!"

"어헉!"

흑사자의 무위를 목격하여 다소 멍해져 있던 수하들 사이에서 신음성이 울렸다. 예상과 달리 만만치 않은 다수의 적을 상대하게 된 것이다.

킬번은 내심 어르신의 무심함을 원망했지만 별 도리가 없었다. 애당초 이 일을 하겠다고 나선 이상 철저히 도구가 되어주어야 했다. 아래층의 인원을 제거하지 않은 것은 뒤를 맡기겠다는 명령이나 다름없다.

"에잇, 모르겠다. 다들 가라!"

킬번은 손가락을 들어 현관문을 가리키며 말했다. 절대로 맨 앞에서 달려나간다던가 하는 만용은 부리지 않았다.

수십 년 동안 이 계통에서 밥을 먹으며 끊임없이 열망해 오다 십 년 전쯤 겨우 손에 넣은 직위, 길드장! 그 직위는 작전에 있어서 가장 안전한 곳에 머물 수 있는 최고의 보직이라고 할 수 있었다.

다다다닥.

조직원들은 저마다 자신의 무기를 들고 달리기 시작했다. 그들에게 뒤는 없었다. 오직 앞으로 나가 공을 세우는 것만이 살아서 나름대로의 영광을 얻는 길이다.

비록 그 영광이 어둠에 속한 것일지라도 그들은 그것을 손에 넣기를 원했다. 자신의 목숨을 걸고서라도!

쾅, 쾅쾅!

거대한 도끼와 철퇴로 몇 번 내려치자 현관문은 맥없이 깨졌다. 다른 일단의 조직원들은 창문을 깨고 침투했다.

저택 안의 기사들이나 병사들은 대부분 잠에서 덜 깬 상태였다. 기사들이 시종의 도움을 받아 갑옷 따위를 입을 시간이 있을 리 만무하다. 방에서 먼저 나와 있던 이들은 겨우 검이나 창을 들고 있을 뿐이었다.

슈슉.

그런 그들에게 조직원들은 암기를 날렸다.

"크윽!"

"으악!"

갑자기 날아든 암기에 여기저기서 비명이 들리며 혼란이 가중되었다. 후작 쪽 인원들이 쏟아진 암기에 당황한 사이 이미 길드원들은 그들 속으로 소리없이 파고들었다.

침입자들은 어둠을 아군으로 삼고 날카로운 도둑의 무기로 사정없이 급소를 노렸다. 조직적인 움직임으로 두세 명씩 짝을 지어 한 명을 합공하여 확실하게 처리했다.

전문적인 훈련을 받은 자들이라는 것은 의심할 여지도 없었다. 그것도 이 정도라면 거의 최고급의 특수 요원이나 살수 수준이라고 할 수 있다.

파파파팍.

"크윽! 네놈들은 누구냐?"

한 기사가 자신의 검을 거칠게 휘두르며 방에서 뛰어나왔다. 그는 충혈된 눈으로 자신들의 동료를 무차별로 학살하고 있는 무리들을 보며 외쳤다.

위잉, 파칵. 쨍그렁.

상당히 실력이 있는 기사임에 틀림없다. 그는 날아오는 암기를 방패로 퉁겨냈다. 기다렸다는 눈앞으로 쇄도한 적의 직접적인 공격이 이어졌다.

챙. 파칵.

하나 여태까지와 달리 그 공격들은 성공하지 못했다. 기사는 방패와 검을 사용하여 쏟아지는 공격을 적절히 막고 피한 끝에 오히려 상대의 몸에 검을 찔러 넣는 데 성공했다.

"커윽! 이놈이 반항을!"

부상을 당한 조직원은 필사적으로 뒤로 몸을 날려 그 기사의 공격권 밖으로 쓰러지며 외쳤다.

최초의 검격에 당하면 즉시 자신의 동료들이 세력권 쪽으로 몸을 날려야 한다. 그래야 다음 공격에 치명상을 입지 않을 수 있다.

역시 그 도둑의 생각대로 기사는 앞으로 한 걸음을 내딛으며 그의 가슴을 검으로 찌르려 했다.

그 순간 뒤로 몸을 날린 도둑의 그림자 속에서 하나의 날카로운 날이 나타나 기사를 향해 번개처럼 찔러 들어왔다. 도둑이 외친 소리는 바로 구조의 신호, 누군가가 그를 돕기 위해 뒤쪽으로 숨어든 것이다.

슈욱, 푹.

"끅, 끄윽!"

기사들 간에는 있을 수 없는 비겁한 수법에 쓰러지면서도 억울한 표정을 지었건만 그것이 마지막이었다.

부릅뜬 기사의 눈을 내려다보며 그림자에서 튀어나온 사람이 입을 열었다.

"미안, 이놈들은 길드의 재산이라서 보호 관리를 해야 하거든. 키우는 데 예산이 많이 드는 놈들이니까 말이야."

그림자 속에서 나온 것은 짧은 단창이었다. 붉은 창대는 특수한 처리를 한 듯 그림자 속에서는 전혀 눈에 띄지 않았지만 밖으로 나오자 기묘한 광택을 띠었다.

보통의 창보다 훨씬 가늘고 날카로운 창날은 옆 부분이 검은 재가 발려져 오직 날 부분만이 섬뜩하게 빛났다. 지금 그 창날은 거의 대부분 기사의 가슴에 박혀 있었다.

죽은 이를 향해 변명하듯 말하고 가슴에 박혔던 창을 빼 든 이는 바로 킬번이었다. 그는 바로 오른손으로 창을 들고 왼손으로 비수를 거꾸로 들어 자세를 취했다. 너무나 쉽게 상급 수준의 기사의 생명을 접수한 그의 눈빛은 평소의 능글능글한 인상과는 전혀 다른 이질적인 것이었다.

"똑바로 해라! 대항하는 자들은 모두 처치해도 좋다! 후작을 찾아라! 그놈을 죽여야 우리가 산다!"

킬번은 그렇게 외치면서 왼손을 살짝 흔들었다. 그 가벼운 손놀림에 날아간 비수는 바로 한 병사의 목으로 파고들며 생명을 빼앗아갔다.

쉬익.

"컥."

어느 틈에 킬번의 왼손에는 또 다른 비수가 들려 시퍼런 빛을 발하고 있었다. 정녕 길드장으로서 부끄럽지 않은 실력이라고 할 수 있다.

킬번은 눈을 번뜩이며 비수를 날렸고, 그것은 어김없이 불리한 상황의 부하를 구하고 적의 목숨을 빼앗아갔다.

"크으윽, 네, 네놈들은 누구냐?"

기사들 중 하나가 검을 맞고 쓰러지며 비명처럼 외쳤다. 비슷한 외침이 사방에서 튀어나왔다. 킬번은 피식 웃으며 생각했다.

'상대가 누군지 알면 억울함이 좀 덜한 것일까? 하긴 이유도 모르고 죽으려면 좀 더 원통할지도 모르지.'

다른 경우라며 무시해야 할 이 질문에 오늘은 아주 성의껏 대답해 줄 이유가 있다. 킬번은 목청을 가다듬고 힘차게 외쳤다.

"스팔시온 후작! 나와라! 네놈이 우리를 속이고 표적이 흑사자라는 것을 감춘 채 의뢰를 해? 그 바람에 우리 조직은 전멸 위기에 빠졌다! 이제 네놈의 목을 베지 않으면 죽어간 조직원들의 한을 풀 수 없다! 전원 샅샅이 뒤져서 스팔시온 후작을 찾아내라! 그의 목을 잘라 흑사자에게 보내야 우리가 살 수 있다!"

킬번의 외침은 정말로 처절했다. 원한이 뼛속까지 사무쳐 갈라진 목소리는 사람의 살을 곤두서게 만들었다.

"스팔시온 후작의 행방을 찾아! 도망가는 놈을 쫓을 시간은 없다. 후작이 도망가면 우리 조직은 끝장이다!"

킬번이 들으란 듯 큰 소리로 부하들을 독려했다.

방 안에 숨어서 오들오들 떨고 있던 하녀들이나 하인들은 그때서야 이 정체불명의 무리들이 이곳을 습격한 이유를 알 수 있었다.

기사들과 병사들도 킬번의 말을 듣고 동요하기 시작했다. 스팔시온 후작이 흑사자를 암살하려고 했다. 그리고 그 화가 거꾸로 이곳을 덮쳤다!

기사들은 그래도 충성을 맹세한 자들답게 계속 싸웠지만 병사들은 차츰 전의를 잃었다. 병사들은 눈치를 보며 조금씩 뒤로 물러섰다.

킬번은 그런 상황을 눈으로 보고 몸으로 느끼고 있었다. 그는 계속해서 소리를 지르며 부하들을 독려하여 상대를 처치했다.

챙그렁.

한 병사가 결심한 듯 무기를 버리고 앞으로 넙죽 엎드려 머리를 감싸 안았다. 킬번과 수하들은 그를 지나쳐 옆에서 무기를 휘두르던 병사의 목숨을 빼앗았다.

이 광경을 본 병사들은 하나둘 무기를 버리고 엎드리거나 열린 방 안으로 뛰어들었다.

대항하지 않으면 살 수 있다. 이들의 목표는 오로지 스팔시온 후작인 것이 분명했다.

미처 밖으로 나오지 못한 자들도 나오려던 생각을 포기하고 무기를 버린 채 침대 밑으로 기어들어 갔다.

킬번은 자신의 생각이 적중하자 회심의 미소를 지었다. 이제 인원의 열세는 극복된 것이나 다름없다.

1층이 완벽하게 장악되었고, 2층으로 전투가 확장되기 시작했다.

레오는 4층으로 뛰어오른 후 창문을 뚫고 방 안으로 들어갔다. 막 침대에서 일어나려던 방의 주인은 날아온 기운에 생명을 잃고 뒤로 넘어갔다.

방문을 열고 뛰쳐나간 레오는 바로 복도에 버티고 서서 튀어나오는 자들을 순식간에 처치했다. 그들은 문을 열고 나오는 순간 비명도 지르지 못하고 쓰러졌다.

4층이기 때문에 방심하고 있었으리라. 방심하지 않았다고 해도 웬만하면 손으로 문을 열고 나오기 때문에 그 순간에는 필연적으로 빈틈이 생긴다.

조금이라도 빈틈이 있는 자는 레오의 일격조차 막을 수 없었다.

그때, 아래층에서 울려 퍼지는 목소리가 있었다.

"후작에게 조직의 원수를 갚겠다! 후작, 나와라!"

분명 킬번의 것이었다. 레오는 피식 하고 웃었다.

"킬번 녀석, 머리를 쓰는군."

자신은 귀찮아서라도 그렇게까지 섬세하게 머리를 쓰지 못한다.

그냥 모습만 바꾸고 신분을 밝히지 않은 채 후작을 처치하면 나머지는 주변에서 알아서 해줄 것이라고 생각했다. 이는 레오가 지난 십 년간의 대륙 여행 중에 몸으로 얻은 경험이었다.

스팔시온 후작은 분명히 죽을 짓을 했고, 자신은 그것을 처리한다. 왕명에 정면으로 거역할 수 없어서 이렇게 모습까지 바꿨다.

후작은 정체를 알 수 없는 자에게 살해당한 것으로 이 일은 마무리될 것이었다. 주변 사람들은 미리 짜놓은 듯이 모두 납득할 것이다.

흑사자가 드러내고자 하지 않는 행적을 캐는 어리석은 자는 없다.

세상은 복잡한 것 같지만 알고 보니 단순했다. 적어도 레오에게는 이런 일은 가장 쉬운 일에 속했다.

하지만 킬번이 모처럼 섬세한 작전을 세웠다. 레오는 그것도 나쁘지 않다는 생각을 하며 최소한의 성의를 보이기로 했다.

"고도의 기술은 쓰지 말아야겠군."

레오는 그렇게 중얼거렸다. 그리고는 다시 몸을 움직여 방에서 달려나오는 자를 둘로 갈랐다.

몇 명을 처리했을까? 4층에서는 더 이상 방 안에서 나오는 사람이 없어졌다.

워낙 조용하게 손을 쓴 탓에 3층이나 2층의 사람들은 위쪽 상황을 눈치채지 못하고 아래층의 싸움에 끼어들었다.

보고를 하기 위해 올라오는 자는 레오가 신경 써서 확실하게 처리했다.

레오는 마침내 복도 끝에 보이는 후작의 방을 향해 걸어가기 시작했다.

저벅, 저벅.

발걸음 소리를 죽이지도 않았다. 오히려 발에 힘을 주어 부드러운 카페트가 깔린 복도에서도 선명하게 소리가 들리도록 했다.

기를 집중하니 방 안에 있는 자들의 기척이 느껴졌다.

여섯 명 정도의 사람이 있었다.

남자 다섯, 여자 하나. 그중 한 명은 스팔시온 후작의 기운이 틀림없었다.

'그렇다면 다른 넷은 호위 기사들인가? 후작의 방과 옆방은 바로 통하게 되어 있나 보군.'

레오는 그렇게 생각하며 복도에 쓰러진 시체를 들어 문을 향해 집어 던졌다.

쾅!

거칠게 문을 부수며 안으로 날아간 사람의 몸. 그 순간 안에 있던 자들의 무기가 일제히 휘둘러졌다.

“죽어라, 이놈!”

팍, 파팍, 푹.

“아니, 이것은?”

모두의 검이 시체의 몸을 베거나 뚫고 난 후에야 당황한 음성이 튀어나왔다.

레오는 그 시체의 뒤를 유령처럼 따라 들어갔다.

방 안에 있는 남자들의 당혹한 표정이 급격히 다가왔다.

적이 나타났는데 기습을 한다는 것이 오히려 시체에 자신의 무기를 구속한 꼴이 되었다. 다행히 베는 자세를 취한 이들조차 자세를 가다듬지 못해 채 검을 올리지 못한 상황이다. 그들에게는 더할 나위 없는 놀람과 좌절의 순간이었으리라.

휘익, 파파파팍.

레오가 검을 옆으로 휘두르는 순간 네 개의 목이 천장을 향해 날았다. 그냥 일렬로 나열한 짚더미를 베는 것과 별 차이가 없어 보인다.

그야말로 순식간에 일어난 일이었다. 정작 검을 휘두른 레오는 서두르는 기색도 없이 방 안을 천천히 둘러보았다.

후작의 침실답게 방은 꽤나 넓었다. 안쪽까지의 길이만 해도 10m도 넘었다. 화려한 비단으로 치장된 거대한 침대 위에는 이불을 뒤집어쓰고 바들거리고 있는 여자 한 명이 보였다.

‘운이 좋군. 아니, 현명한 건가?

레오는 침대 쪽을 향해 살짝 손을 저어 여자를 기절시켰다. 그의 얼굴도 보지 못했고 정체도 알지 못하니 굳이 죽일 필요가 없다.

“으으으, 네놈은!”

스팔시온 후작은 잠옷 바람으로 망연하게 서 있었다. 조금 전까지만 해도 그의 앞을 든든하게 지키고 있던 네 명의 기사가 순식간에 시체가 된 후이다.

"알아보는가? 이름을 댈 필요가 없어서 좋군."

레오는 차갑게 말하고는 그를 향해 다가갔다.

저벅, 저벅.

의도적으로 내는 걸음 소리에 따라 스팔시온은 조금씩 뒤로 물러섰다.

"크흐흐흐, 네놈이 설마 이렇게 정면으로 손을 쓸 줄이야! 국법이 무섭지 않느냐?"

스팔시온은 억지로 입을 열어 물으나마나한 질문을 하면서도 조금이라도 레오에게서 떨어지려 애쓰고 있었다. 그 노력도 벽난로 바로 앞에 이르자 끝이 났지만.

레오는 스팔시온에게서 한 걸음 정도 떨어진 곳에 멈추어 선 후 그의 물음에 답해 주었다.

"흠, 국법, 그것 때문에 일부러 이런 모습으로 온 거지."

스팔시온 후작의 안색이 변했다. 지금 보니 흑사자가 검은 갑옷을 입지 않고 있었다. 그렇다면?

"눈에 보이는 시치미를 뗄 셈이냐?"

스팔시온은 이를 갈며 소리쳤다.

"그럴지도."

레오의 대답과 동시에 스팔시온의 모습이 꺼지듯 사라졌다. 그가 있던 자리에는 검고 네모난 구멍만 남았을 뿐이다. 적이 있는 고위 귀족이라면 이런 비밀스러운 장치 하나는 남겨두기 마련이다.

"제법이군."

레오는 검은 구멍을 향해 주저없이 몸을 날리며 중얼거렸다.

후작이 뛰어든 구멍은 미끄러지기 쉽게 경사로로 되어 있었다. 미끄럼틀 같은 경사로의 끝에서 레오는 슬쩍 검을 휘두르며 자세를 바로 했다.

"컥."

"헉."

무심히 휘두른 것 같은 검의 궤적에서 검은 핏줄기가 터져 나왔다. 후작의 최후의 안배였던 두 명의 살수는 미처 몸을 드러내기도 전에 허무하게 생명을 잃고 말았다.

탁, 탁, 탁, 탁.

"헉, 헉!"

스팔시온은 필사적으로 뛰며 애써 숨소리를 죽이려고 노력했다. 일단 살아 나가기만 하면 된다. 최소한 드러내 놓고 죽일 생각이 없음은 이미 알고 있었다.

최후의 순간을 위해 마련한 비도인만큼 나름의 준비가 되어 있었다. 스팔시온은 최후의 희망을 버리지 않고 외부로 연결된 통로를 달려나갔다.

"해냈다!"

마침내 출구가 눈앞에 보였다. 저 문을 나서면 저택 뒤쪽 골목으로 나가게 된다. 숨이 턱에 닿은 스팔시온의 눈에 희열이 떠올랐다.

"뭘?"

순간 바로 뒤에서 누군가 물었다. 반사적으로 몸을 돌린 스팔시온의 코앞에 느긋하게 서 있는 레오의 모습이 보였다. 스팔시온은 전혀 몰랐지만 레오는 계속 그의 바로 뒤에서 따르고 있었다.

휘익, 팍.

스팔시온은 무언가 말하려고 입을 열었지만 소리는 나오지 않았다. 살려달라는 최후의 애원은 그의 입속에서 사라졌다.

레오는 바닥에 떨어진 후작의 목을 무표정한 얼굴로 내려다보았다. 약간 허무한 기분이 들었다.

상대는 그렇게 생각하지 않았겠지만 일단 표적을 정한 이상 표적이 자신의 손을 피할 수 있는 방법은 없다.

적어도 일국의 왕 정도는 돼야 그 넓은 왕궁 속에 숨어 있을 수 있을 것이다. 물론 그것도 지금처럼 이미 기척을 잡아낸 후에는 무의미했다.

"돌아가서 자야겠군."

레오는 스팔시온이 그처럼 갈구하던 문을 열었다. 그 문은 저택 밖과 바로 연결되어 있었고, 일단 닫히자 옆의 벽과 구분이 되지 않았다.

저택 안에서는 아직 싸움이 계속되고 있었지만 레오는 뒤돌아보지도 않고 자신의 숙소로 향했다. 그가 이곳에 머무른 시간은 십 분 정도에 불과했다.

다음날, 수도는 발칵 뒤집혔다.

최고 귀족들 중 한 명인 스팔시온 후작가가 누군가에 의해 습격당했다! 스팔시온 후작은 목이 잘린 시체로 변해 침실에서 발견되었다!

소문은 거센 폭풍과도 같이 일거에 주변을 감싸며 퍼져 나갔다.

살아남은 자들의 증언에 의하면 놀랍게도 습격한 자들이 후작이 키운 조직의 조직원들이라고 했다.

그 조직의 이름은 블루오닐과 샤키라!

대전사 결투에 진 후작은 흑사자를 암살하기 위해 이들을 수도로 불러들였다고 한다. 하나 자신들의 표적이 흑사자라는 것을 알게 된 그들이 검을 거꾸로 잡아 스팔시온 후작을 습격했다는 것이다.

사람들은 모두 고개를 끄덕이며 그 조직들의 심정을 이해했다. 누구도 그들이 후작을 죽였다는 사실을 믿어 의심치 않았다.

스팔시온 후작은 이미 죽을 짓을 했고, 죽었다. 그 이상의 소란을 원하는 자는 없었다. 그의 죽음에 의심을 품는다면 그것은 바로 흑사자를 의심하는 것이나 다름없기 때문이다.

"어찌 생각하오?"

타카 2세는 은밀히 불러들인 바로크 백작과 두카 공작에게 묻고 있었다.

"일단의 수상한 무리가 수도로 입성했다는 것은 확실한 사실입니다."

바로크 백작이 대답하자 두카 공작도 거들었다.

"그들은 두 개의 무리로 보였고, 이는 소문의 내용과 일치합니다. 그리고 어젯밤 레오 경의 숙소에서 나간 사람은 하나도 없었다고 합니다."

"그렇군."

타카 2세는 바로 블루오닐과 샤키라에 대한 수배령을 내렸다. 어쨌든 간에 왕족을 암살한 자들이니 반역죄에 해당한다.

그러나 그들 조직은 후작가를 치고 그 안의 값나가는 물건들을 모두 약탈한 후, 감쪽같이 사라져 버렸다.

소문에 의하면 그들은 모두 슈란 왕국을 벗어나 용병이 되었다고 한다.

그 정도의 인원을 가진 조직이 왕국을 벗어나는 것은 상당히 힘든 일이라고 할 수 있었다. 그들에게는 나름대로의 방법이 있었는지, 혹은 강력한 조력자가 있었는지 단 한 명도 발각되지 않았다.

그렇게 수십 년 동안 슈란 왕국의 귀족 중에서 세 손가락 안에 드는 권력을 유지해 온 스팔시온 후작은 역사의 뒤안길로 사라졌다.

레오는 사흘도 지나지 않아서 후작의 이름조차 잊어버렸다.

그의 머리 속은 곧 다른 일들로 가득 차버려 도저히 한가롭게 과거의 사소한 일들을 회상할 여유가 없었다.

레오가 타카 2세로부터 백작의 작위를 수여받은 지 일주일이 지났다.

아직까지 레오는 수도에 머물러 있었다.

작위가 오른 그에게 추가로 내려진 영지는 탈렌 지방이었는데 그곳이야말로 슈란 왕국 내에서 가장 비옥한 토지 중 하나였다. 문제는 탈렌 지방이 기존의 영지인 가이안과 정반대인 왕국의 북서부에 위치한다는 점이었다.

가이안은 그다지 비옥한 곳이 아니다. 더군다나 산맥과 접한 변경 지역이기 때문에 마물도 상당히 자주 출몰하는 지역이었다.

그에 비해 탈렌은 남쪽으로는 강을, 북쪽으로는 그다지 험하지 않은 산을 끼고 있어 소출이 풍부했다. 무엇보다 중요 교역로 중 하나이기 때문에 상업도 번성해 있었다. 수도와도 가깝기 때문에 그곳을 얻으면 영지에 머물 필요가 없이 수도에서 살면서 틈틈이 영지를 둘러볼 수도 있었다.

타카 2세는 레오에게 이 영지를 하사함으로써 중앙 귀족의 길을 열어준 셈이었다. 그의 마음을 얻어 자신의 심복으로 삼으려는 것이다.

영지를 새로 수여한 국왕은 별도로 레오를 불러들여 환담을 나누고 있었다.

"탈렌을 근거지로 하는 것이 어떤가? 가이안 영지는 반납해도 좋네."

가이안 영지는 녹록한 병력으로 지켜지는 곳이 아니다. 타카 2세는 그 점까지 감안하여 지금 레오에게 권하고 있었다. 레오는 잠시 침묵하다가 최대한 정중하게 대답했다.

"가이안은 선조 때부터의 영지, 제 성이 그것을 증명하고 있습니다. 폐하의 배려는 마음속으로부터 감사드리오나, 뿌리를 잊으면 제구실을 하지 못하는 법이오니 가이안에 머물 것을 허락해 주십시오."

타카 2세는 레오의 청을 거절할 수 없었다.

대륙의 왕국 모두가 탐내는 흑사자가 패전국인 슈란 왕국에 충성을 맹세한 것도 그가 뿌리를 잊지 않고 있기 때문이 아닌가?

"그런가? 과연 그대의 말은 틀리지 않다. 가능하면 수도에 계속 머물게 하고 싶지만 그렇게까지 말하니 어쩔 수 없군. 일단 영지로 돌아가는 것을 허락하지."

타카 2세는 아쉬운 마음을 접고 흔쾌한 태도를 보였다. 상대가 원하지 않는 호의는 호의라고 할 수 없다. 최소한 그는 그 점을 잘 알고 있는 인물이었다.

"감사합니다."

레오는 말이 통하는 왕을 만난 것에 어느 정도 기분이 좋아져 가벼운 마음으로 황궁을 나섰다.

숙소로 돌아온 레오는 곧바로 유스와 발렌, 휴케바인을 모아놓고 영지에 대해 말했다.

"네? 탈렌 영지를 처분한단 말씀이십니까?"

방금 전까지 탈렌 영지를 받았다는 말에 크게 기뻐하던 발렌은 진심으로 자신이 잘못 들은 것이기를 바랐다.

"그렇다."

레오가 명을 재확인하는 경우에 그렇듯 간단하게 대답하자, 발렌은 기가 막혔다.

영지를 다른 귀족에게 파는 것은 왕의 허락만 받는다면 결코 불법은 아니다. 하지만 그런 영주는 거의 전무하다고 할 수 있다.

빚에 쪼들려 반강제적으로 팔거나 권력에 의해 빼앗기는 것도 아닌데 자발적으로 최고의 영지를 팔다니?

발렌은 급히 마음을 안정시켰다. 레오가 경제적인 관념이 전무하다는 것은 이미 알고 있는 사실이다.

즉시 고개를 돌려 유스를 보며 눈으로 신호를 보냈다.

발렌은 자신이 직접 말하기보다는 마법사인 유스가 더욱 조리있게 설명을 할 수 있을 것이라고 생각했다.

"영주님, 그곳의 곡물 소출은 가이안의 세 배나 됩니다. 그곳만 잘 경영하면 백작의 작위에 어울리는 자금을 충분히 확보할 수 있습니다. 가이안 영지의 소출로는 무리입니다. 다시 한 번 생각해 보시는 것이 어떻겠습니까?"

유스는 차분한 어조로 가능한 한 알기 쉽게 레오를 설득했다. 옆에서 듣고 있던 휴케바인도 덩달아 고개를 끄덕일 정도였다.

세 쌍의 눈빛이 간절하게 애원하듯 빛났지만 레오는 단호하게 말했다.

"그곳을 지킬 여력은 없다. 그렇게 가치가 있는 영지라면 처분했을 때 적지 않은 자금이 들어올 테지."

레오가 이 말을 하는 동안 휴케바인은 유스와 발렌의 눈빛을 동시에 감당해야 했다. 그사이에도 레오의 말은 계속 이어졌다.

"가넨은 지난 수십 년간 부족한 자금에 쪼들리며 영지를 운영했다고 하더군. 이번에 대전사 결투에서 벌어들인 60만 골드와 탈렌 영지를 처분한 자금을 그에게 맡기면 좋아할 거다."

"그냥 탈렌 영지를 맡기는 것을 더 좋아할 것 같습니다만."

마침내 한 가지 사실을 찾아낸 휴케바인이 작은 목소리로 토를 달았다. 사실 그의 이러한 말은 레오의 명 자체에 대한 거부는 아니다. 그저 아는 사실을 말했을 뿐이다. 덩달아 유스와 발렌도 고개를 열심히 끄덕였지만 레오는 가볍게 무시하고 말을 이었다.

"발렌 경, 탈렌 영지를 인수할 만한 귀족의 명단을 뽑아라. 마법사 유스, 기왕 파는 거 가능하면 비싸게 팔 계획을 세워라."

구체적인 명이 떨어지자 그들은 모두 한숨을 쉬었다.

이 영주는 완벽한 독재자다. 한 번 결정하면 절대 남의 말을 듣지 않는다. 바꾸려면 결정을 하기 전에 바꿔야 하는데, 이렇게 미리 선언을 해버리는 경우에는 방법이 없다.

"명에 따르겠습니다."

발렌과 유스는 고개를 숙이며 복명했다. 그러면서도 그들은 탈렌 지방의 평균 곡물 소출량을 머리에 떠올리며 한숨을 쉬었다.

딱히 할 일을 배정받지 못한 휴케바인은 가넨이 이 사실을 알게 되면 그야말로 앓아누울지도 모른다고 생각하고 있었다.

탈렌 영지의 처분 대상은 의외로 쉽게 결정났다.

일시적으로 그 정도 자금을 동원할 수 있는 대귀족은 슈란 왕국을 통틀어서 두 명밖에 없기 때문이다.

그중 유스와 발렌이 최종적으로 결정한 상대는 타카 2세의 친동생인 두카 공작이었다.

왕국의 제상이기도 한 그는 현재 왕을 제외한 최고의 권력자라고 할 수 있다. 또 다른 한 명인 서부 귀족들의 수장이라고 할 수 있는 레닐 후작도 그에게는 공손하게 예의를 지킨다.

두카는 레오의 전갈을 받자 바로 만날 약속을 했다. 레오는 그의 집무실에 방문해서 정식으로 거래를 시작했다. 그곳은 다름 아닌 슈란 왕국의 재상부였다.

물론 레오 혼자 간 것은 아니다. 그런 짓은 어린아이에게 금덩어리를 들려 거리로 내보내는 것과도 같다. 레오 자신도 그러한 거래에 일일이 신경을 쓰고 싶지 않았다.

때문에 미리 두카 공작의 양해를 얻어 유스와 발렌이 동행했다.

거래액에 대한 상담은 매우 손쉽게 끝났다.

유스는 공작과 가격에 대해 치열하게 다투고 싶지 않았기에 애초에 합당한 가격을 제시했다. 두카 공작 또한 탈렌 지방의 가치를 깎으려 하지 않았다.

실제로 탈렌 영지는 이러한 객관적인 가치로 평가할 수 없는 곳이었다. 금액에 대한 합의가 끝난 후 두카 공작이 다짐하듯 레오를 향해 물었다.

“정말 탈렌을 넘길 셈인가?”

“대금만 충분하면 바로 서류를 작성해도 됩니다.”

“음, 이해할 수 없는 일이지만 이 거래는 나에게는 좋은 일이라고 할 수 있지.”

“잘됐군요. 공작 전하께 손해가 가지 않는다면 거래를 하지요.”

“잠깐 기다리게. 아무리 나라고 해도 그 정도 자금을 바로 구할 수는 없다네. 적어도 보름은 걸리지.”

“그렇습니까? 그럼 오늘 서류를 작성하고 대금 인도일을 보름 후로 하면 되겠군요. 저는 전하의 신용을 믿습니다.”

레오는 아주 간단하게 말했다.

사실 이 정도 거래라면 왕을 중개인으로 내세우고 난리법석을 치르며 한 달이고 두 달이고 세밀한 상담을 해야 정상이다. 한데 레오는 그냥 길에서 싸구려 단검을 하나 사는 것처럼 몇 분 만에 끝내려 했다.

두카 공작은 그런 레오를 보며 어쩔 수 없다는 듯 웃음을 지었다.

“자네가 괜찮다면 그렇게 하도록 하지.”

두카 공작의 최종 회답이 떨어지자 레오는 손을 들어 가볍게 손뼉을 쳐서 거래가 성사되었음을 알렸다.

그 뒤로는 발렌과 유스가 공작의 수하들과 함께 작성한 서류에 사인을 하고 인장을 찍었다.

그것으로 탈렌 지방은 레오의 손에서 떠나 두카 공작의 손으로 넘어갔다.

“이 영지는 내가 잠시 보관해 두는 것으로 생각해 두겠네. 영지의 일이 정리되면 정식으로 사람을 보내 자네와 내 딸과의 혼인을 추진하도록 하지. 그때의 지참금으로는 딱 좋은 것 같군. 하하하.”

인장을 찍고 난 두카 공작은 흐뭇하게 웃으며 말했다. 마치 이미 결정된 것이나 마찬가지라는 투였다.

‘아직도 그 생각을 하고 있었던 건가?’

레오는 속으로 혀를 찼지만 이 상황에서 뭐라고 말을 하기도 그래서 그냥 형식적인 인사를 하고 재상부를 나섰다.

사실 두카 공작의 이러한 태도는 너무나 당연한 일이었다. 그로서는 이런 중요한 거래를 좋은 조건으로 제시받은 것이니만큼 특별한 호의로 해석하는 것이 당연했다.

상식적으로 귀족이 영지를 파는 것은 경제 형편이 매우 어려운 경우이다. 한데, 이미 레오는 대전사 결투의 결과로 보상금을 받은 터였다. 거기에 꼭 처분해야 한다면 당연히 가이안 영지가 되어야지 탈렌 영지 같이 황금 알을 낳는 거위를 처분할 바보는 없다.

두카 공작이 딸과의 혼사를 당연히 생각한 것은 너무나 상식적인 판단이었다.

대금을 기다리는 보름 동안 레오는 그 어떤 연회에도 참석하지 않고 숙소에 머물렀다.

일단 연회에 나갔다가는 그 수많은 귀족들과 그들이 데려온 딸, 또는 조카들과 인사를 해야 한다는 것을 잘 알고 있는 그였기에 철저하게 모든 초대를 거절했다.

타카 2세는 그 기간 동안 왕성 연회를 열지 않았다.

왕명으로 레오에게 초대장을 보내면 그는 나올 수밖에 없다. 하지만 그런 것으로 왕의 권위를 남에게 자랑하려는 생각보다는 연회를 싫어

하는 것으로 보이는 고독을 즐기는 무인 혹사자를 배려하는 것으로 왕의 그릇을 보였다.

레오는 그런 타카 2세가 더욱 마음에 들었다.

수도 헬룬에 온 지 거의 한 달이 다 될 무렵, 레오는 드디어 자신의 영지인 가이안을 향해 떠날 수 있었다.

올 때에는 마차 한 대에 기사들이 타는 말 십여 필뿐인 시골 자작의 초라한 행렬이었지만, 돌아가는 지금은 전혀 달랐다.

마차 스무 대에 가득 실린 재물들은 무려 2백만 골드에 달했다. 그 외에도 왕의 호의로 전투마 삼백 필과 검과 창을 비롯한 무기를 다시 마차 열 대에 싣고 있었다.

이를 보호하기 고용된 일급 용병 이백 명은 하나같이 뛰어난 자들이었다.

킬번이 레오를 위해 자신의 정예 조직원들을 딸려 보낸 것이다. 이들이 바로 스팔시온 후작가를 친 자들임은 당연히 아무도 모르는 사실이었다.

물론 킬번은 호위라는 말보다 짐을 나르고 말들을 끌 사람을 보내겠다고 했을 뿐이다. 덕분에 일정 수준 이상임이 분명한 이들 인원을 보며 놀라는 발렌이 들은 말은 단 한 마디였다.

"공짜 용병이니 짐꾼으로 쓰도록!"

어찌 되었든 이 용병들의 참여로 행렬은 구색을 갖추게 되었다. 그 길이만 해도 200m가 넘어 그야말로 보는 사람을 저절로 고개 숙이게 만드는 위풍당당한 위세였다.

이 행렬의 가장 앞을 달리는 최고급 마차 안에는 레오와 로엔이 타고 있었다.

구름 한 점 없이 맑은 하늘은 시리도록 파랬다. 때는 이미 겨울의 문턱에 접어들어 바람은 매섭게 사람의 살을 찔렀다. 나무들은 대부분의 잎을 떨어뜨려 앙상한 가지만 남아 그 매서운 바람과 겨울의 추위에 애처롭게 떠는 듯 보였다.

"레오 삼촌."

로엔은 멍한 표정으로 마차 밖의 경치를 보고 있는 레오를 불렀다.

"응?"

다른 사람이 물을 때는 '무슨 일이지?' 라고 대답한다. 굉장히 딱딱한 음성으로. 그러나 오직 로엔에게만큼은 짧긴 해도 편한 말을 골라 사용하는 레오였다.

그의 주위 사람 중 가장 어린 로엔만이 유일하게 레오에 대해 일말의 두려움도 갖지 않는 것은 그래서이다. 로엔에게 레오는 가장 든든한 보호자이며 유일한 혈육이었다.

로엔은 대답과 동시에 자신을 돌아보는 레오를 보며 스스럼없이 미소를 지으며 물었다.

"삼촌은 십 년 동안 세상의 모든 강자들을 찾아다녀 겨루었다고 들었어요."

"그래."

"왜 그랬어요?"

레오는 고개를 약간 갸웃거리며 로엔을 보았다. 조카가 이렇게 직접적인 화법을 쓰는 것은 처음이었다.

로엔이 눈을 반짝이며 자신을 보고 있었다. 얘기해 주세요! 듣고 싶어요! 강렬한 요구가 머리 속으로 직접 들어오는 것 같았다.

"그것은……."

레오는 잠시 망설였다. 여태까지 이런 질문을 받은 적은 많았지만 대답한 적은 없었다. 하지만 이번에 물은 사람은 다름 아닌 로엔이다.

"나보다 강한 자가 존재하는가 알고 싶었기 때문이다."

생각을 정리한 레오는 그렇게 대답했다.

"역시!"

로엔은 환호성에 가깝게 짧게 말하고는 더욱 눈을 빛냈다. 평소에도 존경으로 가득하던 눈빛이 깊이를 더하고 있었다.

레오는 속으로 한숨을 쉬었다. 로엔이 무슨 생각을 하는지는 뻔히 들여다보였다. 아마 가출할 때부터 천하 최강을 꿈꾸며 세상에 나선 것으로 상상하고 있을 터였다. 그리고 지금은 그 도전에서 훌륭하게 승리한 영웅이라고 생각할지도 모른다.

'그런 대단한 것이 아니다.'

레오는 속내를 감추고 다시 고개를 돌려 창문 밖을 내다보았다.

마침 지평선 끝으로부터 한 조각의 구름이 나타나 바람을 타고 빠르게 이동하고 있었다. 그 구름의 움직임을 무심코 눈으로 좇으며 생각했다.

사실 레오가 처음 십육 세 때 영지를 떠나기 전까지 그는 자신이 얼마나 강한지를 전혀 실감하지 못했다. 남들이 강하다고 아무리 말해도 비교할 대상이 전혀 없었다.

"나는 사자다. 평범한 인간과는 날 때부터 다르기 때문에 강하다."

발렌에게 했던 말은 그냥 습관적인 대꾸였을 뿐이다. 사실 스스로를 이해할 수 없는 소년의 오만한 자기합리화에 불과했다.

사실 그때만 해도 레오는 정말 자신의 말을 믿고 있었다. 그는 세상의 강자들 중엔 자신과 비슷한 존재가 있을 것이라고 내심 기대하고 있었다.

하지만 영지를 떠나 도둑 길드와의 전쟁을 벌일 때부터, 레오는 뭔가 이상하다고 생각했다.

강해도 너무 강했다!

일개 자작령 내에서 가장 강한 것과 대륙 규모의 조직과의 싸움에서 느끼는 강함은 그 격이 다르다.

처음에는 세상의 상식에 따라 수십 명의 살수들이 공격을 가하면 도망가기도 했지만 어느 순간부터 상대가 절대 자신에게 위협이 될 수 없다는 것을 느꼈다.

실제로 그 후 이 년 동안 레오는 한 번도 생명의 위험을 느끼지 않았다.

다른 자들이 보기에는 절체절명의 위기가 끊임없이 이어진 것 같았겠지만 적어도 레오 자신만은 진실을 알았다.

도둑 길드와의 전쟁이 끝난 후, 레오는 심각하게 고민했다. 결국 그 해답을 얻기 위해 유명한 자들을 찾아가 자신의 강함을 시험하기 시작했다.

그때 레오가 원했던 것은 승리가 아니었다. 그는 한 번도 자신이 강해지기를 원하지 않았다.

사실 그가 진정으로 십 년간 찾아 헤맨 것은 패배였다.

세상에서 자신이 가장 강하지 않기를 바랐다. 아니, 적어도 대등한 상대가 있기를 원했다.

그러나 없었다, 단 한 명도!

비무에 지고도 승복하지 못한 자들이 보낸 영지의 사병들과 싸워도 레오는 한 번도 패배하지 않았다.

적의 숫자가 적으면 정면에서 싸워 이겼고, 너무 많으면 일단 숨었다가 사병을 보낸 자에게 되돌아가 그곳을 쓸었다.

약 삼 년 전부터는 미노 왕국 이외에는 아무도 자신을 적대하지 않았다.

새로운 강자가 나타났다는 소문을 듣고 혹시나 하는 심정으로 찾아가도 상대는 아예 질 것을 예상하고 가르침을 청했다.

레오로서는 미칠 지경이었다.

그는 십이 세 이후로 친구도 한 명 없었다. 그때 이미 휴케바인을 비롯한 성인 수하들만 하나 가득 있었을 뿐이다.

그는 고독했다.

'하지만 지금은 그런 생각을 할 여유도 없지. 당장 지켜야 할 것들이 생겼으니까.'

크게 숨을 들이쉬며 생각을 정리했다.

새로운 목표가 생긴 이상, 고독을 느낄 여유도 없으리라!

레오는 구름에서 시선을 떼어 땅을 보았다.

그는 더 이상 혼자가 아니다. 충성을 맹세한 이상 지켜야 할 주군이 있고, 아래로는 영지와 부하들이 있었다.

땅, 영지, 가이안, 그리고 부하들, 이제 그의 머리 속은 그것으로 가득 차기 시작했다.

❖ Chap 4 ❖
겨울의 시작

겨울의 시작

거실의 소파에는 다섯 명의 사람이 테이블을 둘러싸고 앉아 있었다.

발렌, 휴케바인과 마법사 유스, 그리고 영지 관리인 가넨은 중앙에 앉은 한 소년의 말에 정신을 집중했다. 질문을 받은 소년은 다름 아닌 로엔이었다.

지금 로엔은 여행 틈틈이 마차 안에서 삼촌에게 들은 이야기를 하는 중이었다. 누구에게도 명확하게 알려지지 않았던 흑사자의 십 년 행적에 관한 진실이 막 펼쳐지고 있었다.

테이블에는 차와 쿠키가 놓여 있었지만 로엔이 말하는 동안에는 아무도 손댈 생각도 안 했다. 이미 찻물은 차갑게 식어 있었던 것이 다행이랄까? 하나의 이야기가 일단락 지어지자 사람들은 동시에 심한 갈증을 느끼며 무의식적으로 찻잔을 들어 벌컥벌컥 마셨다.

"그렇군요. 혹시 미노 왕국에서 일어난 왕궁 참사 사건에 대해서는 물어보셨습니까?"

차를 들이킨 발렌이 묻자 쿠키를 한입 베어 문 로엔이 입에 든 것을 삼킨 후 고개를 끄덕였다.

"예, 레오 삼촌은 그 사건에 대해서도 설명을 해주셨어요."

탁.

약속이나 한 듯 네 사람은 동시에 급히 찻잔을 내려놓으며 눈 한 번 깜박이지 않고 소년을 빤히 주시하기 시작했다. 어서 말을 하라는 무언의 압력이 거의 살기처럼 강렬하게 집중되었다.

로엔은 반쯤 먹은 쿠키를 다시 내려놓고 입을 열었다. 이런 분위기는 아직 어린 로엔에게는 상당히 부담스러웠다. 덕분에 로엔의 얼굴에서는 평소의 부드러운 미소를 찾아볼 수 없었다.

하나 속 깊은 이 소년은 이들이 얼마나 궁금해하는지 이해할 수 있었다. 로엔은 마음을 침착하게 한 뒤 레오가 그에게 해준 이야기를 정리하기 시작했다.

레오의 숨겨진 십 년간의 이야기, 그것을 알아야 이 상식을 벗어난 영주 밑에서 조금이라도 편하게 일을 행할 수 있다. 이것은 발렌과 유스, 가녠이 공통적으로 내린 결론이었다.

휴케바인은 좀 달랐는데 그는 그저 레오의 그간 행적이 흥미로울 뿐이었다. 물론 곰의 탈을 쓴 여우 같은 그는 그런 티는 전혀 내지 않고 다른 셋의 말에 동의하는 척했다.

사실 이미 수많은 기행의 목격자인 그는 자신의 주군에 관한 한 딱 들어맞는 하나의 지침을 가지고 있었다.

'일단 명령하면 따르면 되지, 그게 뭐 어려운가?'

휴케바인에게 있어서 레오는 절대적인 믿음의 대상이자 모든 것을 재는 척도이기도 했다. 다른 이들이 상식의 눈으로 레오를 볼 때 휴케바인은 이미 레오의 말에 따라 상식을 버리는 방법을 배운 후였다. 나름대로 레오에 대해서라면 가장 도통한 휴케바인이었다.

일행이 영지에 돌아온 시기는 늦은 오후였고, 레오는 저녁을 먹자마자 침실로 직행했다. 그 후 그의 직속 수하들은 바로 이 은밀한 자리를 마련했다.

원래대로라면 아직 성년이 안 된 로엔도 잘 시간이었지만 부탁을 받고 남게 된 것이다.

지금 로엔은 미노 왕국의 최대 비극으로 일컬어지는 왕궁의 참사 사건에 대해 말하고 있었다.

"레오 삼촌이 한참 비무행을 행하던 도중이었대요. 미노 왕국으로 들어가 각 지방의 강자 몇 명을 꺾고 마침내 마스터인 홍염의 광전사 마키아 경과도 겨루어 승리한 다음이었다고 하시더군요. 그때 미노의 왕의 사신이 레오 삼촌을 찾아왔는데……."

사신이 찾아온 이유는 별것 아니었다. 명성을 얻은 이후 시시때때로 찾아오는 각국의 사신들과 마찬가지이다.

당시 미노의 왕 마이오스 4세는 레오에게 자신에게 충성을 맹세할 것을 권유했다. 여기까지는 늘 겪은 일이었지만, 이번에는 지금까지와 조금 다른 것이 있었다.

조건이 좋은 것은 당연하다. 레오는 이미 천하 최강자로 인정받고 있었기에 대부분의 왕국들이 제시한 조건은 왕의 딸과의 결혼에 의한 후작 작위의 수여와 최고의 영지의 하사, 그리고 천문학적인 재물 등이었다.

당시 마이오스가 사신을 통해 전한 편지에는 다음과 같이 적혀 있었다.

짐은 세상을 평정하기를 원한다. 대륙의 모든 왕국들은 짐 앞에 무릎을 꿇고 경배하게 될 것이다.

모든 준비는 끝났다. 남은 것은 짐을 대신해서 세상을 향해 검을 휘두를 최고의 장군뿐.

그대에게 미노 왕국 프라임 나이트를 뜻하는 적룡의 기사의 칭호를 내리고 삼십만 정예병을 총괄하는 권한을 주겠다.

오라! 짐과 함께 천하를 통일하자!

마이오스 4세는 배포가 큰 자였다. 그야말로 패왕의 그릇이라고 할 만했다. 아무런 연고도 없는, 과거도 모르는 레오에게 왕국의 군권을 맡기겠다고 선언한 것이다.

삼십만 정예병! 상상하기도 어려운 병력이다.

대외적으로 미노 왕국의 정예병의 수는 십삼만에 불과한데 서신에는 분명히 삼십만 정예병이라고 쓰여 있었다.

레오는 그런 미노 왕의 말이 절대 거짓이 아님을 느낄 수 있었다. 그렇다면 그가 말한 대로 미노 왕국은 대륙을 재패할 준비가 다 되어 있을 것이다.

꿀꺽.

"그래서 영주님께서는 어떻게 하셨답니까?"

발렌은 자신도 모르게 침을 삼키고는 조심스럽게 물었다.

미노 왕국이 그런 야심을 품고 있었다니? 무서운 일이기도 했지만 막상 발상을 전환해서 반대로 생각해 보니 무인이라면 모든 것을 버리고서라도 미노 왕에게 충성을 맹세할 것 같았다.

삼십만 정병의 수장! 대륙 통일의 주역! 역사에 남을 최고의 영웅의 자리가 아닌가?

로엔은 담담한 목소리로 대답했다.

"거절하셨죠."

왜? 발렌은 자신도 모르게 속으로 묻고 있었다. 그 물음에 답하듯 로엔의 말이 이어졌다.

"일단 남의 나라인데다가 무엇보다 적룡의 기사라는 칭호가 정말 마음에 안 드셨다고 하더라고요. 삼촌은 붉은색을 아주 싫어하세요."

"커헉!"

발렌은 튀어나오려는 비명을 참았지만 결국 작게 신음 소리를 내고 말았다. 그는 머리 속이 빙빙 돌 정도로 충격을 받았다. 유스와 가녠 역시 천장이 저절로 움직이는 경험을 하고 있었다. 들으면 들을수록 자신들의 새 영주를 이해한다는 것은 요원한 일이었다.

"큭큭!"

억지로 참던 휴케바인이 한 박자 늦게 작은 소리로 웃음을 터뜨렸다. 그는 자신을 향해 곱지 않은 시선이 쏟아지자 나름의 해석을 덧붙였다.

"당연하죠. 저 영주님께서 남이 오란다고 가는 건 있을 수 없습니다."

휴케바인은 지금쯤은 다 알 만한 하나의 사실을 말한 후 음흉하게 웃으면서 덧붙였다.

“그도 그렇지만, 아마 사실은 그 미노 왕이 서신에 반말을 쓴 것이
마음에 안 드셨을 겁니다.”

로엔은 휴케바인의 말에 동의하는 표정으로 열심히 머리를 위아래
로 움직였다.

“휴우.”

이 모습을 보고 들은 지극히 상식적인 세 사람은 거의 동시에 한숨
을 쉬었다.

“저, 얘기 계속할까요?”

로엔이 말하자마자 휴케바인이 얼른 웃음을 멈추고 진지하게 말했
다.

“물론입니다. 여기서 끊어지면 오늘 잠잘 사람은 아무도 없을 겁니
다, 로엔 소공자님.”

사실 그도 레오의 지난 십 년간의 이야기가 너무나도 알고 싶었다.
물론 다른 사람들처럼 그를 이해하고 적응하기 위해서가 아니라 그냥
궁금해서였다.

“그러니까 레오 삼촌이 사신에게 제의를 거절한다고 말하자……”

미노 왕국의 사신은 포기하지 않고 계속해서 설득했다고 한다. 불행
히도 레오는 한 번 결정하면 뒤를 돌아보지 않는 성격이다. 그야말로
필사적인 설득을 거듭하던 사신의 얼굴이 험악하게 변했다.

“좋다. 그럼 폐하께서 내리신 명을 시행하겠다!”

말과 동시에 그는 자신의 옷에 새겨져 있던 마법진을 발동시켰다.

콰콰쾅!

금속도 녹일 수 있는 무서운 화염이 방 안에 가득 찼다.

폭염의 마법진! 마법사인 그는 레오가 거절할 경우 자폭하라는 명을 받고 있었던 것이다. 폭발의 힘은 그야말로 대단하여 건물 전체가 붕괴될 정도였다.

그러나 이미 동귀어진을 각오한 사신의 기세를 느낀 레오는 순간적으로 몸을 날려 건물 밖으로 피할 수 있었다.

"흠! 역시!"

휴케바인이 추임새에 가까운 감탄사를 발했다. 레오의 그러한 본능적인 반응은 몇 번을 보아도 신기한 능력이었다.

"그런데 그게 끝이 아니었대요."

로엔은 약간 흥분한 어조로 말을 이었다.

레오가 건물 밖으로 간신히 피했을 때 이미 포위망이 완성되어 있었다. 뛰어난 궁수이자 암살자들로 이루어진 일단의 병력이 기다렸다는 듯이 화살을 날렸다. 오십 명이 쏘는 크로스 보우의 화살은 모두 마법으로 그 예리함이 강화되어 있었고, 화살촉 끝에는 해독이 없는 극독이 발라져 있었다.

마이오스 4세는 레오가 거절할 경우 바로 제거하여 아무도 그를 소유하지 못하게 하라고 명했던 것이다.

레오의 안색이 차갑게 변했다.

싸움이다! 위급한 상황이었지만 그는 오히려 마음이 안정되는 것을 느꼈다.

심장의 고동이 점점 빨라져 몸이 적당히 달아올랐다. 적당한 흥분 상태에 빠져 마음껏 전투에 몰입할 수 있게 되었다.

레오는 검을 뽑았다. 그리고 십 분도 지나지 않아 오십 명의 암살자들은 전멸했다.

그들 하나하나가 재능이 있는 자를 골라 뽑아 가혹한 훈련으로 단련시킨 최고의 정예였지만 레오가 휘두르는 검을 한 번이라도 막을 수 있는 자는 아무도 없었다.

그러나 그것은 끝이 아니었다.

레오가 미처 미노 왕국을 벗어나기 전에 국경 수비대가 마이오스 4세의 명을 받아 레오를 포위한 것이다. 그때 레오는 자신의 짐작대로 미노 왕국의 병력이 소문보다 훨씬 많다는 것을 알 수 있었다.

무려 십만이 한 지방에 걸쳐 레오에게 포위망을 펼쳤다. 그 위에 궁성에서 파견 나온 마법사들과 수색의 전문가들이라고 할 수 있는 암살자들이 레오가 숨은 곳을 찾기 시작했다.

"십만이라고요?"

이번에는 휴케바인이 로엔의 말을 끊었다.

'한 사람을 제거하기 위해 십만의 병력을 동원하다니! 미노의 왕도 만만치 않은데?

휴케바인은 흥분하여 콧김을 뿜어대며 그렇게 생각했다.

머리 속으로는 레오가 십만의 병사들 앞에 단신으로 검을 들고 대치하고 있는 모습을 상상하고 있었다.

"삼촌도 그때는 몇 명인지 몰랐는데 나중에 그 미노의 왕이 가르쳐 줬다는군요."

레오가 병력의 수를 알게 된 것은 마이오스 4세가 죽기 전에 한 말 때문이다. 그는 믿어지지 않는다는 표정으로 부르짖었다.

“십만을 보냈는데 네가 살고 짐이 죽는구나!”

끄덕끄덕.

사람들은 하나같이 고개를 끄덕였다. 마이오스 4세의 황당한 심정을 약간이나마 이해할 수 있었다.

아무튼 계속해서 이어진 로엔의 이야기는 상식적으로 말도 안 되는 일들의 연속이었다.

레오는 십만의 병사와 궁중 마법사들이 친 포위망을 빠져나왔다.

“그땐 정면 돌파한 건 아니고 숨어서 빠져나오셨대요.”

로엔은 그래서 가능했다는 듯 말했지만 마법사인 유스는 더욱 기가 막혔다.

‘이건 도대체……’

일반 병사들도 아니고 마법사들이 진을 치고 있는 곳을 숨어서 빠져나오다니! 대마법사급이 아니라면 오히려 정면 돌파했다는 것이 나을 지경이다.

로엔은 핏기가 가신 유스의 모습을 보지 못한 채 계속 이야기를 진행했다.

십만의 포위망을 빠져나온 레오는 미노 왕국을 벗어나지 않았다. 오히려 전력으로 미노의 수도를 향해 이동했다.

─두 번 싸우는 상대에게는 검을 멈추지 않는다.

수하들을 이용해 다수로 공격하면 꼭 당사자를 찾아가서 일의 매듭을 짓는다.

　이것은 흑사자로서 레오가 지난 몇 년간 상대를 가리지 않고 지켜온 규칙이었다.

　일국의 왕이라고 해도 예외는 없었다. 아무리 그가 세상을 통째로 삼킬 정도의 힘을 가지고 있어도 물러서지 않는다. 일단 표적을 정한 레오는 오직 그 표적을 처리하는 것 이외에는 머리 속에 아무것도 생각하지 않았다.

　결국 레오는 미노 왕국의 왕궁에 침입했다. 아직 레오를 제거하기 위해 출동한 궁중 마법사들이 복귀하지 않았기에 그를 제지할 수단은 그만큼 줄어든 상태였다.

　왕궁으로 들어간 레오는 보이는 모든 자를 베며 안으로 안으로 진입했다. 그리고는 마침내 왕궁의 가장 안쪽에 있는 마이오스 4세를 찾아냈다.

　기본적으로 왕궁 안은 미로이고, 왕이 피신할 비밀 통로는 얼마든지 있다. 그러나 군대가 난입한 것도 아니고, 고작 단 한 명의 침입자일 뿐이었다.

　일국의 국왕으로서 단 한 명의 침입자를 피하기 위해 몸을 숨긴다는 것은 있을 수 없는 일이었다. 그야말로 수치를 무릅쓴 최후의 방법을 사용하기에는 누가 보더라도 적합하지 않은 상황이었다.

　그 자존심과 상식적인 결정이 마이오스 4세를 죽였다. 설마 하는 심정으로 몸을 피하지 않았던 그는 예상을 넘어서는 레오의 능력에 결국 도망갈 기회를 잃고 죽었다.

　그 후에도 레오는 왕궁 곳곳을 돌아다니며 보이는 족족 모두를 베었다. 수하를 동원해서 자신을 공격한 자이니만큼 본인뿐만 아니라 그 수하들도 베어야 한다. 레오의 상식은 바로 그랬다.

"그렇게 된 것이군요."

발렌이 무거운 목소리로 말했다. 이 작은 소년의 입에서 나온 말은 지난 십 년간 흑사자가 한 일 중 가장 큰 사건의 진상이었다.

모든 왕국들이 흑사자에게 공포에 가까운 경외심을 느끼게 한 사건!

흑사자는 단신으로 일국의, 그것도 강국인 미노 왕국의 왕궁을 점령했다. 그것은 이미 침입이 아닌 점령이었다. 군대가 왕성에 진입하기 전 스스로 왕궁을 나갈 때까지 그는 궁성 안에서 죽음의 절대군주로 군림했으므로!

이 전대미문의 사건은 미노 왕국에게는 씻을 수 없는 치욕으로 남았다. 그 때문에 아직도 미노 왕국에서는 흑사자의 목에 천문학적인 현상금을 걸고 있지 않은가?

그 이후로 열국의 왕들은 레오에게 절대 무례하지 않았다고 한다. 까딱 잘못했다가 흑사자가 왕궁으로 쳐들어오기라도 하면 죽지는 않더라도 피신을 하는 망신을 당할 수 있다.

흑사자는 행적이 워낙 신출귀몰하기 때문에 그가 스스로 모습을 드러내기 전까지는 쉽게 그의 위치를 알 수가 없다.

대부분의 왕국에서는 자국의 귀족들이 흑사자와 트러블이 생겨 사망했을 경우에도 모른 척하기에 이르렀다. 제거할 수 있는 확신이 없는 이상 흑사자의 비위를 건드릴 존재가 없어진 셈이다.

급기야 귀족들은 모두 의무적으로 흑사자의 복장에 대해 교육을 받아 혹시 모를 불행한 사태에 대비하게 되었다.

길고 긴 이야기의 밤이 지나고 새벽이 찾아오자 사람들은 비로소 자신들의 숙소로 돌아갔고, 로엔도 잠을 잘 수 있었다.

이윽고 날이 완전히 밝아 태양이 하늘의 한가운데에 올라왔을 때, 레오는 잠에서 깨어나 밖으로 나왔다.

"잘 잤니, 로엔"

레오는 거실에 있는 로엔에게 인사를 하며 조카의 모습에 속으로 걱정을 했다.

'오늘은 눈이 빨간데? 여행의 피로가 덜 풀렸나?'

그렇게 생각하면서도 겉으로는 담담한 표정으로 로엔의 아침 인사를 받고 같이 식사를 하러 갔다.

오랜만에 고향에 돌아와 하는 식사는 맛이 있어서 레오는 상당히 기분이 좋았다. 수도에서의 생활도 나쁜 것은 아니었지만 궁중의 요리보다는 소박한 영지에서의 식사가 더 편했다.

식사의 시중을 들어주는 하녀들도 오랜만에 영주가 돌아왔기 때문인지 활기차게 움직였다. 그런 그녀들의 기운도 생생하게 느끼는 레오였다.

이윽고 식사가 끝나자 레오는 가넨을 불러 영지의 일들을 확인했다. 발렌과 휴케바인, 그리고 유스도 자발적으로 참여했다. 그래도 그들은 하룻밤을 샌 정도로는 끄떡없는지 말끔한 차림을 하고 있었다.

레오는 가넨이 건넨 서류를 살피면서 그의 보고를 들었다. 사실 별로 아는 것이 없기 때문에 그냥 형식적으로 서류를 뒤적이며 '별일은 없었나?' 하고 묻는 정도였지만 그래도 보고는 꼭 받아야 한다.

오히려 로엔이 레오가 보다 넘겨준 서류를 아주 관심있게 살폈다.

레오는 가넨에게 말했다.

"이번에 수도에 가서 폐하께 충성을 맹세하고 백작의 작위를 받았다. 새로 자금이 생겼으니 그대가 알아서 관리하도록."

"그렇습니까? 백작이 되신 것을 축하드립니다. 그리고 자금이 확보되었다니 정말 기쁜 일입니다. 그 자세한 목록을 볼 수 있을까요?"

가넨은 눈을 빛냈다. 어제저녁, 레오가 돌아왔을 때의 행렬에는 상당히 놀랐었다. 수백 명의 용병들과 전투마들의 행렬은 기다리던 사람들의 눈을 휘둥그렇게 만들기에 충분한 규모였다.

용병들은 전쟁 전에 병사들이 사용하던 막사가 남아 있기 때문에 그곳에 배치했다. 그러나 전투마들은 기존의 마구간에 들어가기에는 너무 수가 많아서 아직도 숲의 나무에 매어놓은 상태였다.

거기에 지금 레오의 입에서 자금이 확보되었다는 말이 나왔다. 가넨이 기대하는 것도 무리는 아니다.

옆쪽에 있던 휴케바인이 기묘한 얼굴을 했다. 무엇인가 기대하는 기색이었다. 발렌과 유스 역시 눈도 깜빡이지 않고 가넨의 얼굴을 보았다.

어젯밤 가넨은 일행들로부터 아무런 언질을 받지 못했었다.

이건 휴케바인이 꾸민 일종의 장난에 가까운 음모였다. 그는 꼬장꼬장하고 엄격하기 이를 데 없는 가넨이 레오가 가져온 금액을 듣고 어떤 반응을 보이는지 보고 싶어 했다.

발렌과 유스는 비슷한 심정으로 이 제안에 동의했다.

첫째로 좋은 의도를 따지자면 지난 수년 동안 영지의 자금 관리로 노심초사한 가넨을 위한 깜짝 선물이었다. 이들 중 누구도 레오처럼 무표정하게 이 일을 말할 자신은 없었던 것이다. 이런 좋은 의도에 로엔이 반대했을 리가 없다.

둘째로 말은 꺼내지 않았지만 가넨이 보게 될 금액 안에 탈렌 영지를 판 대금이 들어 있다는 것 때문이었다. 발렌이나 유스 중 누군가 이 야기를 꺼낸다면 가녠의 성격상 조목조목 명목을 물을 것이 분명했다.

만약 탈렌 영지를 받아 바로 팔았다는 말을 들으면 가녠은 놀라서 거품을 물 것이 뻔했다. 물론 발렌과 유스는 그걸 말리지 못한 죄로 엄청난 잔소리를 감수해야 할 것이었다.

둘 사이에 다른 말이 오가지 않았지만 생각하는 것은 비슷했다. 덕분에 휴케바인은 유스와 발렌의 동의를 손쉽게 얻을 수 있어 영문도 모르고 기뻐했다.

이런 이유로 아무것도 모르는 가녠은 기대에 찬 눈빛으로 레오를 보고 있었다.

탁.

레오는 품속에서 이번에 가져온 재물의 목록을 꺼내 테이블 위에 놓았다. 그러면서 아무렇지도 않은 목소리로 그냥 참고하라는 듯 말했다.

"2백만 골드가 조금 넘는 것 같더군. 이 정도면 당분간 쓸 수는 있겠지?"

가녠은 레오가 내민 서류를 펼쳐 그 가장 아래에 적혀 있는 금액을 확인했다.

"아, 예, 틀림없군요. 20만 골드면 충분합니다. 봄하고 가을에는 영지의 소출도 나올 테니 조금만 아껴 쓰면 충분히 삼천의 병사들을 유지할 수 있겠군요."

가녠은 한숨 돌렸다는 표정을 숨기지 않았다.

레오는 처음 예정보다 훨씬 늦게 돌아온 셈이다. 덕분에 가녠은 그 기간 동안 하루하루를 머리카락을 쥐어뜯으며 불안해하고 있었다. 자금은 그야말로 바닥을 드러내고, 일 년 중 가장 가혹한 계절인 겨울은 성큼성큼 다가오고 있었으니 당연한 일이었다.

‘이제 여유가 생겼으니 영지의 경영은 정상적으로 돌아갈 수 있겠군.’

가녠이 그렇게 생각하며 연신 미소를 짓고 있을 때, 로엔이 조심스럽게 말했다.

“저, 가녠 경. 20만 골드가 아닌데요.”

“네? 그럼? 호, 혹시 이만?”

가녠은 급히 서류를 살펴보았다. 이만이라면 낭패다! 그걸로는 택도 없이 부족하다!

삼 년 정도는 어떻게 버틸 수 있을 것이다. 그러나 그 이상은 삼천의 병사를 유지하지 못한다.

다른 무관 자작들은 기껏해야 천 명 정도의 정예병을 보유한다. 가이안도 그래야만 하게 되었다.

그러나 이제 가이안은 백작령이다. 아무리 생각해도 자금이 더 필요할 것 같았다.

영지 경영은 장난이 아니기 때문에 일반 개인이 평생 쓰고도 못 쓸 금액이라도 영지의 예산에서는 먼지 부스러기처럼 존재 가치가 희박해진다.

머리 속으로 모든 계산과 그에 따른 오만 가지 걱정을 하면서, 가녠은 떨리는 손으로 서류를 들고 숫자의 자리수를 확인했다.

다음 순간 가녠은 그 모습 그대로 굳어져 버렸다. 손가락 하나도 움직이지 않는 것과 대조적으로 가녠의 얼굴색은 시시각각 컬러풀하게 변하고 있었다.

그가 한 번도 상상해 보지 못했던 금액이 그 서류에 적혀 있었다. 하얗게 비어가는 정신으로 억지로 떠올려 보니 새 영주가 처음에 서류에 적힌 금액을 말한 것도 같았다.

워낙 들어보지 못한 액수라서 귀가 스스로 착각을 불러일으켰던 모양이다.

벌떡.

가녠은 서류를 거두고 기운차게 자리에서 일어났다. 그리고는 두 눈에서 날카로운 빛을 줄기줄기 뿜어대며 레오에게 말했다.

"물건을 확인해 봐야겠습니다! 창고를 먼저 보고 다시 얘기하도록 하지요."

"그러도록 하게."

레오는 아무 생각 없이 허락하고는 가녠을 따라 창고로 갔다. 다른 사람들도 흥미진진한 표정을 지으며 졸졸 따라갔다.

가녠은 거의 복도를 부술 듯이 거칠게 걸었다. 그는 행정의 달인이지만 무공은 그다지 뛰어나지 못하다. 그럼에도 불구하고 지금 걷는 모습을 보면 상급 기사의 위세를 능가하고 있었다.

철컹.

"열어라."

레오는 창고를 지키는 병사들에게 열쇠를 던져 주며 명했다. 영주 저택의 창고 열쇠는 영주가 직접 보관한다.

일이 있어 영지를 떠날 때에는 대리인에게 맡기는 경우도 있지만 대부분은 따로 창고를 두고 가장 중요한 재물은 영주 자신 이외에는 아무도 손대지 못하게 하는 것이다.

그르륵.

문은 상당히 육중했다. 침입자가 있어도 쉽게 부술 수 없도록 중간에 금속판을 대어놓았기 때문이다. 문 아래쪽에 달린 바퀴가 레일을 따라 소리를 내며 굴렀다. 그 도움으로 문은 천천히 열리기 시작했다.

창고 안은 꽤 넓었는데, 어젯밤 들여놓은 재물들이 상자째로 차곡차곡 쌓여 있었다.

병사들은 다시 레오의 명에 따라 그 상자들을 하나하나 열었다. 그러나 그들은 곧 동작을 멈추고 얼빠진 얼굴로 상자 안을 보면서 굳었다.

금괴! 번쩍번쩍 빛나는 누런 순금의 덩어리가 가득 담긴 상자는 사람의 혼을 빼기에 충분했다.

가넨은 전신을 사시나무 떨듯 부르르 떨었다.

"비켜라!"

그는 병사들을 밀치고 앞으로 나가 계속해서 다른 상자들을 열었다. 직업 정신이 투철한 그는 모든 것을 확인하기 전까지는 결코 멈추려 하지 않았다.

약 오 분 후, 가넨은 레오의 앞으로 걸어와 그의 앞에 무릎을 꿇었다. 그의 눈에서는 두 줄기의 눈물이 진하게 흘러나왔다.

"제가 영주님의 능력을 의심했었습니다. 2백만 골드라니! 영주님의 그릇을 이해하지 못하고 함부로 잔소리를 한 이 소심한 노인을 벌하여 주십시오!"

그는 진정으로 맹렬하게 감동하고 있었다. 생전 처음 보는 금액이다. 흑사자, 흑사자 했지만 현역 무관이 아닌 가넨은 그의 위대함을 깨닫지 못했다.

아무리 강한 자라고 해도 굶주림 앞에서는 버틸 수 없다는 것이 바로 가넨의 지론이었다.

그러나 이제는 알 것 같았다. 그릇이 다르다! 그는 진정한 봉이다!

레오는 가넨의 과장된 감동 표현을 약간 신기하다는 얼굴로 보았다. 어렸을 때부터 가넨을 보아온 레오였기 때문에 이 영감님에게 이런 면모도 있었나 하는 생각을 했다.

그러나 곧 표정을 원래대로 돌리며 담담한 목소리로 말했다.

"부족하지는 않은 모양이군. 그럼 알아서 관리하게. 로엔, 창고 열쇠는 네가 관리해라. 일일이 나에게 보고하지 말고 그냥 필요하면 알아서 쓰도록 해. 모자라면 말하고."

"알겠습니다, 레오 삼촌."

로엔은 창고 열쇠를 받아 들며 말했다.

가넨은 다시 몸을 부르르 떨었다. 일일이 보고하지 않아도 된다니? 모자라면 얘기하라니? 그야말로 조카에게 용돈을 주는 정도의 말투가 아닌가?

그러고 보니 흑사자에 대해 떠도는 이야기 중 하나가 떠올랐다. 그것은 바로 흑사자가 알고 보면 대륙 최고의 부자라는 소문이었다.

그가 세상에 나타나 명성을 떨치던 초반에는 상당한 문제가 발생했다고 한다.

그때 흑사자가 쓸어버린 영지가 몇 개인지는 정확히 아는 사람이 드물었지만 소문으로는 적어도 수십 개가 넘는다고 했다. 물론 소문은 언제나 과장이 심하다.

그러나 적어도 몇 개의 영지를 공격한 것만은 확실하다. 그런데 문제는 그 영지를 공격하고 영주의 저택을 쓸었을 때, 그가 그냥 빈손으로 나왔을 리가 없다는 것이다.

흑사자는 미노 왕궁까지도 쓸었다. 그때 왕궁의 보물 창고까지 털었다는 소문도 있었다. 왕궁의 보물 창고는 귀족의 창고와 또 다르다. 국가 예산 규모의 보물이 잠들어 있는 곳이 바로 왕궁이 아닌가?

물론 대부분의 사람들은 흑사자는 재물을 탐하지 않는다고 평가하고 있었지만, 지금 가녠은 일부에서 조심스럽게 퍼지고 있는 흑사자 재벌설에 마음이 끌리고 있었다.

이제는 더 이상 푼돈이 벌벌 떨지 않아도 된다!

나는 모든 영지 관리인들의 꿈인 무한 자금의 영주를 만났다!

가녠은 속으로 끊임없이 광기의 함성을 질렀다.

발렌과 유스는 그의 그런 모습을 보며 서로를 바라보았다. 역시 레오가 탈렌 영지를 팔았다는 얘기를 하지 않은 것이 정답이라는 생각이 들었다.

재물을 보며 이렇게 기뻐하는데, 괜히 그 얘기를 꺼내 기분을 상하게 할 필요는 없다. 모르는 게 약이다.

순간적으로 공모자가 된 둘은 결심에 찬 눈빛을 교환했다. 이건 절대 가녠에게 시달릴 것이 무서워서가 아니다. 이미 돌이킬 수 없는 일로 굳이 사단을 만들 필요는 없다고 그들은 그렇게 마음을 굳혔다. 물론 그전에 휴케바인과 로엔의 입단속을 단단히 시켜야 함은 물론이다.

가녠이 흥분된 마음을 안정시키기까지는 상당한 시간이 걸렸다. 그 사이 사람들은 상자의 뚜껑을 원래대로 닫아놓고, 창고의 문을 잠갔다. 병사들에게는 지금 본 것은 비밀로 하라고 명령했다.

그들은 굳은 얼굴로 처자식에게도 절대 비밀로 하겠다고 맹세했다. 그리고는 지금까지와는 다르게 거의 살기를 뿜어대며 경비를 서기 시작했다.

"그럼 지금 문제가 해결됐으니 돌아가서 다른 문제를 상의하도록 하지."

레오는 그렇게 말하며 몸을 돌려 걸어갔다. 가넨이 거의 신을 바라보는 듯 황송한 얼굴로 레오의 뒤를 바짝 쫓아갔다.

그 틈을 탄 발렌은 재빨리 휴케바인의 옆으로 다가가 낮게 무언가를 속삭였다. 약속이라도 한 듯 유스는 로엔의 옆에 찰싹 붙어 역시 작은 소리로 무언가 말하며 뒤쪽으로 처졌다.

발렌과 유스의 세심한 배려로 가넨의 기쁨은 지속될 수 있었다.

영지 관리인으로 일생을 보낸 가넨, 그의 평생에 오늘처럼 기쁘고 감동적인 날은 처음이었다.

가넨이 알지 못하는 진실이 하나 더 있었다. 이는 가넨뿐만 아니라 그 누구도 알지 못하는 사실이었다.

그들의 영주인 레오는 현재 따로 가진 재산이라고는 단지 품속에 있는 2천 골드에 불과했다.

흑사자는 소문 그대로 재물에 연연하지 않는 자였다.

"백작은 만 명의 병사를 소유할 수 있다고?"

"예, 그렇습니다. 자작이었을 때는 오천 명이 한계지만 작위가 오르면 그 한계도 늘어납니다."

"그렇군."

레오는 발렌의 설명에 과거 행정학 수업 때 대충 들었던 내용을 기억 속에서 뒤지며 대답했다.

슈란 왕국의 경우 남작은 이천, 자작은 오천, 백작은 만, 후작은 삼만, 공작은 오만의 병사를 보유할 수 있도록 허용했다.

　사실 대부분의 귀족들은 그 허용 한계에 훨씬 못 미치는 병사를 보유하고 있다. 병사는 데리고 있으면 힘이 되기도 하지만 유지하는 데는 그만큼 자금이 소모된다.

　오직 무관 출신의 귀족들만이 그나마 충분한 병력을 확보하려고 노력을 하는데, 이들 무관 귀족들의 경우도 정예병은 한계의 20% 정도에 불과하다.

　남은 병사들은 비정규병이었다. 예비병이라고도 하는데, 평민들에게 죽창 한 자루를 쥐어주고 간단한 훈련을 시키는 것을 말한다.

　현재 슈란 왕국의 정예병의 총수가 약 팔만이라고 알려져 있다. 여기에 예비병이라는 평민들을 동원하면 사십만 정도의 병력이 있다고 할 수 있었다.

　총인구가 이백만인 것을 감안하면 왕국 내의 성인 남자는 모두 병력으로 치는 셈이다.

　물론 이것은 수치적인 것으로 전쟁 시에는 정예병 이외에는 거의 쓸모가 없다.

　방어를 할 때에는 그나마 도움이 되지만 공격할 때에 농사를 짓는 평민들을 끌고 나갈 수는 없는 것이다.

　발렌은 레오에게 이런 사실을 설명하고 어젯밤 가넨과 상의해서 대충 구상해 놓은 것에 대해 말했다.

　"과거 전전대 영주님이신 구스타프 자작님께서는 전쟁을 예견하시고 영지 내의 모든 자금을 끌어 모아 오 년에 걸쳐 오천의 정예병을 길러내셨습니다. 그리고 그 오천은 훌륭하게 정예병으로서의 힘을 발휘했지요."

　"그것은 기억하고 있다. 내가 영지를 떠날 때에 이미 오천의 병사가 있었지."

"예, 기억하고 계시는군요. 그러나 애슐론과의 전쟁에서 패할 때, 이천의 병사가 희생되고 현재 영지 내에 남아 있는 것은 삼천 정도입니다."

"그래서?"

레오는 본론을 말하라는 눈으로 발렌을 보았다. 너무 길게 설명할 필요는 없다. 중요한 것만 말하고 나머지는 알아서 해라. 딱 그런 눈빛이었다.

발렌은 속으로 쓴웃음을 지었다. 사실 이 영주는 영지의 일에는 별로 관심이 없어 보인다. 마치 세상에 뜻이 없는 것처럼. 하지만 그럴 리가 없다. 그는 흑사자니까. 세상에서 가장 강한 자이니까.

그는 레오가 스스로의 뜻을 이루는 데 자신과 가이안 영지가 힘이 될 수 있도록 최선을 다해 돕기로 결심했다. 그것으로 자신이 평생을 살아온 기사로서의 신념이 보상받을 수 있으리라고 생각했다.

"일단 이 삼천의 병사들을 그대로 유지하면서 따로 농민들을 훈련시켜 칠천의 예비병을 구성하는 것이 좋겠습니다. 그리고 매년 오백 명 정도의 신규 정예병을 보충, 훈련하는 식으로 하면 사, 오 년 내에 다시 오천의 정예병을 확보할 수 있습니다."

한 명의 백작이 오천의 정예병을 보유하는 것은 정말로 비상식적인 일이다. 하지만 발렌은 레오가 장래 후작의 작위를 얻게 될 것이라고 생각했다.

후작이라면 충분히 오천 이상의 정예병을 보유할 수 있기 때문에 지금부터 준비를 해야 한다. 발렌은 혹시라도 그런 병력이 왜 필요한지에 대해 물어올 경우의 답변도 잘 정리해 둔 후였다. 물론 현재로서는 지나치게 많은 병력이라고 해도 미래를 보아야 한다.

과연 레오는 발렌의 계획에 이의를 제기했다. 하나 그 내용은 발렌의 예상과 정반대였다.

"적군. 그렇게 하면 병력이 모자란다."

"네?"

발렌은 귀를 의심했다. 적다고? 많은 것이 아니라 적다고? 잘못 들은 것이 아님을 증명하듯 레오의 말이 이어졌다.

"내년까지 일만의 정예병을 확보하도록 계획을 세워라."

"네? 그게 무슨 말씀이십니까?"

발렌은 황당했다. 이게 무슨 어린애 꿈꾸는 소리란 말인가? 그건 금전적인 부분만 아니라 물리적으로 불가능하다!

그는 그런 감정을 숨기지 못하고 자신의 주군을 바라보며 속으로 외쳐 댔다.

'정예병들이 어디 땅에서 돌 줍듯 그냥 집어오면 생기는 줄 아십니까?'

물론 속으로 할 말과 입으로 나가는 말이 같을 수는 없다. 마음을 진정시킨 후 발렌은 최대한 알기 쉽게 레오에게 설명했다.

"영주님, 정예병이란 것은 일단 병사들을 모집하여 그들을 병과에 따라 무장시킨 후, 몇 년에 걸쳐 우리 군의 특성에 맞게 훈련을 시켜야 비로소 정예병이라고 할 수 있습니다."

"그래서?"

"당장 병사 칠천을 더 모집하라고 하신다면 따르겠습니다만, 아마 그렇게 해도 삼 년 후에야 그들은 겨우 쓸 만해질 겁니다. 신병으로 숫자만 채운다고 해도 전투에서 피해만 커질 뿐입니다."

모집한다고 끝이 아니다. 훈련을 시켜야 한다. 발렌은 일단 그것을 말했다.

사실 칠천을 단번에 모집하여 모두 신병 훈련을 시키는 것 자체가 힘들다. 칠천 명의 병사가 동시에 신병 훈련을 받을 수 있는 장소와 설비는 왕국 내에서도 한두 군데뿐이었다.

그래서 일 년에 오백이라는 말을 한 것이다. 가이안 영지의 크기로는 그것이 한계다.

발렌의 계산으로 정말로 정예병 일만을 확보하려면 십 년이 훨씬 넘게 걸릴 것 같았다.

"그렇군. 그건 문젠데?"

레오는 약간 심각한 얼굴로 대답했다. 사실 그는 훈련이라는 것에 대해서는 별로 생각해 보지 못했다.

옆에 있던 가넨이 재정 담담으로서의 의견을 덧붙였다.

"일만의 정예병을 고용하여 훈련시키는 데 드는 비용은 막대합니다. 하지만 지금 영지의 자금이 풍부하니 일단 십 년간은 충분히 유지시킬 수 있을 겁니다. 그 뒤에는 조금 힘들겠지요."

발렌은 한숨 돌린 표정으로 적절한 시기에 나서준 가넨에게 속으로 감사의 말을 했다.

발렌과 가넨의 의견을 합하면 정예병이 제몫을 하는 데 십 년이 걸린다고 한다.

현재의 재정 상태로 간다면 제몫을 하게 된 다음부터는 유지비가 없다는 소리가 된다. 물론 가넨의 경우 돈이 떨어지리라는 생각은 아예 하지 않았다. 아무리 퍼 써도 십 년간은 마르지 않을 자금을 가진 자의 여유였다.

"곤란하군. 당장 내년까지는 병력이 필요해."

레오는 정말로 심각해졌다. 해결책이 생각날 리가 없다. 영지의 경영 얘기라면 그로서는 별로 할 말이 없었다.

"일만의 정예병이 꼭 당장 필요한 이유가 있습니까?"

발렌은 조심스럽게 물었다. 레오가 하는 말에서 그의 주장이 단순한 허영심과는 다르다는 것을 느꼈다.

"일만도 모자라다. 하지만 규칙은 따라야 하니 일단 일만을 확보하는 것이 중요하다."

레오는 단호한 표정으로 대답했다. 사실 그가 생각하기에 이 영지가 안전하려면 십만도 부족했다.

영지민을 통틀어도 이만 남짓한 영지이다. 이렇다 할 광산도 없고 상업적으로도 그다지 중요하지 않은 척박한 곳이기도 하다. 하나 이런 점에 앞서서 가이안 영지는 레오에게는 꼭 지켜야 할 고향이었다. 자신의 성이었다.

발렌은 민감하게 주군의 감정을 읽어냈다. 세상엔 무리를 해서라도 하지 않으면 안 되는 일이 있는 법이다. 그 이유는 알 수 없지만 지금 자신의 주군은 그럴 필요를 느끼고 있다. 그렇다면 그걸 되도록 만들어야 한다.

그는 결심을 굳히고 입을 열었다.

"그렇다면 용병들을 적극적으로 고용하는 방법이 있습니다. 일 년 정도 꾸준히 용병을 모집하면 내후년에는 일만 명이 모일 것입니다. 그러나 그럴 경우 비용이 거의 세 배나 들기 때문에 영지의 자금으로는 삼 년 정도밖에 버티지 못할 것입니다."

발렌이 말한 해결책은 바로 돈으로 해결하자는 것이었다. 일반 보수보다 세 배를 보장하면 상당한 수준의 용병들을 빠른 시일 내에 모을 수 있다. 그러나 원래 이런 식의 모병은 전쟁이 불리한 상황에서나 어쩔 수 없이 하는 것이다.

평화롭고 사방에 적이 없는 가이안 영지에서 쓸 방법은 아니라고 할 수 있었다.

어쨌든 간에 발렌의 말은 일단 레오의 뜻을 무조건적으로 충족시키는 방법이었다. 다른 모든 것을 고려하지 않았다. 바로 이러한 일면이 그를 트루 나이트라 불리게 하는 것이다. 자신의 상식과 한계를 넘어서라도 주군의 의도를 따르려고 최선을 다하는 것이 기사의 도리이다.

이 제안을 눈뜨고 넘어갈 수 없는 사람이 바로 옆에 버티고 있다.

"안 됩니다! 그런 낭비를 하다니! 일단 그렇게 비싼 값으로 용병들을 고용하면 앞으로도 계속 그 보수를 지불해야 합니다!"

졸지에 찬물을 뒤집어쓴 듯 한기를 느낀 가넨은 잡아먹을 듯한 시선으로 발렌을 노려보면서 목청을 높였다.

그는 생리적으로 낭비를 하면 전신에서 두드러기가 돋는 사람이다. 아무리 급해도 10골드로 끝날 일을 30골드나 써야 한다면 아까워서 잠도 잘 수 없을 것이다.

"용병이라… 그런 방법이 있었군."

레오가 발렌의 말에 구미가 당기는 듯 중얼거리자 가넨의 심정은 더욱 절박해졌다. 그는 애원하는 목소리로 한 걸음 물러난 의견을 레오에게 제시했다.

"꼭 필요하다면 이천 정도만 그렇게 확보하고 남은 오천의 병사들을 매년 천 명씩 확보하도록 하면 어떻겠습니까? 그러면 오륙 년 안에 대충 병력이 확보될 것입니다."

이미 노인이 된 가넨이었지만 아직도 계산 능력은 다른 누구보다도 뛰어났다.

그는 순간적으로 일만의 병력을 확보하는 시간을 반으로 줄이면서 소요 자금을 최대한 억제하는 수치를 산출해 냈다. 자금에 대한 애착이 그것을 가능하게 했다.

모두의 예상대로 레오는 자신의 생각대로 할 수 있는 방법이 나오자 바로 결정을 내려 버렸다.

"발렌 경의 의견대로 하게. 일만의 병사는 당장 내년부터 필요하니 삼 년 후는 그때 가서 생각하지."

"알겠습니다. 명대로 시행하도록 하겠습니다."

발렌은 주군의 명에 정중하게 예를 표하면서도 속으로 가넨에게 미안함을 느꼈다. 결정한 바를 실행할 수 있게 된 레오는 만족한 표정으로 자리를 떠났다.

쿵.

문이 닫히는 소리가 들리자마자 거의 넋이 나간 상태였던 가넨이 낮게 신음을 토했다.

"크흑!"

몇 분 전까지만 해도 날아갈 듯한 모습이었던 가넨은 이미 사라지고 없었다. 구부정한 모습으로 고개를 푹 떨어뜨린 그는 숨이 막히는 듯 가슴에 손을 얹고 전신을 부르르 떨었다. 멀쩡한 돈을 길에 뿌리는 환상이 그의 눈에 보이고 있었다.

이 고통의 원흉이 되어버린 발렌은 허겁지겁 레오의 뒤를 따라 방을 나섰다.

영지의 3대 실력자인 그도 이때만큼은 등 뒤에서 내쏘아지는 엄청난 살기에 소름이 돋을 지경이었다. 이후 한동안 발렌은 가넨과 마주치지 않기 위해 온 힘을 다했다.

덕분에 사람에 따라 풍기는 기운을 읽는 감각을 단기간에 터득하게 되었다고 한다.

겨울이 되었다.

새로운 영주인 레오 가이안 백작이 영지를 소유하고 난 후의 첫겨울이었다.

농민들은 저마다 희망과 불안을 가지고 새로운 영주의 눈치를 보았다. 다행히도 이번 영주가 그다지 포악하지 않다는 것이 판명났다.

가장 먼저 전쟁에 참가한 이들에 대한 보상이 있었다. 전사한 이들의 유가족들은 거의 이십 년간 먹고살 수 있는 보상금을 받았다. 참전한 병사들 역시 전례 없는 후한 보상을 받았다. 이 때문에 참전했던 용병들과 그 가족들까지 대부분 영지에 정착했다.

얼마 전에는 군량을 확보하기 위해 임시로 징수되었던 곡물들에 대한 배상이 있었다. 그 금액도 농민들이 생각했던 것보다 훨씬 후하게 돌아왔다.

무엇보다 놀라운 사실은 이 새로운 영주가 대륙에서 가장 강한 자라는 소문이었다. 믿기 어려운 일이지만 일단 영지민들은 솔직하게 기뻐했다.

다른 것은 몰라도 일단 영지에 돈이 풀리는 것으로 보아 영주가 훌륭한 사람이라는 것은 의심할 여지가 없었다. 농민들은 단순했고, 그런 만큼 영주가 좋은 사람인지 나쁜 사람인지는 민감하게 느꼈다.

가이안 영지의 소문은 점차 인근 영지로 퍼져 나갔다.

첫눈이 올 무렵, 발렌은 새롭게 병력을 고용할 모든 준비를 끝내고 정식으로 용병 길드에 병사 모집 신청을 했다.

1차 모집 인원은 사천, 겨울 내내 모집을 하여 봄부터 훈련을 하면 여름이 끝날 무렵에는 하나의 부대 역할을 충분히 수행할 수 있을 것이다.

왜냐하면 모집하는 대상이 신병이 아닌 경험이 풍부한 용병들 중 정식으로 병사가 되려는 자들이기 때문이다.

이들은 그야말로 직업 군인이기 때문에 기초 훈련은 아예 필요가 없는 것이다.

내년에 다시 삼천을 모집하여 훈련을 시키면 레오가 원한 일만의 정예병을 확보할 수 있는 것이다.

발렌이 레오 가이안 백작의 이름으로 용병 길드에 병사 모집을 신청한 것이 알려지자 누구도 예상치 못한 일이 벌어졌다.

용병 길드에는 슈란 왕국 내에서 뿐만 아니라 대륙 곳곳에서 사람이 모이기 시작했다. 그중에서는 일반 병사로 고용할 수 없는 자들도 속속 등장하기 시작했다.

심지어 발렌이나 휴케바인의 실력과 맞먹는 강자들도 있었다.

그들은 하나같이 흑사자의 밑에 들기를 희망했다. 검을 들고 누군가에게 소속되지 않는 이들은 하나같이 강함을 숭배하는 이들이다. 그들에게 이 용병 모집은 놓칠 수 없는 기회였다. 대륙 최강자인 흑사자. 그 위명 아래 그들은 누리던 모든 것을 미련없이 버리고 모여들었다.

레오는 아무 생각 없이 그들을 모두 받아들였다. 그리고 보수는 가넨이 머리를 싸매고 드러누울 정도로 후하게 책정했다.

이들을 받아들인 기사단은 순식간에 세 배로 늘어났다.

이때부터 발렌과 휴케바인은 그야말로 엄청나게 바빠지기 시작했다.

흑사자는 인정한다. 하나, 그 외에는 실력을 보기 전엔 양보할 생각이 없다. 새로 입단한 자들의 태도는 약속이나 한 듯 이와 비슷했다. 그것이 비록 트루 나이트인 발렌과 자이언트 나이트인 휴케바인일지라도 예외는 아니었다.

오히려 그 명성 때문에 이 둘을 꺾고 실력을 증명하려는 이들의 대련 신청이 쇄도했다.

평소에는 느긋하기 짝이 없는 휴케바인이지만 레오의 오른팔 자리를 내놓을 생각은 추호도 없었다. 그는 그야말로 괴력을 과시하며 매일 체력의 한계까지 도전자들을 꺾고 또 꺾었다. 기사단장인 발렌도 최소 하루 서너 명씩의 도전자를 상대해야 했다.

사려 깊은 성품의 로엔은 자신이 좋아하고 존경하는 두 기사들의 몸을 걱정하며 삼촌에게 슬쩍 운을 떼보았다.

"휴케바인 경과 발렌 경은 괜찮으실까요?"

"새로 온 놈들 중 그 둘이 전력으로 상대해서 질 정도로 센 놈은 없단다."

레오는 벌써부터 수하들을 챙기는 로엔이 기특하다는 듯 머리를 쓱쓱 쓸어주고는 그렇게 말해 주었다. 그의 귀엽고 기특한 조카는 삼촌의 말에 안도하며 미소를 지어 보였다.

상황이 이러니 기존의 기사들 또한 발등에 불이 떨어진 격이었다. 모두가 굴러온 돌들에게 자신의 자리를 빼앗기지 않기 위해 필사적으로 수련을 했다.

자연스럽게 가이안의 기사단은 나날이 강해져 갔다.

겨울이 끝나기도 전에 가이안의 영지에는 일만 명의 정예병이 모였다. 소문에 의하면 아직도 용병 길드에는 지원자가 넘쳐 난다고 했다. 이들 중 일부는 용병 길드에 웃돈을 주고 흑사자가 다음 병력을 모집할 때 자신을 뽑아줄 것을 미리 부탁했다고 한다.

레오가 지난 십 년 동안 자신도 모르게 뿌린 씨앗은 이미 싹을 틔워 수확을 기다리고 있을 뿐이다. 그러나 정작 중요한 수확자인 레오는 그 사실을 미처 모르고 있었다.

*　　　*　　　*

애슐론 왕국 전역에는 어두운 기운이 감돌고 있었다. 특히 왕궁 안에 감도는 암울한 분위기는 더욱 심했다.

국왕인 케이비 4세는 밤이나 낮이나 불면증에 시달리고 있었다. 그는 연금술사들이 주는 마법의 수면제가 아니면 전혀 잠을 자지 못했다.

이유는 간단하다.

바로 대륙 전체를 크게 흔들어놓은 흑사자의 사건 때문이었다.

흑사자의 출신지가 밝혀졌을 뿐만 아니라 그 왕국에서 작위를 받고 충성을 맹세했다. 하필 그게 애슐론과 국경을 맞대고 있는 슈란 왕국이라는 것이다.

애슐론 왕국으로서는 청천벽력이 아닐 수 없다.

슈란 왕국이 어떤 곳인가? 오랜 역사의 시간 동안 애슐론 왕국과 숙적 관계였던 나라가 아닌가? 바로 몇 년 전에도 서로 전쟁까지 벌인, 적국이라고밖에 할 수 없는 곳이다.

케이비 4세는 오늘 당장이라도 흑사자가 왕궁으로 쳐들어오는 것은 아닐까 전전긍긍하고 있었다.

군대가 아니면 막을 수 없는 자, 일단 흑사자가 왕궁 안으로 침입하기만 하면 왕궁 안은 그야말로 쑥대밭이 되고 만다.

흑사자도 문제지만, 흑사자가 날뛰는 것을 막기 위해 군대가 왕궁에 진입해야 한다. 군대가 진입하는 순간 왕궁이 전장으로 변하는 것과 같다. 내부의 파괴는 필연적으로 따른다.

그렇다고 왕궁 내에 침입한 흑사자를 잡을 수 있는가?

그럴 수만 있다면 한 번의 치욕은 참을 수 있을지도 모른다. 그러나 미노 왕국에서 입증된 바로는 흑사자가 한 번 숨으면 마법사도 그를 찾을 수 없다고 한다.

그는 가장 강한 무인이면서 동시에 최악의 암살자이기도 한 것이다.

케이비 4세를 더욱 불안하게 하는 건 바로 지난 전쟁에 있었다. 바로 그 전쟁에서 흑사자의 친형이 죽었다. 다인 가이안, 그는 살아서도 걸림돌이 되더니 사후에는 재앙이 된 것이다.

미노 왕국에서 밀사가 도착한 것은 바로 이런 시기였다. 케이비 4세는 보고를 받고 그 밀사를 서재로 은밀히 데려올 것을 명했다.

적의 적은 아군이라는 말이 있다. 흑사자는 미노 왕국으로서는 왕을 죽이고 치욕을 안긴 철천지원수이다. 대외적으로 흑사자와 척을 지고 있는 미노 왕국이라면 애슐론 왕국과 손을 잡아줄지도 모른다. 아니, 어쩌면 그들은 흑사자를 제거할 계획을 실행하기 위해 밀사를 보냈을 수도 있었다.

"어서 오시오. 팔콘 백작이라 하셨소?"

케이비 4세는 반갑게 인사를 하며 호의를 표시했다.

왕궁의 서재, 그것도 왕 전용의 서재는 때때로 기밀을 요하는 대화를 나누는 장소로 쓰인다.

지금 이 서재에는 케이비 4세와 군무총감인 하이번 후작, 그리고 미노 왕국의 팔콘 백작이 모여 밀담을 나누고 있었다.

아무리 밀사라고는 해도 나라를 대표하는 만남이다 보니 한동안 예의를 차린 인사가 오고 갔다. 세 사람은 이 과정에서 은밀하게 상대의 역량을 살피고 있었다.

팔콘의 얼굴에서는 보기 좋은 미소가 항시 머물렀다. 그는 차 맛부터 시작하여 연신 칭찬을 남발하고 있었다. 연한 금발과 초록색 눈, 호리호리한 외모는 다소 유약해 보이는 편이다. 보통 강국의 사신들이 흔히 취하는 거만한 태도나 표정도 찾아볼 수 없었다.

케이비 4세는 이러한 팔콘의 모습에서 미노 왕국의 호의를 보았다. 무리한 요구를 하기에 어울리는 자가 아니다. 본론을 꺼내기도 전에 그 정도는 짐작할 수 있었다.

반면 하이번 후작은 무언가 이질적인 느낌을 받고 있었다. 아무리 보아도 흠잡을 곳이 없는데도 피부가 따끔거리는 것 같은 위험 신호가 느껴졌다. 저 패왕 그레일 4세가 밀사로 보내기에 이자는 지나치게 온화해 보인다. 아니, 어떻게 보면 너무나 만만한 인상을 고의적으로 풍기고 있었다.

"사실 제가 이번에 오게 된 것은……."

팔콘은 느긋하게 차를 다 마신 후에야 본론으로 들어갔다. 그는 안부를 전하듯 너무나 담담하게 요지를 밝혔다. 하나 그 내용은 결코 가볍지 않았다.

"전쟁을 다시 시작하라고? 우리 왕국이 슈란 왕국을 먼저 공격하라는 건가?"

케이비 4세는 다시 한 번 팔콘 백작의 말을 확인했다. 억지로 냉정함을 가장했지만 이 기대 이하의 제안에는 실망을 금할 수 없었다.

물론 바로 지난번 에슐론은 슈란과의 전쟁에서 승리했다. 하지만 그 결과는 보통의 전쟁과 달랐다. 패전한 슈란 왕국은 단지 침략에 실패했을 뿐, 국력에 큰 손상을 입은 것은 아니었다. 오히려 몇 년에 걸쳐 자국 내에서 전쟁을 치른 애슐론 왕국의 피해가 더 컸을 정도이다.

두 왕국의 국력을 냉정하게 비교해 보면 애슐론 왕국의 국력은 슈란 왕국을 넘지 못한다.

'역시 멀리 있다 보니 정보에 약했던 건가?'

대체적으로 전쟁을 승리한 왕국은 상대국에 비해 우세한 국력을 가지게 된다. 케이비 4세는 미노 왕국의 제안이 이러한 판단 아래 나온 것이라고 생각했다.

팔콘은 탐탁지 않아 하는 상대의 반응에도 전혀 미소를 잃지 않았다. 그는 케이비 4세에게 슈란을 쳐야 할 이유를 차근차근 설명했다.

"사람은 사자를 건드릴 마음이 없어도 사자는 사람을 해할 마음이 있지요. 지금이 가장 적기입니다. 왜냐하면 상황은 갈수록 나빠질 것이기 때문입니다."

"으음."

팔콘 백작의 말은 혀 속을 자극하는 벌꿀처럼 케이비 4세가 입을 열지 못하게 만들었다.

"이미 알고 계시겠지만, 정보에 의하면 흑사자는 자신의 영지로 돌아가자마자 즉시 병사를 모집하고 있다고 합니다."

당연히 알고 있다. 슈란과 국경을 접하고 있는 애슐론의 경우 최근 급격하게 용병의 수가 줄고 있었다.

“짐도 그 부분에 대해 고심하고 있었소.”

실제로는 고심하는 것이 아니라 불안에 떨고 있었다고 해야 정확한 표현이다. 팔콘은 민감하게 이를 의식하고 그 불안감을 더욱 충동질했다.

“더욱 큰 문제는 그동안 자유롭게 떠돌던 실력자들이 그쪽으로 움직이고 있다는 겁니다. 그들 모두는 대륙 최강자의 그늘에 서길 원하고 있습니다.”

팔콘은 지금 마치 상관에게 사실을 보고하는 듯한 어조를 사용하고 있었다. 그의 음성에서는 마치 자신의 나라의 위기를 걱정하는 것 같은 느낌마저 전해졌다.

“크흐흐, 흑사자! 확실히 그자의 명성이라면 그럴 만도 하지.”

결국 케이비 4세는 참지 못하고 한탄을 터뜨렸다.

사실 미노 왕국의 밀사가 찾아왔을 때, 무엇보다 우선하여 그를 맞이한 것은 바로 용병들의 문제가 컸다.

돈을 주고 고용하는 직업 용병들, 그들에게 충성심 따위는 필요하지 않았다. 오늘은 이쪽에서 싸우다가 계약 기간이 끝나면 다시 반대편 군에 고용되기도 한다.

자국 내에 용병들이 많은 왕국은 유사시에 자금만 동원하면 병력 충원이 쉽게 된다는 이점이 생긴다. 반대로 용병들이 왕국을 떠나기 시작하면 급한 상황에서 숙련된 정예병을 동원하기가 힘들어지게 된다.

현재 애슐론 왕국의 용병의 수는 급감하고 있었다. 슈란 왕국으로 떠난 이들은 그중 일부일 뿐이다. 지금 용병들은 애슐론 왕국에 머무는 것을 꺼려하고 있었다.

그들 대부분은 흑사자와 조금이라도 적대하는 것을 피하려 하고 있

다. 강자와 죽음에 대해 민감한 용병들은 애슐론 왕국과 계약할 생각
이 없었고, 그러한 의도가 바로 다수의 이동으로 이어지고 있었다. 억
지로 그들을 끌어들이려면 평소보다 훨씬 높은 보수로 유혹을 해야 한
다.

용병들과는 다른 이유로 대륙 곳곳에 돌아다니는 자유 기사들 또한
애슐론 왕국을 기피하고 있었다. 흑사자는 모든 자유 기사들의 정점에
선 자. 그들은 자신들이 존경하는 위대한 무인과 적대하지 않으려 했
다.

팔콘은 심각한 표정으로 케이비 4세의 감정에 동조하듯 살짝 머리를
숙였다. 그 자세에서마저 애슐론 왕국이 처한 상황에 함께 고심하는
분위기가 풀풀 풍기고 있었다.

정작 팔콘은 속으로 실실 웃고 있었다. 이렇게 쉬운 일은 그가 미노
왕국의 첩보 외교부에서 일을 한 후 처음이었다.

있는 사실을 그냥 나열만 하면 알아서 일이 진행된다!

교묘한 거짓말도 특별한 과장도 전혀 필요하지 않았다. 흑사자에 대
한 일은 그 자체가 너무나 몰상식한 것들이다. 굳이 과장이 필요할 리
가 없었다.

그는 케이비 4세가 충분히 분통을 터뜨릴 시간을 주었다고 생각하고
슬며시 고개를 들며 한숨을 쉬었다.

"하아, 사실 저 흑사자가 주인을 가지지 않고 계속 세상을 떠돌았다
면, 아니면 그냥 그대로 강한 자의 절대 상징으로 남아 은거를 했다면
문제가 되지 않습니다."

팔콘은 누구나 가질 법한 희망을 담은 그랬다면의 화법을 사용했다.
케이비 4세는 물론이고, 내내 목석처럼 움직임이 없던 하이번마저 미

묘하게 고개를 끄덕였다.

때가 되었다. 팔콘은 아주 약간 목소리를 높였다.

"하지만 그는 이미 자리를 잡았고, 설령 그가 아무런 일을 하지 않아도 세상이 저절로 움직입니다."

내내 나열한 사실들이 증명하는 바였다. 케이비 4세의 눈빛이 눈에 보이게 흔들렸다. 팔콘은 회심의 미소를 속으로 감추며 강력한 최후의 일격을 날렸다.

"이대로라면 슈란 왕국의 힘은 걷잡을 수 없이 커집니다. 당연히 인근 왕국은 점점 약화될 것입니다. 바로 지금 손을 쓰지 않으면 그야말로 왕국 전체를 슈란에 바치는 것과 같습니다!"

"무엄하다! 감히 그런 말을 하다니!"

하이번 후작이 호통을 쳤다. 왕국을 슈란에게 바치다니? 감히 그런 소리를 입 밖으로 꺼낸다는 것 자체가 상대가 왕을 두려워하지 않는다는 말이 된다.

대군을 호령하는 하이번의 호령은 그 자체만으로도 엄청난 압력으로 작용했다. 팔콘은 온몸에 따끔거리는 듯 느껴지는 그 기세를 받으며 속으로 혀를 찼다.

팔콘은 움츠러들지도, 사과나 변명의 말을 하지도 않았다. 대신 그는 허리를 꼿꼿하게 펴고 케이비 4세를 똑바로 바라보았다.

결단을 재촉하는 눈빛, 마치 충언을 올린 신하가 주군의 바른 판단을 기다리는 듯 강직한 표정이었다. 그러한 그의 태도는 조금 섬약해 보이는 외모와 절묘하게 맞아떨어져 마치 핍박을 당하는 고귀한 충신과도 같은 분위기를 풍기고 있었다.

"하이번 후작, 그만 하게. 그의 말은 틀리지 않으니 지금은 냉정하게 따져 일을 처리해야 할 걸세."

케이비 4세가 말리고 나섰기에 하이번은 굳은 표정으로 입을 다물었다. 이 순간 하이번은 주군의 태도에 결코 찬성할 수 없었다.

'폐하는 너무 마음이 약하시다. 저자의 앞에서 저처럼 속내를 드러내서서는……'

그는 속으로 한숨을 쉬었다.

외교에는 상대에 대한 배려나 자비심 따위는 절대로 존재하지 않는다. 국가 간의 거래는 철저한 손익, 대의명분조차 손익에 의해 좌우되는 것이 당금 대륙의 정세다.

가슴은 뜨거워도 머리는 차가워야 한다.

목에 칼이 들어와도 상대의 팔 하나를 자를 수 있다면 항복하지 말고 상대에게 이 약육강식의 세상에서 팔 하나가 잘리면 결국 죽는 것과 같다고 협박을 해야 한다.

그것이 가능해야만 대등한 협상을 할 수 있다.

포기하고 팔에 댄 칼을 치우는 순간 절대적 약자가 되어 상대의 있지도 않은 자비에 목숨을 구걸해야 하는 것이다.

상대가 자국의 약점을 노골적으로 찔렀을 때, 그것을 힘없이 시인한다는 것은 그야말로 전면항복과도 같다.

미노 왕국이 무엇을 원하는가? 그것은 바로 자신들이 원하는 것과 거의 다르지 않을 것이다. 그들 또한 이 먼 곳에 밀사를 보낼 정도로 간절히 원하고 있다.

그렇다면 비굴하게 굽힐 필요가 없다. 당당해야 한다.

그러나 늦었다.

하이번이 호통을 쳤을 때 왕 또한 위엄을 보였어야만 했다. 하나 모욕적인 언사를 꾸짖었어야 할 왕은 자국이 위기라는 것을 스스로 시인했다. 케이비 4세는 스스로를, 애슐린 왕국을 약자의 위치에 놓은 것이다.

이제 왕은 상대가 원하는 것을 모두 들을 것이다. 그것만이 살길이기 때문이다. 상대는 이를 이용해 자국의 목적을 달성할 것이다.

하이번이 그렇게 고민하고 있는 와중에도 팔콘은 열심히 자신의 맡은 바 임무를 시행했다.

"당장 내년 보리농사가 끝나기 전에 슈란 왕국을 쳐야 합니다. 위대하신 미노의 왕께서 폐하를 위해 세우신 계획이 있습니다. 군자금? 염려 마십시오. 말씀만 하신다면 2천만 골드에 해당하는 자금과 식량을 즉시 지원하겠습니다. 지원해 드린 자금과 식량은 슈란 왕국을 점령한 후 천천히 갚으시면 됩니다. 물론 적당한 보증은 받아야 하겠지만요."

상대가 절대적인 위기를 스스로 시인하게 한 후 너무나 그럴듯한 구명책을 제시한다. 이렇게 하면 외길에 몰린 상대로서는 기뻐하며 내민 손을 덥석 잡게 마련이었다.

"2천만 골드! 귀국에서 그렇게까지 적극적으로 도와준다면 충분히 해볼 만하겠군! 그렇지 않은가? 하이번 후작."

케이비 4세는 크게 힘이 나는 듯 목소리를 높여 하이번에게 물었다. 2천만 골드면 대단한 자금이라고 할 수 있다. 적어도 왕국 간의 전면전을 벌이는 것이 가능해진다.

"2천만 골드가 있다면 전쟁을 벌일 수는 있습니다, 폐하. 하지만 단기 승부로 적국을 쳐서 승리하기에는 현재 보유한 병력이 너무 모자랍니다."

하이번은 냉정한 어조로 자신의 판단을 피력했다.

자국의 정예병은 십만, 적어도 다른 나라의 침략에 쉽게 무너질 병력은 아니다. 그러나 일단 이 병력을 모두 동원하여 슈란 왕국을 쳤을 때는 다르다. 만일 패배한다면 그 뒤에는 정말로 왕국이 위험해질 수 있다.

하이번은 전부터 구상하던 대응책으로 왕을 설득했다.

"차라리 전쟁을 피하며 시간을 끄는 것이 어떻겠습니까? 흑사자의 존재에 위기감을 느끼는 것은 우리 애슐론 왕국만은 아닙니다. 지금이라면 주변 왕국들과 쉽게 동맹을 맺을 수 있을 겁니다. 그것이 안 된다면 슈란 왕국과 담판을 지어 향후 이십 년간 상호 불가침 조약을 체결하는 것이 어떻겠습니까? 슈란에서 그 제안을 거절하면 다른 왕국들에게 슈란 왕국이 인근 왕국을 모두 정복하려는 야심을 품고 있다고 설득할 수도 있습니다."

"으음, 그런가?"

케이비 4세는 다시 마음이 흔들리는 듯 고민을 하기 시작했다. 사실 그는 남의 나라를 칠 배짱이 없는 왕이었다.

'과연 하이번 후작! 만만치 않군. 생각처럼 쉬운 일은 아니었어.'

설득에 성공했다고 확신하던 팔콘은 입맛이 썼다.

사실 지난번 전쟁에서 발도어 왕국이 슈란 왕국의 뒤를 친 것도 미노 왕국에서 펼친 뒷공작의 성과였다. 그레일 3세가 슈란 왕국이 더 이상 강해지는 것을 원하지 않았기 때문이다.

비록 발도어 왕국이 움직였다고 해도 그전까지 애슐론 왕국이 버텨낸 것은 의외였다. 솔직히 그때의 애슐론 왕국은 슈란 왕국의 침략에 버티기에는 너무 약했다. 아니, 타카 2세가 등극한 후로 슈란 왕국의 힘이 너무 강해졌다고 봐야 한다.

애슐론 왕국은 그 슈란 왕국의 침략을 받고도 이 년간이나 버텼다. 그때 피해를 최소한으로 줄이고 지금의 국력을 유지할 수 있었던 것은 전적으로 하이번 후작의 전략 덕분이라고 할 수 있었다.

버티기의 천재! 전략 연구가들은 하이번 후작을 그렇게 평가했다. 하이번이 지휘하는 군대는 수비에서는 극한의 능력을 발휘하기 때문에 공격을 하는 쪽은 정말로 괴롭다.

그의 주장대로 만약 애슐론 왕국이 주변 왕국과 동맹을 맺거나 약간 굴욕적인 조건으로라도 슈란 왕국과 이십 년 정도의 불가침 조약을 맺을 수만 있다면 충분히 버틸 수 있다.

'하지만 그러면 나는 폐하께 목이 잘리겠지.'

팔콘은 자신의 주군을 떠올리고는 두 눈을 빛내며 미소를 지었다.

밝은 금발에 초록색의 눈, 그리고 팔콘이라는 이름이 주는 느낌. 조금이라도 상대에게 호감을 주기 위해 이름과 외모마저 마법으로 바꾼 그였다.

임무의 실패는 자신의 인생이 끝나는 것과 같다.

팔콘은 실패할 생각이 없었다. 쉽지 않다고 해도 성공하지 못할 임무는 아니다. 그는 마음을 다잡고 입을 열었다.

"하이번 후작께서는 여전히 지키는 것을 원하시는군요. 그렇게 하신다면 당장은 살아남을지 몰라도 평생 애슐론 왕국은 슈란 왕국에 기를 펴지 못하게 됩니다. 건국 이후 한 번도 슈란 왕국에게 굽히지 않았던 애슐론의 자존심은 어디로 간 것입니까?"

그는 더 이상 왕의 앞에서 예의를 차리지 않았다. 강하게, 그리고 노골적으로 상대를 자극했다.

"흑사자가 앞으로 얼마나 더 살까요? 적어도 오륙십 년은 충분하지 않겠습니까? 그때까지 슈란 왕국에게 허리를 굽힐 생각이십니까? 그들이 언제 변덕을 부려 자신을 칠까 걱정하며 지낼 생각이십니까?"

팔콘 백작은 하이번 후작을 보며 말하고 있었지만 그가 자극하고 있는 것은 바로 케이비 4세였다.

왕의 자존심, 선조 대대로 당당하게 세력을 겨루어온 숙적에게 평생 허리를 굽히는 치욕! 그는 케이비 4세가 그것을 견딜 정도로 인내심이 많지 않다는 것을 알고 있었다.

과연 그의 말은 가장 날카로운 비수처럼 케이비 4세의 심장을 찔렀다. 왕은 몸을 부르르 떨었다. 치욕, 그리고 분노! 그가 이성을 잃어가는 모습이 아주 똑똑하게 팔콘 후작의 눈에 들어왔다.

"왕국이 오래되면 일시적인 부성과 약세는 따르는 법이다."

하이번 후작은 이를 갈며 팔콘 백작에게 말했다.

'당신은 졌소!'

팔콘은 내심 하이번을 동정했다. 하이번이 아무리 뛰어나다고 해도 그 주군의 모자람을 채우기는 어렵다. 케이비 4세는 다시 흔들리고 있었고, 팔콘은 아직 비장의 한 수를 꺼내지도 않은 상태였다.

"저 또한 하이번 후작님 정도의 능력이라면 왕국을 지킬 수 있을 거라 믿습니다."

팔콘은 잠시 여유를 두고 날이 선 비수와 같은 말을 꺼냈다.

"하지만, 국왕 폐하를 지킬 수 있으시겠습니까?"

"지금, 무슨 말을 하는 거요?"

하이번은 순간적으로 당황했다. 왕의 암살, 미노의 사자가 그것까지 들추어낼 줄은 몰랐다. 최소한 그 일은 미노 왕국으로서는 씻을 수 없는 수치이다. 한데 상대는 오히려 그 점을 무기로 사용하고 있다.

상대의 수작이 눈에 보이는데, 그것을 막을 힘이 없다. 이미 진 승부이다. 왕의 마음은 결정이 되었으리라.

과연 케이비 4세는 손을 들어 하이번을 막았다.

"그만두게. 미노 왕국에서 2천만 골드를 지원해 주겠다고 하는데 우리가 못한다고 하면 그야말로 수치가 아닌가? 팔콘 백작은 호의를 가지고 왔으니 일단 그의 계획을 들어보는 게 좋겠네."

팔콘의 말은 완벽하게 케이비 4세의 결심을 굳게 했다.

"폐하, 하오나……."

"그만두라고 했네. 팔콘 백작, 그대가 가져온 계획이라는 것은 무엇인가?"

하이번의 말을 막은 왕은 팔콘을 재촉했다. 이쯤에서 끊어야 국왕으로서의 체신도 지킬 수 있다. 내심이야 어떻든 그전까지의 팔콘의 의견에 동의한다고 하면 그만이다.

"현명하신 선택이십니다. 귀국만이 아닙니다. 발도어 왕국도 이 계획에 동참합니다. 그것은 바로……."

팔콘 백작은 속으로 승리를 자축하면서 미소 지으며 설명을 시작했다. 그가 제시한 것은 바로 절묘한 합동 작전이었다. 그의 말대로라면 슈란 왕국은 틀림없이 망할 것 같았다. 적어도 흑사자가 죽는 것은 의심할 여지가 없어 보였다.

하이번 후작 역시 미노 왕국이 이렇게까지 철저하게 준비를 했다는데 놀람을 금할 수 없었다. 이 정도라면 적극적으로 반대할 필요까지는 없었다고 생각될 정도였다.

하지만 그는 알고 있었다.

모든 작전은 계획할 당시에는 대부분 완벽하게 보이기 마련이다. 그럼에도 결과는 성공과 실패의 두 가지로 갈린다.

처음에는 모든 변수를 고려해도 완벽하다고 생각한 작전이 전혀 의외의 부분에서 처참하게 실패하는 경우가 허다했다. 실패할 경우 피해가 큰 작전이라면 성공 확률이 높다 해도 차선책으로 미루어야 한다.

현재 애슐린 왕국은 일단 수비에 전념하면 살아남을 수 있는 확률이 90%는 된다. 반면 전쟁을 일으켜 성공한다면 이익을 얻겠지만 실패할 경우 최악의 결과는 왕국의 몰락이다. 아무리 성공 확률이 높다고 해도 결코 선택해서는 안 될 일이었다.

국가의 미래를 그런 도박에 걸어서는 안 된다!

하이번은 미노 왕국의 밀사가 가져온 계획에 결코 찬성할 수 없었다.

그러나 이미 왕인 케이비 4세는 그것을 승낙했다. 이제 화살은 활을 떠난 셈이다.

그날, 애슐론 왕국과 미노 왕국은 비밀리에 동맹을 체결했다. 케이비 4세는 미노 왕국의 지원금 2천만 골드에 대한 담보로 자신의 아들을 볼모로 보냈다.

애슐론 왕국 전역에 겨울 내내 전쟁 준비를 하라는 지시가 내려졌다.

총사령관은 하이번 후작. 애슐론 왕국에서 십만의 병사를 다룰 수 있는 장군은 그 외에는 없었다.

이 일은 곧 도둑 길드에 의해 레오와 슈란 왕국의 수뇌부에 전해졌다.

레오는 그럴 줄 알았다는 듯이 고개를 끄덕였다. 그는 본능적으로 자신이 자리를 잡으면 어떤 형태로든 간에 세상이 자신을 제거하기 위해 움직이리라는 것을 알고 있었다.

　그가 자리를 잡을 정도로 넓은 빈자리가 이 혼란의 세상에는 존재할
수는 없었다. 잡은 자리가 좁으면 결국 주변을 부수고 넓히는 수밖에
없다.

　레오가 그럴 마음이 없어도 주변은 그런 압박감을 느낄 것이다.

　얼어붙은 땅에 녹기도 전에 사람들의 가슴속은 전쟁의 불길에 휩싸
여 버렸다.

❖ Chap 5 ❖
마녀 티모리

마녀 티모라

겨울이 끝나고 날씨가 풀리기 시작하자 가이안 영지는 상당히 북적거리게 되었다.

레오가 원한 일만의 정예병은 용병들 중에서도 노련한 이들로 이미 모두 채워졌다. 이렇게 새롭게 가이안에 자리를 잡은 이들의 가족들이 이곳으로 이주해 오기 시작했다.

순식간에 영지민의 수가 거의 두 배로 늘었다. 두 배라고는 해도 원래 인구가 적었던 영지였던 만큼 그다지 놀랄 만한 일은 아니었다. 그래도 이 정도까지 단번에 인구가 늘어나자 어느 정도의 혼란은 막을 수 없었다.

질서가 다시 잡히기까지 시간이 걸렸고, 아직도 전보다 산만하긴 했지만 이를 불평하는 이들은 없었다. 기본적으로 인구가 늘어나자 그만큼 상업도 활발해졌고 일자리를 찾기가 쉬워졌다. 덕분에 기존에 살고 있던 영지민들의 생활도 조금씩 좋아지고 있었다.

군사 도시. 가이안은 이제 명실 공히 군사 도시라고 할 만했다.

퍽.

"큭, 졌소!"

휴케바인은 자신에게 도전해 온 기사를 자신의 검 옆면으로 쳐서 쓰러뜨렸다. 그리고는 상대가 패배를 인정하자 크게 웃으며 다음 도전 상대를 찾았다.

"하하하하! 다음, 다음!"

그의 도발에 넘어간 또 다른 기사가 무기를 들고 나와 자세를 취했다.

"간다!"

위이잉.

이미 서로에게 익숙한 그들은 바로 맹렬하게 무기를 휘두르며 서로의 빈틈을 노렸다. 주변의 기사들은 그런 그들의 동작을 보고 자신의 실력과 대비하여 연구하기 시작했다.

벌써 삼 개월 동안이나 이들은 매일같이 서로 비무를 했다.

휴케바인과 발렌은 과연 강했다.

이번에 모인 자들 중 그들을 뛰어넘을 정도의 실력자는 없었다. 그들은 여전히 다른 기사들의 목표가 되어 있는 상황이었다.

단, 초기와 달라진 것은 다소 삐딱한 모습을 보이며 노골적으로 이 둘의 위치를 탐내는 이들이 없어졌다는 것이다. 그사이 새로 영입된 이들은 동료이자 경쟁자가 되어 있었다. 비무는 여전히 치열했지만, 적대감은 자취를 감추고 순수한 투지가 그 자리를 대신하고 있었다.

휴케바인이 비록 강하다고는 해도 체력에는 한계가 있다. 더욱이 상대는 자신과 거의 비슷한 실력자들이거나 약간 떨어지는 자들이다. 십여 명과 연속으로 비무를 하다 보면 그도 지칠 수밖에 없다.

그러면 결국 휴케바인도 비무에 패해서 이를 갈며 내일은 조금이라도 더 많은 자들을 꺾겠다고 수련을 하는 것이다.

발렌은 휴케바인처럼 적극적으로 남과 비무를 하지는 않았지만, 그 역시 도전해 오는 자들에게는 성심성의껏 상대를 해주었다.

막 휴케바인이 여섯 번째 도전자를 꺾고 이마에 흐르는 땀을 닦으며 다음 도전자를 부르려 할 때였다. 그는 훈련장 담장 위에서 자신을 보고 있던 존재와 눈이 딱 마주쳤다.

"어, 저건?"

조그마한 고양이었다. 온몸은 윤기가 자르르 흐르는 검은 털로 덮여 있었다. 앞발을 가지런히 모은 채 푸른 눈을 깜박거리지도 않고 이쪽을 오만하게 바라본다.

냐옹.

휙.

검은 고양이는 휴케바인이 자신을 발견하자 도망을 가지도 않고 대담하게 담에서 뛰어내려 그에게 다가왔다.

"오옷, 귀여운 놈인데? 도둑고양이인가?"

다른 기사들도 그 고양이를 보고는 잠시 비무를 중지하고 휴케바인 쪽으로 모였다.

"도둑고양이는 아니야. 사람을 보고 피하지도 않고 또 꼬리에 리본이 묶여 있잖아."

기사 커크가 말했다.

그는 새로 레오에게 충성을 맹세한 기사들 중에서도 상당히 뛰어난 자로 덩치가 커서 휴케바인과 상당히 친했다.

"정말? 누구 고양이지? 누군지 어서 자수하라고! 이렇게 귀여운 고양이를 기르는 기사가 누구야?"

휴케바인이 주위를 두리번거리며 말하자 커크가 웃으며 그 말을 받았다.

"하하하하, 그거야 휴케바인, 자네가 아닌가? 보라고. 바로 자네에게 다가왔지 않은가?"

"잉? 난 고양이 안 키워! 개는 두 마리 키우지만."

그들은 잠시 훈련에서 벗어나 고양이의 주인을 찾기 시작했다. 그러나 그 검은 고양이의 주인이라고 나서는 이는 아무도 없었다.

한 덩치 하는 기사들이 금속성을 덜걱이며 웅성거리고 움직이는데도 고양이는 태연자약하기만 했다. 마치 자신을 해치지 않을 것을 아는 듯 산책이라도 하듯 휴케바인의 주변을 사뿐사뿐 걸어다녔다.

니야옹.

간혹 내는 울음소리가 어찌나 요염한지 저절로 시선이 모아졌다. 신기하게도 이 고양이는 휴케바인의 주위에서만 맴돌고 있었다.

커크가 어울린다는 듯 웃으며 말했다.

"역시 자네 거야. 그냥 데려다 기르는 게 좋겠어. 주인이 나타나면 돌려주고."

"그런가?"

휴케바인은 싫지 않은 표정으로 고양이를 달랑 들어올렸다. 그리고는 눈높이까지 올린 고양이를 이리저리 돌려보며 살펴보았다.

"암컷인데? 아악!"

자신을 괴롭히는 것이 미웠을까? 고양이는 뒷발을 번개처럼 뻗어 휴케바인의 얼굴을 암팡지게 긁었다.

"으으윽!"

놀란 휴케바인은 자신의 얼굴을 움켜잡고 신음성을 냈다. 그 틈에 자유를 획득한 고양이는 가볍게 공중에서 몸을 한 바퀴 회전시켜 사뿐히 땅에 내려섰다.

냐아앙.

멋지게 적을 무찌른 고양이는 우아하게 서서 목을 하늘로 길게 뽑고 울었다. 승리자의 포즈였다.

"하하하, 일곱 번째 도전자에게 패했군. 오늘은 성적이 저조한데?"

커크가 다시 휴케바인을 놀렸다.

전장에서는 몸에 화살이 박혀도 신음 소리 하나 내지 않고 용감하게 싸우는 거인 기사 휴케바인이 쭈그리고 앉아서 고통스러워하고 있었다.

"으으, 농담이 아니야! 무지하게 아프다고!"

휴케바인은 겨우 일어서며 말했다. 동료들은 그의 얼굴을 보게 되자 다들 미친 듯이 웃음을 터뜨렸다.

왼쪽 이마 위쪽에서 눈을 거쳐 뺨 있는 데까지 세 줄기의 발톱 자국이 훌륭하게 나 있었다. 그리고 그 자국으로부터 피가 배어 나오고 있었다.

"멋있어! 보기만 해도 상대가 기가 죽을 정도로 훌륭한 상처야! 크하하하하!"

냥.

어느새 휴케바인의 앞에 다가온 고양이도 마치 작품이라도 감상하

듯 그 얼굴을 보고는 짧게 한마디 했다. 덕분에 기사들의 웃음소리가
한층 높아졌다.

"크윽, 미치겠군. 어서 치료를 해야겠어. 이거 흉터 남으면 일생의
수치다!"

휴케바인은 그렇게 외치며 의무실로 뛰어갔다. 치유 능력이 있는 신
관은 이 영지에 딱 한 명뿐인데, 그가 고양이에게 긁힌 상처를 치료해
줄 리가 없다. 때문에 일반 의술을 배워 훈련장에 파견 나와 있는 견습
신관을 찾아야 한다.

고양이는 그들 종족만이 할 수 있을 듯한 유연한 자세로 뒷발을 들
어 핏자국을 혀로 할짝거려 닦아냈다. 비유하자면 가뿐히 상대를 뺑게
하고는 손을 탁탁 터는 느낌과 비슷하다고 할까? 아무튼 이 고양이는
묘하게 오만하면서도 매력적이었다.

훈련장 한가운데를 차지한 고양이 때문에 기사들은 난감한 지경에
빠져 버렸다.

"그나저나 주인이 가버렸으니 이 고양이를 어떻게 해야 하지?"

"이대로라면 훈련에 방해가 되잖아?"

기사들은 열심히 궁리하기 시작했다. 쫓아버리면 되지만 이렇게 귀
여운 고양이를 강압적으로 쫓아내면 동료들에게 야만인 소리를 들을
것 같았다.

고양이가 알아서 비켜주면 얼마나 좋을까? 그러나 고양이는 아랑곳
하지 않고 태연하게 앉아서 주변의 기사들을 마치 살피듯이 보았다.

"무슨 일이지?"

저쪽에서 발렌이 다가오며 물었다. 기사들이 훈련을 멈추자 확인하
러 온 것이다.

"아, 단장님. 고양이입니다."

"고양이?"

발렌은 이해할 수 없는 듯 고개를 갸웃거렸다. 고양이와 훈련이 중지된 것과 무슨 상관이 있단 말인가?

기사들로 이루어진 벽이 자동적으로 움직여 길을 만들자 가려져 있던 고양이의 모습이 드러났다. 엄격한 표정을 짓고 있던 발렌도 이 귀여운 동물을 보게 되자 피식 하고 웃었다.

"누구 것이지? 고상한 취미로군. 하지만 훈련장에 애완동물을 데려오면 훈련에 방해가 된다는 것을 모르나?"

"그게, 누가 주인인지 모릅니다."

"그래?"

주인이 없다. 발렌은 그럴 리가 하는 표정으로 주변을 돌아보았다.

'아무래도 모두들의 앞이라서 나오기가 어려운 것 같군.'

발렌은 그렇게 생각하고는 고양이를 조심스럽게 들어올려 안았다. 고양이는 반항할 생각이 없는 듯 순순히 발렌이 하는 대로 가만히 있었다. 휴케바인의 일을 알 리가 없는 발렌은 속으로 무척 순한 고양이라고 생각했다.

"주인이 없다니 일단 내가 맡도록 하지. 나중에 혹시 주인이 나타나면 나에게 오도록 전하게. 훈련 계속하게."

그는 그렇게 말하고는 그대로 자신의 숙소로 가버렸다.

기사들은 약간 아쉬운 얼굴로 그 고양이를 조금이라도 더 보려고 했지만 이미 발렌의 등에 가려서 고양이의 모습은 보이지 않았다.

그들은 곧 이 사소한 일을 잊고 다시 훈련에 몰입하기 시작했다.

"어, 발렌 경. 그 고양이는 발렌 경이 키우시는 건가요?"

발렌에게 검법을 배우러 온 로엔은 의자에 웅크리고 앉아 있는 고양이를 발견했다.

로엔의 목소리에 고양이는 고개를 들어 잠시 살피더니 별거 아니네 하는 표정으로 휙 고개를 돌렸다.

그러나 로엔은 그 모습조차 너무 귀여워 참을 수 없었다.

"기사들 중 한 명이 기르는 고양이인 듯합니다. 그러나 훈련에 방해가 될 것 같아서 제가 맡아 가지고 있던 참이지요."

"아! 그런 고상한 기사 분이 계시다고요?"

로엔은 두 눈을 빛내며 말했다. 그가 아는 영지 내의 기사들은 하루 종일 먼지투성이가 되어 산과 들을 뛰어다니며 수련에 몰두하는 사람들뿐이었다.

그게 좋기는 한데, 사실 별로 고상해 보이지는 않았다. 그런데 이렇게 우아하고 귀여운 고양이를 기르는 기사가 있다니? 로엔은 그 기사가 누군지 알고 싶어졌다.

"누군지는 모르겠습니다. 고양이가 훈련소에 들어온 것으로 보아 기사들 중 한 명인 것 같기는 한데, 나오지를 않는군요."

"에? 아, 그럴 수도 있겠군요."

로엔은 곧 발렌의 말뜻을 이해했다. 주인은 괜히 부끄러워하고 있는 모양이다.

"그럼 제가 잠시 데리고 있어도 될까요? 주인이 나타나면 꼭 고양이를 기르는 것에 대해 듣고 싶어요. 저도 고양이를 기르고 싶었거든요."

"하하하, 그러십시오. 그러나 일단 검법 수련이 끝나야 합니다."

"그럼요. 바로 시작하지요."

로엔은 발렌의 말에 기쁜 얼굴로 얼른 자신의 검을 들고 훈련장으로 나가며 말했다.

발렌은 로엔이 소질도 풍부하고 의욕도 있는 좋은 인재라고 생각하며 미소를 지었다.

로엔이 고양이와 있으니 레오가 그 고양이를 보게 된 것은 당연한 일이다.

레오는 오후 한시쯤에 일어나 느긋하게 옷을 입고 나오다가 로엔이 고양이를 안고 있는 모습을 보았다.

"그건 뭐냐?"

"삼촌, 일어나셨어요? 어제 기사들의 훈련장에 들어온 고양이예요. 주인이 누군지 몰라서 일단 제가 데리고 있지요."

"호, 귀엽군."

레오는 소파에 앉아 그 고양이의 머리털을 손가락으로 긁적거렸다. 아주 부드러운 털이었다.

나아앙.

고양이는 기분이 좋은 듯 고개를 이리저리 돌리며 레오에게 다가왔다.

로엔은 그 모습이 신기한 듯 웃으며 말했다.

"고양이가 삼촌을 좋아하나 봐요."

"그런가?"

레오는 그 고양이를 안았다. 그러자 고양이는 정말 주인의 품에 안긴 듯 조금도 움직이지 않고 얌전하게 몸을 웅크렸다.

"와, 정말 어울리는데요?"

로엔은 손뼉을 치며 웃었다. 레오의 품에서 여유롭게 안겨 있는 검은 고양이를 보고 있자니 흑사자라는 삼촌과 너무 어울려 보였다.

레오도 고양이가 싫지 않은 듯 그답지 않게 부드럽게 고양이의 머리를 쓰다듬으며 말했다.

"주인이 나타날 때까지 내가 길러야겠군. 고양이의 이름은?"

"정말요? 이름은 몰라요. 그냥 냐옹이라고 부르고 있어요."

"그래? 이름이 없으면 안 되지. 좋아. 네로라고 짓자."

냥?

"네로요?"

고양이는 놀란 듯 몸을 일으켜 레오를 보았다. 로엔도 레오를 보았다.

"고양이 이름은 원래 네로라고 정해져 있잖니."

레오는 간단하게 말했다. 과연 그의 말대로 고양이의 이름 중 가장 많은 것은 네로였다.

로엔은 얼른 고개를 저었다.

"꼭 그렇지는 않아요. 그리고 이 고양이는 암컷이거든요. 차라리 나비라고 하면 어떨까요?"

냐아앙?

고양이는 휙 하고 급히 고개를 돌려 로엔을 노려보았다. 삼촌이나 조카나 센스가 완전히 황이라고 생각하는 것 같았다.

그러나 레오는 그런 고양이를 계속해서 쓰다듬으며 단정적으로 말했다.

"검은 고양이는 무조건 네로다. 그건 이미 상식이야. 그러니 이 고양이의 이름은 네로로 결정하도록 하자."

그의 강력한 말에 로엔과 고양이는 동시에 고개를 툭 떨궜다.

레오는 그런 그들의 기분을 무시하며 고양이를 두 손으로 들어올려 얼굴을 마주 보며 말했다.

"넌 지금부터 네로다. 알겠지?"

휙.

냥!

고양이는 다시 필살의 뒷발로 안면 할퀴기를 시도했다. 휴케바인 정도의 고수도 전혀 반응하지 못하고 꼼짝없이 당한 기술이었다.

그러나 레오는 순간적으로 고양이를 뒤로 살짝 밀어서 그 사정거리를 벗어났다. 그의 반사 신경은 인간의 한계를 훨씬 넘어서 오히려 고양이보다도 빨랐다.

"이놈! 성깔있는데? 하하하."

레오는 그런 네로가 더욱 귀여운 듯 모처럼 소리를 내어 웃었다. 고양이가 황당한 표정을 지을 수 있다면 바로 지금 네로의 표정일 것이다.

밤이 되었다. 네로는 레오의 방에 있었다. 로엔이 모처럼 웃은 삼촌을 생각해서 네로를 양보한 것이다.

레오는 침대에서 세상모르고 자는 중이었다.

그의 방 한쪽 구석에는 이상한 결계가 쳐져 있었다.

은신의 결계, 일단 결계가 쳐지면 외부의 존재는 내부에서 무슨 일이 벌어져도 인식하지 못한다.

결계의 안에 있는 것은 검은 고양이, 졸지에 네로라는 이름으로 불리게 된 바로 그 고양이였다.

앞발을 나란히 모으고 우아하면서도 단정한 자세로 앉은 네로는 꽤나 집중한 표정으로 한곳을 보고 있었다. 네로가 보는 것은 바닥에 펼쳐진 책이었다. 신기하게도 은색으로 빛나는 펜 하나가 공중에 떠서 저절로 책에 글을 쓰고 있었다.

네로는 가끔씩 머리를 갸웃거렸고, 그때마다 펜은 공중에 멈춰 있곤 했다.

이십대의 나이로 무적이라고 불리는 남자.

처음 그것을 듣고 코웃음을 쳤는데 이제는 그렇지 않다.

그는 강하다. 어떻게 저렇게까지 강해질 수 있을까?

전신에서 기가 뿜어져 나와 몸을 보호하는 경지라니?

오러의 힘이 아니면 그의 몸에 상처를 입힐 수 없을 것이다.

마법이라면 적어도 7서클 이상의 힘이 집중되어야 한다.

그리고 무엇보다 놀라운 것은 그가 잠을 자면서도 호흡에 흐트러짐이 없다는 것이다.

그에게 있어서 마나를 움직이는 것은 본능과도 같다는 의미가 된다.

그래서 그렇게 강해질 수 있었겠지.

적어도 다른 자의 열 배는 빠르게 마나를 몸속에 축적할 수 있으니까.

그러나 그는 둔하다. 믿을 수 없을 정도다. 저렇게 세상모르고 잠을 자다나……

정말 무공의 극에 달한 자라고는 믿기 어렵다.

관심이 생겼다. 그는 소중한 연구 재료임에 틀림없다.

약속한 기한은 삼 개월, 그 안에는 서두르지 말고 그를 관찰하는 것이 좋겠다.

그리고 그를 처리한 후, 그 몸을 가지고 가서 이번에 연구하기 시작한 네크로맨서의 비술을 시험해 보아야겠다.

예상대로만 된다면 최강의 데스 나이트가 될 것이다.

이제 자야겠다. 가장 마음에 드는 것은 표적이 늦잠을 잔다는 것이다. 일찍 일어나는 것은 미용에 좋지 않다.

참고:그의 네이밍 센스는 정말 최악이다.

툭.

글을 다 쓴 펜이 자신이 할 일을 다했다는 듯 힘없이 바닥에 떨어졌다.

네로는 오른쪽 앞발을 들어 선을 긋듯이 움직였다.

지익.

허공이 갈라지며 공간이 벌어졌다.

공간의 주머니! 최고의 마법 주머니 중 하나이다. 8서클 마법으로만 만들어낼 수 있다.

휙, 휙.

네로는 자신의 일기장인 책과 마법의 펜을 집어 그 공간의 주머니에 넣고는 다시 입구를 닫았다.

그리고는 은신의 결계를 해제하고 나와서 레오의 침대 밑에 마련된 자신의 자리에 웅크리고 누웠다.

십 세 이후로 특별한 일이 없는 이상 매일같이 써온 일기도 썼다.

이제 잠을 자고 내일부터는 새로운 주인과 함께 생활하는 것에 적응하기로 마음먹었다.

네로는 도도한 새침때기였다.

특별히 고양이를 싫어하지 않는 사람이라면 누구나 네로를 보면 한눈에 반하기 마련이었다.

사랑스러운 푸른 눈과 고급 벨벳 같은 까만 털을 가진 작고 귀여운 고양이를 누가 싫어하겠는가?

네로는 마치 스스로의 미모를 잘 알고 있다는 듯 행동했다. 경망하게 뛰거나 시끄럽게 우는 법이 결코 없다. 비굴하게 귀를 눕히지도, 아무 곳에나 눕거나 털을 더럽히는 일도 없었다.

이 고양이의 우아한 움직임과 포즈들은 그야말로 귀부인의 그것에 못지않았다.

"어멋! 너무 귀여워."

레오의 방을 치우기 위해 들어온 하녀는 네로를 보자마자 자신도 모르게 탄성을 발했다. 그녀는 본능이 시키는 대로 고양이의 부드러운 털을 쓸어보려고 손을 뻗었다.

"아얏!"

감히 자신에게 함부로 손을 대려는 하녀에게 네로는 따끔한 응징을 가했다. 하녀는 손등에 느껴지는 화끈함에 작게 비명을 지르며 뒤로 물러섰다.

냐아옹!

네로는 그야말로 엄격하다고밖에 느껴지지 않는 표정으로 한 번 울더니 곧바로 다시 앞발 위에 머리를 얹었다.

사실 하녀에게는 그 모습조차 너무 사랑스러워 보였지만, 다시 손을 댈 생각은 없었다. 어차피 영주님의 고양이에게 함부로 손을 댔으니 징징거릴 거리도 못 된다.

비슷한 일이 몇 차례 더 일어났다. 네로는 로엔이나 레오가 안고 있을 때는 더없이 순한 고양이다. 하나 그녀가 허락한 손길은 딱 거기까지였다.

네로는 첫 번째 희생자 이후에도 몇 번 더 교훈을 베풀었다. 그 효과가 있었는지 얼마 되지 않아 이 고양이는 불가침의 영역이 되어버렸다.

누구의 도움도 없이 네로는 훌륭하게 자신의 위치를 쟁취했고, 저택 내에서 은연중에 또 다른 상전으로 군림하고 있었다.

네로에게 할퀴어진 사람 중 가장 불쌍한 경우는 바로 첫 희생자인 휴케바인이다.

이 강철 같은 기사는 얼굴의 상처에서 열이 나 거의 삼 일을 꼬박 고생했다. 그야말로 누구도 믿지 않을 사실이었다. 한술 더 떠서 안타깝게도 그것으로 끝나지 않고 흉터가 남아버렸다.

"포르른의 독이군요."

휴케바인을 치료하던 견습 신관이 말했다.

"포르른? 그건 새잖아?"

포르른은 숲에 사는 새 중 하나인데, 그 피에는 독이 있다. 이 독은 뱀의 독과 비슷하면서도 생명이 위험할 정도는 아니었다. 뱀의 독과 비슷하다는 건, 먹으면 지장이 없지만 상처에 들어가면 독성을 발휘한다는 점에서였다. 감염되면 열이 나면서 덧나거나 심할 경우 피부가 썩어 들어갈 수도 있었다.

"아마 그 고양이가 숲에서 포르른을 잡아먹었나 보군요. 재수가 없네요, 휴케바인 경."

견습 신관은 그렇게 말하면서도 동정 어린 눈빛을 감추지 못했다. 이는 그야말로 우연의 일치로 보기엔 너무나 불운한 경우라 할 수 있다.

　결국 휴케바인의 얼굴에는 왼쪽 눈을 가로지르는 세 줄기의 흉터가 남았다. 정작 당사자인 휴케바인은 이 절묘한 흉터가 자신의 얼굴을 분위기있게 만들었다면서 오히려 좋아했다.

　물론 그의 앞에서 누구와 싸우다가 그 흉터가 생겼는가를 묻는 것은 그야말로 금기라고 할 수 있었다.

　훗날 거인 기사 휴케바인은 210㎝의 신장과 함께 왼쪽 눈에 이름 모를 고수와 사투 끝에 얻은 세 줄기의 흉터로 알려지게 되었다.

　네로는 영리하다. 그리고 고상하다.

　그녀는 남이 먹다 남긴 것을 절대로 먹지 않는다.

　처음에 주방장은 고양이 밥을 달라는 말에 적당히 고기와 생선 찌꺼기를 잘게 썰어 내주었다. 영리한 네로는 그녀에게 그걸 가져다준 하녀를 탓하지 않았다.

　전형적인 고양이 먹이가 담긴 그릇을 잠시 노려본 네로는 보기도 싫다는 듯 고개를 획 돌리더니 발딱 일어났다. 유유히 어딘가로 향하는 그녀의 걸음걸이는 여전히 우아하고 아름다웠다. 이를 본 사람들은 그저 네로가 배가 고프지 않은가 보다 하고 생각했다.

　그 길로 곧바로 주방으로 간 네로는 감히 그녀에게 음식 찌꺼기를 내민 장본인에게 단호한 응징을 내렸다.

　주방장은 처절한 비명을 지르며 무의식중에 식칼을 휘두르며 반항했지만, 그것이 오히려 그의 죄를 더욱 크게 했다.

　주방장의 비명 소리를 듣고 달려간 하녀들은 네로의 모습을 볼 수 있었다.

　주방에는 이미 5인분의 식사를 가지런히 차려놓은 상태였다. 네로는 그중 하나를 차지하고 앉아 천천히 먹고 있었다. 신기하게도 네로가 음식을 먹는 순서는 귀족의 예법에 따르고 있었다. 더군다나 차려진 음식 중 딱 한 명 분에만 입을 댈 뿐, 다른 것은 건드리지도 않았다.

하녀들이 정신없이 그 모습을 보고 있을 때 네로가 휙 고개를 돌려 그녀들을 보더니 특이한 행동을 했다.

톡, 톡.

앞발로 비어 있는 와인 잔을 건드리면서도 네로의 시선은 하녀들을 떠나지 않고 있었다.

"저, 혹시……."

"설마……."

하녀들이 조잘거리면서도 다가올 생각을 하지 않자, 네로는 짜증스럽다는 듯 날카롭게 울음소리를 냈다.

니얏!

귀족 부인이 호령하는 듯한 그 소리에 저절로 반응한 하녀 하나가 서둘러 달려가 와인 잔을 채웠다. 그녀가 물러서자 네로는 잔에 살짝 혀를 담그고 할짝거리기 시작했다.

꽤 긴 시간에 걸쳐 식사를 마친 네로는 앞발과 입가를 깨끗하게 손질한 후 식탁에서 뛰어내렸다. 배가 불러 기분이 좋은 것인지 한껏 치켜든 꼬리 끝에 매달린 리본이 한들한들 흔들리고 있었다.

그리고는 주방에 들어올 때와 다름없이 우아하고 사뿐사뿐한 걸음걸이로 유유히 밖으로 사라졌다.

"꺄악! 주방장님!"

"정신 차리세요!"

뒤늦게 제정신으로 돌아온 하녀들은 형편없는 몰골의 주방장을 발견하고 비명을 질러댔다.

깨어난 주방장은 하녀들의 말을 미심쩍어 하면서도 고양이를 위해 음식을 만들었다. 그로서는 같은 일을 두 번 당하지 않기 위해서라면 무엇이라도 해야 했다.

정성껏 만든 요리를 직접 고양이 앞에 놓은 주방장은 조금 떨어져서 눈치를 살폈다. 그는 풀코스 정찬을 격식에 맞추어 먹는 고양이를 목격하는 영광을 얻었다.

주방장은 하녀들의 말이 거짓이 아님을 알 수 있었다. 그리고 혹시나 했던 사실, 즉 네로의 실력 행사가 식사에 대한 응답이었음을 확인했다.

결국 그는 매일같이 네로의 식사를 직접 만들었다. 뛰어난 미식가임을 증명하듯 네로는 조금이라도 잘못된 요리는 맛만 보고 건드리지도 않았다. 가끔씩 네로가 남긴 음식을 확인해 보면 꼭 무언가 문제가 있곤 했다.

그는 문득 깨달았다, 네로가 이 저택 내에서 그의 요리의 참된 가치를 알아보는 유일한 존재임을!

그 뒤로 네로의 식사에는 주로 통으로 구운 생선이나 살짝 기름에 데친 치킨 소테, 신선한 밀크, 그리고 디저트로 아이스크림까지 나오게 되었다. 가끔씩 와인도 나왔는데, 네로는 신기하게도 아이스크림과 와인을 아주 좋아했다.

고양이의 주인은 나타나지 않았다. 대신 새로운 주인이 생겼다. 검은 고양이 네로의 새 주인은 바로 영주인 레오였다.

네로는 처음부터 레오가 무척 마음에 들었는지 항상 그를 따라다녔다. 불과 며칠 만에 네로는 모두에게 '영주님의 고양이'로 인정받게 되었다.

이에 가장 실망한 사람은 처음부터 네로를 키우고 싶어 했던 로엔이었다. 하지만 로엔도 이 둘이 잘 어울린다는 것을 내심 인정하고 있었기에 별달리 섭섭함을 내보이지는 않았다.

'사실 네로가 스스로 주인을 정한 것이나 마찬가지니까!'

고양이를 붙잡고 왜냐고 따질 수도 없는 노릇이다. 거기에 삼촌인 레오가 네로를 귀여워하는 기색이 역력했기에 로엔은 어른스럽게 미련을 버렸다. 어차피 로엔의 빈 시간은 늘 레오와 함께 보냈고, 그때는 네로도 늘 함께였다.

무척 언밸런스하면서도 너무나 잘 어울리는 이 둘을 관심있게 지켜본 결과 로엔은 삼촌에 대한 새로운 사실을 깨달았다.

레오 삼촌은 작고 귀여운 것을 좋아한다!

"아! 의외지요?"

휴케바인은 로엔의 질문을 받고 싱글거리면서 되물었다.

"이미 알고 계셨어요?"

과연 휴케바인이라고 생각한 것이 로엔의 얼굴에 드러났기에 그는 한층 자랑스럽게 말했다.

"공자님도 제가 개를 키우는 건 아시죠?"

"그럼요!"

"흠, 그러니까 그 녀석들은 2세들이고, 그전에 어미가 있었거든요. 영주님이 아직 둘째 공자셨을 때는 강아지였는데 엄청 좋아하시더라구요."

"그랬어요?"

로엔은 그 말을 듣고 문득 삼촌이 자신의 머리를 습관처럼 자주 쓰다듬는다는 걸 떠올렸다.

'혹시 나도 귀엽다고 생각하시는 걸까?'

아무튼 레오는 시시때때로 소파에 거의 눕듯이 앉아서 배 위에 앉아 있는 네로의 턱 밑을 간질이며 그녀가 매력적으로 냥냥거리는 것을 즐겼다.

이 가이안 영지에서 가장 한가한 사람은 바로 영주인 레오이고, 가장 팔자 핀 동물은 네로라고 할 수 있었다.

둘은 항상 먹고 자고 놀았다.

레오는 하루에 열두 시간 정도를 자는데, 네로도 만만치 않아서 레오와는 마치 라이벌을 만난 듯 누가 더 많이 자는가를 경쟁했다.

아무도 레오에게 뭐라고 하지 못했다. 그는 어릴 때부터 그랬기 때문에 이제는 모두 그러려니 했다.

흑사자라는 사람은 그야말로 싸움이 벌어지기 전까지는 완벽한 무위도식의 백수라는 것을 모든 사람이 이해하고 적응해 갔다.

그러나 그런 한가로운 생활은 그리 오래 이어지지 않았다.

길고 지루한 겨울이 지나 봄이 되었다. 그 봄이 완연해졌을 때 사람들은 첫 농작물을 수확한다. 바로 보리, 이 수확이 시작되면 일단 겨울의 식량난은 무사히 넘겼다고 할 수 있다.

"애슐론 왕국이 움직였다고?"

레오는 수도에서 온 전령이 가져온 전갈에 눈을 차갑게 빛내며 되물었다. 십 분 전까지 소파 위에 누워서 졸던 사람이라고는 도저히 믿기지 않는 날카로운 눈빛이었다.

전령은 온몸에서 한기가 흘러 저절로 몸이 굳는 것을 느끼며 얼른 대답했다.

"그렇습니다. 예상되는 적의 수는 정예병 십만, 지원 보급대 삼만으로 그야말로 애슐론 왕국의 전 병력이 동원된 것 같습니다."

"이상하군요. 온다는 것은 알고 있었지만 십만의 정예병은 조금 의외입니다. 주변 왕국과의 국경을 모두 비웠다는 얘기가 아닙니까?"

발렌이 의외라는 듯 말했다.

사실 왕국이 남의 나라를 침략할 때 동원할 수 있는 군대는 보통 총 병사수의 절반, 아무리 무리를 해도 70% 정도이다. 한쪽을 친다고 해도 다른 모든 국경을 비울 수는 없기 때문에 최소한의 병력은 남겨야 하는 것이다.

그런데 전령의 보고에 따르면 애슐론 왕국은 수도를 지킬 일만 명의 병력을 제외한 모든 군세를 집중시켰다는 것이 아닌가?

이런 상황이라면 옆 나라에서 슬쩍 군대를 동원해서 애슐론 왕국의 뒤를 치기만 하면 거의 저항없이 상당한 영토를 확보할 수 있을 것이다.

"아마 애슐론 왕국이 주변 왕국 모두와 불가침 조약을 체결했겠지. 다른 왕국도 나를 경계하는 것이다."

레오는 당연하다는 듯 말했다. 신기하게 이런 쪽으로는 머리가 아주 잘 돌아가는 그였기에 타카 2세에게 충성을 맹세하는 순간부터 이렇게 될 것을 예상했었다.

그러나 정말로 예상이 맞아떨어지자 기분이 나빴다.

비록 어느 정도 대비를 했지만 이건 너무 빠르다. 내년이나 내후년 정도에 일이 벌어질 것이라고 생각했는데, 자신이 왕국에 정착한 뒤 삼, 사 개월 만에 전쟁이 벌어지다니… 이것은 운명인가? 아니면 누군가의 음모인가?

‘어느 쪽이든 상관없겠지. 걸리는 것은 다 부수고 지나간다. 적은 많을수록 좋은 거니까.’

레오는 속으로 그렇게 생각하면서 전령에게 말했다.

“알았다. 즉시 병사들을 이끌고 수도로 올라가도록 하지. 폐하께 흑사자 레오가 선봉에 서기를 원한다고 전해라.”

“음, 결국!”

냐앙?

레오의 말에 사람들은 긴장된 얼굴로 레오를 보았다.

출정이다! 그것도 선봉!

휴케바인은 전신의 피가 끓는 것을 느꼈다. 이번에는 지난번처럼 적을 막는 전투가 아닌 적을 뚫고 나가는 싸움이다. 지키는 것이 아니라 적과 맞서 이기는 전투! 그는 성격적으로 그것을 원했다.

반면에 발렌은 감정이 드러나지 않는 얼굴로 벌써부터 영지의 병사들이 선봉에 서게 되었을 때 어떤 진세를 취하는 것이 가장 좋은가를 생각하기 시작했다.

‘아직 새로운 기사들의 기량을 다 파악하지 못했는데, 쉽지 않겠군.’

그는 장내에 서 있는 새로운 상급 기사들의 얼굴을 하나하나 살피며 그들의 특기를 머리 속에서 다시 정리했다.

발렌의 경우 지키는 것도 나아가 싸우는 것도 모두 명을 받은 대로 최선을 다해 수행하는 성격인만큼 이번에도 투지가 넘쳐 흥분하기보다는 냉정한 이성을 유지했다.

네로는 호기심 어린 눈빛으로 고개를 들어 주변을 살폈다. 레오의 얼굴과 그 옆에 앉아 있는 로엔, 그리고 발렌과 휴케바인, 유스, 가넨 등의 얼굴을 흥미롭다는 듯 차례로 보고 있었다. 마치 전령의 보고와 레오의 결정에 대해 표정으로 속을 짐작하는 것처럼 보였다. 물론 전쟁이 코앞에 닥친 상황에서 고양이에게 신경을 쓰는 사람은 아무도 없었다.

전령은 레오의 말 한마디에 급격히 바뀌는 장내의 분위기에 자신도 모르게 침을 삼켰다. 과연 왕국 최고의 정예병이라더니… 그는 내심 감탄하고는 곧 고개를 숙이며 레오에게 말했다.

"레오 백작님의 충의를 꼭 폐하께 알리겠습니다!"

그의 목소리는 사람들의 열기에 영향을 받았는지 무겁고 힘이 있었다.

얼마 후 레오가 습관적으로 던진 돈주머니를 받아 든 전령은 곧바로 저택을 나섰다.

전령이 떠난 후 레오는 자신의 부하들을 죽 돌아보았다.

스무 명이나 되는 상급 기사들은 나름대로 경험을 갖추었고 실력도 있다. 대규모 전쟁은 몰라도 최소한 소규모 전투를 지휘한 경험이 있는 자들이었다.

그들 중 태반은 자유 기사로 세상을 떠돌다가 레오의 밑에 들어온 자들이다. 하나같이 야망과 투지에 불타는 눈빛을 하고 있었다.

'일단 물어보는 방법밖에는 없겠군.'

참전하기 전, 가장 중요한 한 가지를 결정해야 했다. 레오는 이를 위해 그들을 돌아보며 물었다.

"일만의 정예병 전부를 이끌고 출군하고 싶지만 영지에 최소한의 병력은 남겨두어야겠지. 그리고 그 수비군을 지휘할 자도 남아야 한다. 누가 남겠나?”

“수비군 말입니까?”

누군가의 질문에 맞다고 대답하며 지원자를 찾았지만 나서는 이는 없었다. 달아오르던 열기는 이미 순식간에 식었고, 어딘지 서로 눈치를 살피는 기색이 역력했다.

“으음.”

발렌조차도 함부로 누군가를 추천할 수 없었다. 흑사자 레오의 곁에서 전쟁에 나가려는 열망은 누구나 비슷했다. 현재로서는 누구를 지목하더라도 불공평한 일이 된다.

물론 영지를 완전히 비울 수는 없다. 도적 떼가 나타날지도 모르고, 봄이 되었으니 산 쪽에서 마물도 내려올 것이다.

사람들은 뭐라고 말을 할 수가 없는지 입을 다물고 침묵했다. 남고 싶은 자는 없었다. 전장에 나가 싸우고 싶었다.

일반 병사들이라면 몰라도 이 자리에 모인 자들은 하나같이 상급 기사들, 전장에 나가 공을 세우고 싶어 하는 마음이 절실했다.

일단 공을 세우면 잘하면 정식으로 작위를 받을 수도 있다. 남작이 되어 나름대로 영지까지 얻어 영주가 될 수 있는 것이다.

물론 그렇다고 해서 레오에 대한 충성의 맹세가 어디 가는 것이 아니다.

전쟁 영웅의 밑에는 무관 출신의 영주들이 모여 하나의 세력을 이루기 마련이다. 발렌을 비롯한 몇몇 기사들은 머지않은 미래에 레오가 이런 세력의 중심이 될 것이라고 생각하고 있었다.

하지만 수비를 담당해서는 공을 세울 수 없다. 영지를 지키는 것은 중요하나 명예를 얻기는 힘든 일이다.

"아무도 없는가?"

레오는 다시 사람들에게 물었다. 겉으로는 태연한 표정이었지만 속으로는 한숨을 쉬었다.

열 번 나가 싸워 이긴다고 해도 한 번 본거지를 잃으면 끝이다. 아무도 지키지 않는다면 영지는 어떻게 되겠는가?

레오는 어쩔 수 없이 발렌과 상의하여 한 명을 지목해야겠다고 생각했을 때였다.

"영주님, 타로스 아저씨는 어떻겠습니까?"

휴케바인이 조심스럽게 한 사람을 거론했다.

"타로스, 그 성문을 지키는 타로스 말인가?"

레오는 휴케바인이 말하는 자를 바로 머리 속에 떠올릴 수 있었다.

"그자는 일반 병사 아닙니까? 수비 책임자는 상급 기사가 맡는 것이 관례입니다."

단호한 어조로 기사 중 한 명이 말했다.

에고른, 새로 온 자들 중 하나로 성격이 고지식하고 규율을 철저히 지키는 것으로 유명하다. 한마디로 레오와는 정반대의 타입이라고 할 수 있었다. 그래서 발렌은 그를 좋아하고 휴케바인은 그를 슬슬 피했다.

그러나 휴케바인은 이번에는 물러서지 않고 다시 주장했다.

"타로스 아저씨는 전전대 영주님의 명으로 무려 십 년 동안이나 성벽에서 살다시피 하면서 영주님이 돌아오기를 기다렸지요. 현재 성벽 구조에 훤하고 그 위에서 움직이는 것에도 가장 익숙한 사람입니다."

한번 말을 꺼내자 점점 확신이 드는 휴케바인이었다. 그의 목소리에 힘이 들어갔다.

"거기다가 사실 수비병들이 될 만한 병력들은 성문 쪽 놈들입니다. 타로스 아저씨의 경우 십 년 동안 그놈들 괴롭히는 재미로 살아서 지금은 그야말로 수족처럼 다룹니다."

"병사들을 수족처럼 다루고 성벽에 익숙하다고? 과연 괜찮군."

레오는 휴케바인의 말이 일리가 있다고 생각했다. 일단 생각이 기울면 결심은 금방이다.

레오는 에고른이 입을 벌리는 것을 보면서 재빨리 명을 내렸다. 일단 영주의 말이 시작된 이상 예의를 중시하는 에고른이 끼어들 리 없다.

"휴케바인, 타로스를 불러와라. 그에게 기사 서임을 시키고 즉석에서 상급 기사로 승급시킨 후, 일천의 병사를 맡기기로 하자."

"옛, 아저씨는 이미 쉰이 다 되었으니 갑옷만 잘 입혀놓으면 충분히 상급 기사처럼 보일 겁니다."

휴케바인은 희희낙락하며 바로 달려나갔다. 십 년간 매일 밤마다 그에게 술을 얻어 마신 값을 이제 했다고 속으로 환성을 질렀다.

"영주님, 기사를 임명하는 것은 영주님의 권한입니다만, 일단 신입 기사가 된 자는 적어도 십 년의 경력이 있어야 상급 기사로 임명하는 것이 관례입니다."

에고른은 적절한 시점을 놓쳤음에도 굴하지 않고 굳건한 태도로 문제점을 지적하며 반대 의사를 밝혔다.

사람들은 그를 보며 한숨을 쉬었다.

그가 성문 경비대장인 타로스에게 악감정이 있어서 그런 것이 아니라는 것은 누구나 안다. 성격적으로 규칙과 관례에 어긋나는 것을 지켜보지 못하는 성격이기 때문에 강철의 에고른이라고 불리지 않던가?

레오는 에고른을 보았다. 속으로 이놈이? 라고 생각하면서. 하지만 사실 그의 주장 자체는 옳다.

결국 레오는 네로의 머리를 두어 번 쓰다듬은 후에 될 대로 되라는 심정으로 그에게 말했다.

"에고른 경, 그대에게 영지 내의 규율과 법을 관리하는 감찰사의 직위를 내리겠다. 그대의 성격이라면 이 역할을 충실히 수행할 수 있을 것 같군."

"감찰사!"

기사들은 이 느닷없는 폭탄선언에 하나같이 놀랐다.

레오의 말대로 급격히 불어난 병사들과 기사들, 그리고 영지민들은 지금 상당한 혼란을 겪고 있는 것은 사실이다. 누군가 법과 규칙을 엄격하게 관리할 사람이 필요했다.

비록 갑작스러운 일이긴 하지만 적절한 인선이었다. 의외의 임명에 놀랐던 다른 사람들도 에고른보다 감찰사에 더 어울리는 사람은 없을 것이라 생각했다.

사실 현재도 직위가 없다 뿐이지 누군가 잘못했을 때 그걸 지적하고 나무라는 건 늘 에고른의 몫이었다. 정식으로 감찰사가 활동하게 되면 잘잘못에 대한 정확한 규정이 생기게 된다.

'이박삼일 잔소리를 듣느니 차라리 벌금 내는 게 낫다!'

소소한 예의 문제로 늘 에고른의 표적이 되는 몇몇 기사들은 이렇게 생각하고 있었다.

에고른 스스로도 감찰사의 직이 마음에 들었는지, 고집스러워 보이는 그의 입매가 약간 부드럽게 풀어졌다.

그는 충성을 맹세한 지 몇 개월 되지도 않은 자신에게 이러한 중책을 맡기는 레오에게 내심 감복했다.

감찰사라는 직위는 상당히 중요한 자리이다. 영지 관리인인 가넨, 마법사 유스, 기사단장 발렌, 이렇게 세 명 이외에는 가장 높은 지위라고 할 수 있다.

휴케바인의 경우 실력은 영지 내에서 레오를 제외하고 최고라는 평을 듣고 있지만 아직 그는 그냥 상급 기사일 뿐, 따로 직위를 가지지는 않고 있다.

"중임을 맡겨주시니 충심으로 수행하겠습니다."

에고른은 예의를 갖추어 허리를 굽히며 인사하고는 자세를 바로 하자마자 말했다.

"그러나 지금 말씀하신 성문 경비대장 타로스의 상급 기사 임명 건은……."

그는 포기하지 않았다.

레오는 속으로 정말 질긴 놈이라고 생각하면서 그의 말을 가로챘다.

"그 일은 감찰사도 없을 때 생긴 일이라 관례에 의거해 따질 상황이 아니었다. 하나, 일단 결정된 일이니 나의 신용을 생각할 때 번복할 수는 없지. 이제부터는 내가 그런 실수를 하지 않도록 감찰사인 그대가 미리미리 조언을 하도록 하게."

"예?"

에고른은 영주의 황당한 논리에 어리둥절한 표정으로 입을 딱 벌렸다. 때를 놓치지 않고 레오가 점잖게 돌아보며 말했다.

"그럼 그 건은 되었고, 진영과 부대 편성에 대해 의논하지. 의견이 있으면 말해 보도록."

이미 무난하게 해결을 했다는 듯 초연한 그 모습에 에고른은 몇 번이나 머리를 갸웃거렸다. 그사이 출정에 대한 의견이 나오기 시작했고, 에고른은 결국 다시 그 말을 꺼내지 못했다.

로엔은 그 모습에 고개를 숙이고 킥킥거리며 웃었다. 삼촌이 머리를 써서 에고른 경의 입을 막다니… 한 번도 상상해 보지 못했던 일이다.

사실 레오는 자신이 필요할 때에는 나름대로 머리를 굴리는 사람이었다. 정확하게 말하면 자신이 필요한 때에만 머리를 굴리는 사람이었기에 평소에는 거의 멍청한 건달이나 다름없었다.

그날, 성문 경비대장 타로스는 레오의 앞에 무릎을 꿇고 기사의 맹세를 했다. 그리고 그 즉시 상급 기사로 임명되어 일천 명의 병사들을 지휘하는 수비 책임자가 되었다.

전령이 방문한 날로부터 일주일 후, 모든 준비를 끝낸 레오와 그의 부하들은 구천의 정예병을 이끌고 수도를 향해 떠났다.

❈ Chap 6 ❈
나는 방패가 아닌 창이다!

나는 방패가 아닌 창이다!

구천 명의 정예병들이 행군하는 모습은 마치 땅을 뒤덮는 거대한 뱀
과 같이 보였다.

선두에는 이천의 중보병이 섰다. 중보병은 모든 병과 중 이동 속도
가 가장 느리기 때문에 행군 중에는 그들을 앞세우고 그 속도에 맞추
어 나아갔다.

그 다음에는 궁병과 경보병이 가고, 중간쯤에 레오와 마법사들이 위
치했다.

이 행렬에서 기마병은 가장 뒤쪽인데, 이것은 발렌의 주장에 의한
것이었다.

기마병이 앞쪽에 위치하면 말발굽으로 파헤쳐진 땅 때문에 행군이
불편해진다. 그 위에 말똥도 있고 또 흙먼지도 날린다.

그럼에도도 불구하고 보통 군대는 기마병이 앞쪽에 위치하는 경우가

많다. 기마병의 구성원은 대부분 기사나 기사 지망생이기 때문에 일반 병사의 앞에 세우는 것이다.

발렌은 가뜩이나 힘든 행군 중에 신분 따져 가며 병사들을 괴롭힐 이유가 없다며 이러한 배치를 주장했다.

이 의견은 레오의 부하 기사들 사이에서는 거의 아무런 저항 없이 받아들여졌다. 레오의 부하들은 대부분 자유 기사 출신이라 권문세가의 후예들이 따지는 권위나 허식이 별로 없었다.

수백 개의 깃발이 바람에 나부끼고 있었다.

가장 먼저 눈에 뜨이는 것은 검은 사자가 하늘을 향해 포효하는 문양이 그려진 삼각 깃발이다. 이를 호위하듯 그보다 작은 크기의 색색의 사각 깃발이 주위를 둘러싸고 있다.

사각 깃발은 부대기로, 각 부대의 병과와 부대 번호가 적혀 있었다. 이 깃발이 달린 창은 부대원들에게 있어서 목숨과도 같은 것이라 할 수 있다.

일단 난전이 시작되면 아군과 적군이 뒤섞여서 앞과 뒤를 구분할 수 없게 된다. 그럴 때 병사들이 의지할 수 있는 것은 오직 하나, 부대기 뿐이다.

부대기가 사라진 부대는 그야말로 오합지졸과 다름없다. 따라갈 부대기가 없으면 통일된 움직임을 보이지 못하고 우왕좌왕하다 사그라지게 된다.

"이제 일주일만 가면 수도의 방위 성채인 하보크 성입니다. 전쟁 동원령이 떨어지면 모든 영지의 군대는 일단 그곳으로 모이게 되어 있지요."

발렌은 레오에게 슈란 왕국의 군사 체제에 대해 설명하고 있었다.

그가 타고 있는 말은 붉은 털로 뒤덮인 대형 말로서 북부 산맥 쪽 고원에서 소수만 존재한다는 화혈마의 혈통을 이은 것 같았다.

자신의 이미지와 걸맞는 흑마를 타고 있던 레오가 앞쪽에서 시선을 돌리지 않고 되물었다. 그의 말은 지난번 왕이 하사한 전투마 중 가장 뛰어난 4년생의 숫말이다.

"그런가? 지금쯤 적은 거의 국경에 도착했을 텐데 대응이 늦어지겠군."

"꼭 그렇지도 않습니다. 일단 수도 주변에 있는 병사들이 모이면 폐하께서 국경 방어 성채 중 가장 크고 튼튼한 다즈 성으로 진군하실 겁니다. 그곳에 자리를 잡으면 십만의 적이라고 해도 쉽게 성을 공략하지 못하니 가장 중요한 거점 중 하나라고 할 수 있습니다."

발렌의 설명에 레오는 의외라는 표정으로 시선을 돌려 그를 바라보며 말했다.

"폐하께서 직접 출정을 한다고? 그것도 소수로?"

물론 타카 2세가 대동하는 병사의 수는 약 삼만에서 사만 정도가 되니 성만 튼튼하면 십만의 병사를 충분히 막을 수 있다.

그 뒤에 천천히 진열을 가다듬고 오는 후군과 연계하여 지친 적군을 양면 협공하는 것은 나쁘지 않은 작전이다.

그러나 이 작전에는 두 가지 난제가 있다.

첫째, 먼저 성의 수비군과 후속군과의 기밀한 연계가 필요하다.

둘째로, 더욱 중요한 것은 성의 수비군은 후군이 올 때까지 적보다 적은 군세로 버텨야 한다는 것이다.

그런데 타카 2세가 직접 다즈 성으로 간다니? 가장 위험하고 힘든 위치에 직접 뛰어들다니?

레오는 곧 피식 하고 웃었다.

"폐하는 과격한 분인가 보군."

발렌은 반사적으로 '영주님보다는 낫지요' 라는 말이 튀어나오려는 것을 겨우 자제하고 맞장구를 쳤다.

"아무래도 그렇지요. 적어도 신하를 전장에 보내고 왕성에서 앉아 보고를 기다리는 분은 아닙니다."

"그런가?"

레오는 그렇게 말하고는 입을 다물고 생각에 잠겼다. 옆에서는 발렌이 계속해서 이것저것 말을 하고 있었지만 형식적으로 대충 들어 넘겼다.

'위험에 직접 뛰어드는 왕이라… 좋은 점도 있지만 나쁜 점도 있지. 실패할 경우 왕이 위험해진다!'

레오는 머리 속에서 왕을 걱정하고 있었다. 타카 2세는 그가 충성을 맹세한 당사자이며 유일하게 그에게 명을 내릴 수 있는 존재이다.

'폐하는 자신의 생명 아래 얼마나 많은 것이 걸려 있는지 지각이 없으신 건가? 이런, 내가 무슨 생각을 하는 거지?'

여기까지 생각하다가 문득 웃음이 나왔다.

"훗!"

사실 그 자신만 해도 부하들에게 싸움을 맡기고 뒤에서 앉아 있는 것을 싫어한다. 결국 타카 2세는 자신과 비슷한 성격이라고 봐야 했다.

'발렌 경도 늘 이런 마음이겠군.'

레오가 실력에 대해 자신이 있는 만큼 타카 2세는 작전에 대해 자신이 있는 것일 게다.

스스로 그럴 때에는 전혀 생각하지 못했다가 자신의 주군이 그런 식이라고 하니 새삼스러운 생각이 든다.

'누가 뭐라고 해도 그는 나의 주군이다. 그의 목숨을 위협하는 것들을 그대로 둘 수는 없지. 결과가 나쁘다면 내가 직접 가면 된다.'

주군의 곁을 지키기 위한 방법은 오로지 하나뿐이다.

'결국 이기면 되겠지. 애슐론? 끝까지 가야 해결이 될 상대로군.'

레오는 필승의 각오를 다지며 정면에 펼쳐진 자신의 부하들의 모습과 하늘을 노려보았다.

그때, 뒤쪽에서 약간의 소란이 일어났다.

"아앗, 네로! 너 언제 거기……?"

"응? 네로?"

냐앙!

레오는 익숙한 이름에 뒤를 돌아보았다. 그들의 바로 뒤쪽에는 보급품이 실린 수레들이 있었는데, 그중 한곳에 네로가 앉아서 하늘을 보며 뒷다리로 목을 긁고 있었다.

주변의 병사들 중 한 명이 그녀가 바로 영주의 고양이인 것을 알아보았기에 섣불리 건드리지 못하고 바로 주변에 알린 것이다.

기마병을 이끌고 따르던 휴케바인은 보고를 듣고 앞서 나왔다가 네로의 모습을 보고 기가 막히다는 듯 외쳤다. 이를 들은 레오가 뒤를 돌아보자마자 네로는 찾았다는 듯이 반갑게 몸을 일으켜 수레 사이를 날렵하게 뛰어넘으며 레오 쪽으로 다가왔다.

그녀는 수레에서 수레로 건너뛰며 레오의 앞쪽까지 오더니 잠시 멈춰 섰다. 먼지가 가득한 땅을 갸웃거리며 바라보는 그 모습은 흙을 밟기 싫어 고민하는 것처럼 보였다. 그것도 잠시, 다음 순간 네로는 앞쪽에 서 있던 병사의 머리 위로 뛰어올랐다.

"아악!"

병사는 기겁해서 네로를 떼어내려고 했지만 그때 네로는 이미 다른 병사의 머리 위로 옮겨간 상태였다.

"으윽, 저리 가! 오지 마!"

냥.

병사들이 반항을 하든 말든 네로는 훌륭하게 사람의 머리를 밟고 뛰어 레오가 탄 말 위에 착지했다. 날렵하게 움직이는 그 모습은 그야말로 고수의 몸놀림처럼 바람 같았다. 병사들은 혹시 레오가 자신의 고양이에게 무공을 가르쳐 훈련시켰나 하는 의심을 할 정도였다.

냐아앙.

네로는 그대로 레오의 어깨에 올라 그의 목에 몸을 부비며 애교있게 울었다. 마치 날 두고 어디 가냐고 투정을 부리는 것 같았다.

"네로, 짐수레에 숨어 따라왔나 보구나. 똑똑한데? 너도 같이 갈 테냐?"

레오는 흐뭇하게 웃으면서 손으로 네로를 쓰다듬었다. 영지에 놔두고 온 네로가 이렇게 제멋대로 자신을 따라왔지만 그것이 기분 나쁘지는 않았다.

"영주님, 지금 우리가 가는 곳은 전장입니다. 고양이랑 놀기에는 조금 부적합한 곳이라고 생각합니다만."

발렌이 충고했다. 그도 네로를 귀여워하고 있었지만 전쟁터에서 고양이를 돌볼 여력이 있을 리가 없다.

그러나 레오는 여전히 네로를 쓰다듬으며 그녀의 재롱을 즐겼다.

"그래그래, 같이 가자. 너도 내 고양이라면 마땅히 싸움에 익숙해져야지. 응, 염려 마라. 처음에는 무서워도 보다 보면 익숙해지니까. 오히려 재미있단다, 싸움 구경이라는 것은. 하하하."

레오는 이미 자신의 세계에 빠져 있었다.

발렌은 한숨을 쉬고는 옆에 있던 병사에게 보급 부대 내에 네로가 생활할 자리를 만들라고 명했다.

네로가 합류한 지 하루가 지났다. 확실히 대군을 이끌고 행군하는 것이기 때문에 그 속도는 레오가 처음 수도로 갈 때보다 두 배는 느렸다. 하지만 이제 며칠만 더 가면 목적지인 하보크 성에 도착할 것이다.

해가 산 너머에 걸려 하늘을 붉게 물들이고 있었다. 오늘도 하루 종일 행군을 한 병사들의 얼굴에는 피로가 가득했다.

"정지! 오늘은 이곳에서 야영한다."

발렌이 손을 들어올리며 크게 외치자 선두로 그 명령이 전달되고 이윽고 부대가 정지했다. 강줄기를 따라 이동을 하기 때문에 식수는 언제나 확보되어 있었다.

병사들은 각 분대마다 텐트를 치고 식사 준비를 하는 등 오늘의 야영을 위해 일사불란하게 움직였다.

말에서 내려 네로를 안아 들던 레오가 전면을 보며 발렌에게 말했다.

"전령이군. 무슨 일이지?"

"네? 아, 정말이군요."

산의 그림자에 의해 어두워진 산기슭 쪽에서 말을 달려 이쪽으로 오고 있는 자의 모습이 보였다. 레오가 말을 했으니 알았지 그렇지 않았다면 전혀 알 수 없었을 거리였다.

잠시 기다리자 그 전령의 모습이 확연하게 보였다. 무척 서두른 모양인 듯 온몸에 먼지를 뒤집어쓰고 있었다.

"기분이 나쁘군. 좋은 소식을 전하려는 자는 아니야."

"그럴 것 같군요."

레오의 말에 발렌도 약간 굳은 얼굴로 대답했다.

이윽고 전령은 레오의 부대에 도착하여 바로 레오의 앞에까지 안내되었다.

"레오 백작님을 뵙습니다."

척.

전령은 급히 한쪽 무릎을 꿇고 예를 올렸다.

"됐다. 어서 용건을 말하고 쉬어라."

레오는 손을 들어 그에게 귀족에 대한 예의를 차리지 않아도 좋다고 허락했다. 옆에 있던 발렌은 병사에게 전령이 쉴 수 있는 곳을 마련하라고 말했다.

전령은 허락이 떨어지자 참았던 숨을 급격히 몰아쉬며 바로 품속에서 한 장의 서신을 꺼내 레오에게 내밀었다.

"발도어 왕국이 또다시 선전포고 없이 움직이기 시작했습니다. 예상되는 적의 수는 칠만, 이미 국경에 거의 도착했을 것입니다."

"뭐라고!"

발렌은 이를 갈며 외쳤다.

발도어 왕국, 그자들은 신용이 없는 자들이다. 동맹국인 자신들의 뒤를 친 자. 아무리 국가 간의 힘의 관계가 걸려도 그렇게 신용 없이 뒤통수를 치는 것은 결코 옳지 못하다.

그나마 종전 이후 불가침 조약을 맺었는데 또다시 예고없이 기습을 하다니!

"하이에나 같은 놈들."

발렌은 분을 참기 어렵다는 듯 중얼거렸다. 주변의 기사들도 모두 극도로 화가 난 모양이었다.

하지만 레오는 여전히 눈 하나 깜박하지 않았다.

사실 도둑 길드에서 발도어 왕국의 움직임도 이상하다고 보고를 했었기에 레오는 이 사태를 예상하고 있었다. 단지 확실하지 않아서 말을 꺼내지 않았을 뿐이다.

"조용히 해라. 애슐론과 발도어가 같이 움직인다는 것은 별로 이상할 것이 없다."

"으음."

레오의 차가운 말에 사람들은 머리 속이 식는 것을 느꼈다. 흥분한 상대를 순식간에 안정시키는 마력이 그의 목소리에는 있었다.

레오는 전령에게 다시 물었다.

"그래서 폐하께서는 어떻게 하실 생각이시지?"

앞뒤로 적을 맞이했지만 결코 막을 수 없는 상황은 아니다. 적어도 레오의 관점으로는 그랬다.

그런데 레오가 전령에게 폐하의 의중을 묻자, 전령의 안색이 더욱 창백하게 변했다.

"폐하께서는, 타카 2세께서는 쓰러지셨습니다! 저번 전쟁에서 입은 부상이 악화되었다고 합니다!"

"뭐라고?"

순간 지나치게 침착해 보이던 레오가 놀라며 외쳤다. 전령의 이번 말은 정말로 레오가 전혀 예상하지 못했던 일이었다.

"어떻게 된 거지? 자초지종을 말하라."

레오는 좀처럼 남에게 보이지 않는 굳은 얼굴로 말했다. 주변에 있던 사람들도 모두 긴장한 모습이었다.

전령은 그 분위기에 압도되어 자신도 모르게 침을 삼키더니 곧 정신을 차리고 급히 사정을 설명하기 시작했다.

"폐하께서는 수도 근경의 군대 사만을 이끌고 다즈 성으로 향하셨습니다. 뒤에 모일 군대는 발튼 후작께서 지휘를 하시기로 되어 있었다고 들었습니다."

"그것은 이미 들었다. 그렇다면 폐하께서는 지금 다즈 성에 계시는가?"

"옛, 그렇습니다. 다즈 성에 도착한 그날, 폐하께서 쓰러지셨습니다. 의식이 불분명하셔서 어쩔 수 없이 군대의 지휘는 두카 공작께서 대신하시게 되었습니다."

"두카 공작? 그분은 군대 지휘 경력이 거의 없을 텐데?"

옆에 있던 발렌이 놀라 물었다.

두카 공작은 왕의 친동생으로 사람 좋기로 유명한 귀족이지만, 반면에 문무 양면에서 그다지 뛰어나다는 평가는 받지 못하고 있었다.

그런데 타카 2세를 대신해서 군의 총지휘를 맡다니? 이것은 결코 좋은 일이 아니었다.

전령은 계속해서 말했다.

"후속군의 지휘를 발튼 후작께서 맡기로 하셨기 때문에 지금 다즈 성에는 두카 공작 각하와 하밀턴 후작 각하가 계실 뿐입니다. 하밀턴 후작 각하는 원래 문관이시니 결국 두카 공작 각하께서 폐하를 대신해서 정국을 주관하게 되었습니다."

"과연, 그렇게 된 것이군."

레오는 알았다는 듯 고개를 끄덕였다. 대군의 총지휘는 보통 후작 이상의 작위를 가진 사람이 하게 되어 있다. 그렇지 않으면 다른 고위 귀족들이 자신보다 하위 작위의 귀족에게 지휘를 받아야 하기 때문이다.

왕이 쓰러졌으니 그 친동생인 두카 공작이 대리로 지휘하는 것은 당연하다고 할 수 있다. 바로크 백작도 같이 있을 것이나 그는 사실 개인적인 무력은 뛰어나도 군대 지휘 능력은 별로라고 알려져 있다.

왕을 제외한 최고 지휘관인 발튼 후작은 후속군을 통솔한다.

"곤란하군."

레오는 무거운 목소리로 중얼거렸다.

지금은 전시다. 문제는 간단하지가 않다.

타카 2세는 그 야망에 걸맞는 능력을 지닌 왕이다.

정치력, 카리스마, 그 무엇 하나 이렇다 할 단점이 없기 때문에 황태자 시절부터 대부분의 귀족들과 백성들이 그를 지지했다.

그는 물론 무력도 뛰어나고 군대를 지휘하는 것에도 능숙하다.

그렇기 때문에 모든 사람들이 왕인 타카 2세가 직접 적의 포위망 속에 갇혀 농성전을 벌이는 작전에도 별로 걱정을 하지 않았다.

그러나 일단 타카 2세가 쓰러진 지금 다즈 성의 지휘는 두카 공작의 손으로 넘어가게 되었다.

두카 공작이 과연 수만에 이르는 군대를 능숙하게 지휘하여 십만의 적군을 막아낼 수 있을 것인가?

사람들은 그것에 대해 별로 믿음을 가질 수 없었다.

하물며 지금 위쪽에서는 발도어 왕국의 군대가 뒤통수를 치려 하고 있다. 위기 상황에서 뛰어난 왕이 쓰러졌다는 것은 그야말로 가장 안 좋은 상황이라고 할 수 있었다.

레오는 전령이 말이 끝나자 처음 그가 자신에게 건넨 서신을 펼쳐 들었다. 과연 그 안에는 전령이 말한 대로 타카 2세가 저번 전쟁에서 얻은 부상이 도져 쓰러졌다는 설명과 이제부터는 두카 공작이 모든 지휘권을 가진다고 되어 있었다.

그리고 두카 공작의 새로운 작전을 전령에게 듣고 그대로 시행하라는 말이 쓰여 있었다.

"그대가 공작 각하의 새로운 작전을 가져왔다고?"

레오는 물었다. 보통 군사적인 기밀 작전은 이렇게 서류가 아닌 직접 입으로 전달하는 경우가 많다. 만약 전령이 무슨 이유로든 적에게 잡힐 때를 대비하기 위해서이다. 문서로는 작전 내용을 알 수 없고, 전령은 미리 준비된 가짜 작전을 말하게 되어 있다.

"넷, 두카 공작께서 말씀하셨습니다. 공작께서 폐하를 보호하며 다즈 성을 사수하는 동안 발튼 후작께서 후속군을 지휘하여 적의 뒤를 치시는 작전은 그대로 수행한다고 하십니다. 그러니 레오 백작께서는 그동안 휘하의 사병들과 함께 발도어 왕국군을 막으라고 하셨습니다."

"우리들만으로 발도어 왕국군 7만을 막으라고?"

어느새 뒤쪽에 와서 듣고 있던 휴케바인이 크게 화가 난 얼굴로 외쳤다. 말이 되는 소린가? 구천으로 칠만을 막으라니? 죽으라는 것과 무엇이 다른가?

전령은 갑자기 뒤쪽에 서 있던 거인이 험악한 인상을 하고 소리치자 움찔하며 말을 멈췄다. 말을 전한 자신도 이 명령이 얼마나 황당한 것인가를 스스로 느끼고 있었기 때문에 뭐라고 대답할 수 없었다.

레오는 휴케바인 쪽으로 가볍게 손을 들어 저지하며 전령의 말을 재촉했다.

"조용히 해라, 휴케바인. 계속하게."

"네넷, 공작께서는 발도어 왕국과의 국경에 위치한 그린벨 성에서 적을 막되 만약 시간적으로 성에 진입하는 것이 힘들어지면 후방의 로튼 성, 혹은 고밀 성 등을 이용해도 좋다고 하셨습니다. 북동부 일대의 모든 영지와 성에 대한 이용권을 레오 백작께 허가하셨으며, 레오 백작께서 꼭 지키셔야 할 것은 왕성이라고 말씀하셨습니다."

"왕성을 지키라고? 왕성이란 말이지?"

"옛, 두카 공작 각하께서는 레오 백작께 힘든 일이지만 왕국을 위해 부탁한다고 하셨습니다. 흑사자만이 할 수 있는 일이라고 덧붙이셨습니다."

"으음."

주변의 기사들이 신음성을 내었다. 두카 공작이 이렇게까지 말한다면 거절하기 힘들다.

사실 지금 왕국은 위기이다. 그러나 레오가 발도어 왕국을 막아준다면 다른 병력으로 충분히 애슐론 왕국과 자웅을 결할 수 있다.

결국 레오에게 슈란 왕국의 전 병력과 거의 비슷한 비중의 일을 맡긴 셈인데, 두카 공작으로서는 어쩔 수 없었을 것이다.

레오는 잠시 생각에 잠겼다. 상황이 극도로 안 좋게 흐르고 있는데, 그것이 별로 마음에 들지 않았다.

"알았다. 그대는 이제 쉬어라."

"옛, 감사합니다."

전령은 공손하게 대답을 하고는 발렌이 미리 준비해 둔 마차에 가서 누웠다. 그는 이미 체력이 한계에 달한 듯 바로 잠에 빠져 버렸다.

레오는 자연스럽게 모여든 기사들과 함께 긴급 군사회의를 열었다.

막사에 모여 테이블에 놓인 지도를 펼치고 하는 회의가 아닌 그냥 들판에 앉아 자신의 의견을 말하는 간이 회의였다.

그러나 이 회의의 결과에 따라 모든 사람들의 운명이 결정될 수도 있었다. 그들의 얼굴은 하나같이 심각했다.

"어떻게 했으면 좋겠나?"

레오는 일단 발렌에게 의견을 물었다.

"위급한 상황입니다. 일단 발도어 군을 막기 위해서는 한곳에서 농성을 하는 것보다 유격전을 병행하여 거점마다 시간을 끌며 적을 교란하는 것이 좋겠습니다."

"유격전과 교란이라… 그건 저번 전쟁 때 적장이 슈란 군에게 사용한 방법이로군."

"그렇습니다. 애슐론 왕국의 하이번 후작이 그 전법으로 거의 일 년간 버텼지요. 아군의 지리적 이점을 최대한 살리는 방책이라고 생각합니다."

"그렇겠군. 다른 의견은 없나?"

레오는 발렌의 말을 부정하지 않았다. 하지만 동의하지도 않았다.

소수로 다수의 침략자를 저지하는 방법으로는 거점마다 방어를 하면서 서서히 뒤로 빠지는 방법을 쓰는 것이 좋다. 이때 다수의 별동대를 운영하여 적을 교란하면 그 진군 속도를 최대한 늦출 수 있다.

그러나 이 전술은 본대와 별동대 간의 기밀한 연계를 필요로 하는 고급 전술이다. 때문에 지휘관의 능력에 따라 그 결과가 크게 차이가 난다.

탁월한 지휘 능력과 함께 임기응변에도 능해야 거우 효력을 발휘할 수 있다.

하이번 후작의 경우 이 작전을 거의 완벽하게 사용하여 군사연구가들로부터 최고의 지휘관이라고 평가받고 있었다.

문제는 레오의 부하들 중에 그 정도로 정밀한 작전 수행 능력을 가진 자가 있는가 하는 것인데, 발렌이 어느 정도 가능할 것 같기는 했다. 그러나 그의 경우 임기응변이 부족하다.

에고른 같은 경우 역시 마찬가지로 지휘력은 충분한데 돌발 상황에 대한 대처는 부족하다고 할 수 있다.

레오 자신으로 말하자면 그런 섬세한 지휘는 불가능하다.

휴케바인도 마찬가지, 그가 장기로 삼는 작전은 전원 돌격뿐이다.

결국 잘못하면 아군의 별동대가 하나둘씩 소멸되고 본대까지 위험해질 것이다. 성공보다는 실패의 확률이 높았다.

레오는 그때서야 자신의 진영에 진정으로 전략에 뛰어난 사람이 없다는 것을 깨달았다. 뛰어난 기사들이고, 훌륭한 지휘관이기는 하나 군 전체를 통솔할 만한 자는 없는 것이다.

물론 이들도 실전 경험을 쌓으며 성장해 나갈 것이다. 그러나 잘못하면 피의 대가를 치러야 한다. 상대는 이쪽이 성장할 때까지 기다려주지 않기 때문이다.

"일단 발렌 경의 말이 가장 타당해 보입니다. 하지만 칠만의 적을 과연 구천으로 얼마나 교란할 수 있을지는 모르겠군요."

다른 기사들도 어느 정도 무리라는 것을 깨닫고 있는 것 같았다. 누구보다 발렌 자신이 그것을 아는 모양이다.

발렌이 다시 무거운 목소리로 말했다.

"가장 확실한 것은 거점이 되는 성마다 오백 명 정도의 농성군을 투입하고 나머지 병사들을 삼천 정도씩 나누어 교란을 하는 방법입니다. 오백 명 정도면 장기간은 몰라도 일, 이 주는 충분히 성을 지킬 수 있습니다."

정예병 오백 명이면 성에 있는 비정규군과 힘을 합쳐 충분히 농성을 할 수 있다. 칠만의 적군을 영원히 막을 수는 없지만 확실히 시간은 끌 수 있다.

"그럴 경우 성이 하나 함락될 때마다 농성군은 확실히 소모되겠군?"

레오는 차가운 목소리로 물었다. 발렌이 말한 것은 그야말로 사석 작전이라고 할 수 있다.

비정규군만으로는 농성을 해도 별 소용이 없다. 지휘관과 정예병 오백 명 정도는 필요하다. 그리고 성이 함락되는 순간 그 지휘관과 오백 명의 병사들을 비롯한 성의 비정규군들은 모두 죽을 것이다.

"그렇습니다."

발렌이 고개를 숙인 채 대답했다.

거점 하나마다 희생양 오백 명을 선출해야 한다. 하지만 칠만의 적을 막을 수 있는 방법은 이 정도밖에 없다. 애초에 구천으로 칠만의 적을 막는 것 자체가 거의 불가능한 일이다.

"별로 좋은 방법이 아니군. 오백 명을 희생한다라. 그것이 승리를 위해서도 아니라 그냥 적을 막기 위해서라면 희생된 병사들도 기분이 좋지 않을 것이다."

"죄송합니다."

레오는 화가 난 듯했다.

그는 싸워서 이기는 것을 좋아했지 이길 수 없는 싸움은 싫어했다.

그는 잠시 북쪽의 하늘을 바라보았다. 이미 어두워진 하늘이었지만 별빛을 가리는 몇 조각의 구름이 보였다.

이렇게 무거운 분위기 속에서도 하늘의 구름은 한가롭게 떠 있었다.

자신의 마음도 마찬가지, 죽음이라는 것에 무감각해진 것은 이미 몇 년 전이다.

타인의 죽음도, 자신의 죽음도 별로 신경을 쓰지 않게 되었다. 마치 눈앞의 기사들의 불안감과 비장함을 연극 무대 밖에서 구경하는 관객과도 같이 즐기고 있다.

그러나 현실은 다르다. 자신도 이들과 같이 전장의 한가운데에 있다. 이들의 죽음은 자신에게는 어떤 감정의 변화로 다가올 것인가?

레오는 새로운 자신을 발견했다. 그는 수하들이 비참하게 죽는 모습을 보고 싶지 않았다. 그들이 승리하는 모습을 보고 싶었다!

단순한 의무감이 아닌, 자신의 욕망이 움직였다. 십 년간 당연하게 계속된 승리에서 생겨난 절대적인 권태감이 모두 사라져 버렸다!

'어쩔 수 없군. 일단 갈 데까지 가는 수밖에.'

레오는 마음을 결단을 내렸다. 그리고는 주변의 기사들을 주욱 둘러보았다.

"지금부터는 내가 명하는 대로 움직인다. 질문도, 이의도 받아들이지 않겠다. 알겠나?"

"넷!"

휴케바인이 바로 대답했다. 그는 일단 레오가 움직이자 아무런 생각이 없었다.

나앙?

반쯤 졸면서 회의 내용을 듣고 있던 네로가 갑자기 바뀐 레오의 분위기에 놀라 고개를 들어 레오를 바라보았다.

"무슨 생각이 있으십니까?"

발렌은 신중하게 물었지만, 평소 같은 설명은 돌아오지 않았다.

레오는 대답 대신 금빛 눈에 광채를 발하며 발렌을 바라보았다. 발렌은 순간적으로 주군의 뜻을 알고 즉시 고개를 숙이며 대답했다.

"명대로 따르겠습니다."

이것은 명령이다. 목숨과 명예를 맡긴 주군의 절대적인 명인 것이다. 발렌은 어떤 의문도 없이 그 명을 따르겠다는 태도를 취하고 있었다.

다른 기사들도 일제히 고개를 숙이며 복종의 맹세를 했다.

"주군의 명에 따르겠습니다."

"좋아. 그럼 진군 방향을 돌린다. 일단 북동쪽으로 향하도록 하지."

"알겠습니다."

자신감과 강력한 힘이 느껴지는 레오의 목소리는 기사들에게 설명할 수 없는 힘과 용기를 부여하고 있었다.

발렌은 작고한 다인 자작을 떠올렸다. 그때도 지금처럼 절망적인 전투를 앞두고 있었고, 자신은 절대적인 복종을 맹세했다. 당시 다인 자작은 목숨을 걸어 적을 막겠다는 필사의 신념을 보이고 있었다.

지금 그 혈육인 레오가 무모한 전투를 앞두고 또다시 무조건적인 복종을 요구한다.

'다르다!'

레오가 지금 보이는 기세와 눈빛은 다인 자작 때와는 전혀 다른 느낌을 주고 있었다. 적을 막겠다는 느낌이 없다. 황금빛 두 눈은 단번에 적의 숨통을 물어뜯으려는 맹수의 그것과 같은 기세로 빛나고 있었다.

회의가 끝나고 레오는 자신의 막사로 갔다. 발렌은 군의 선두로 가서 지휘관들에게 새로운 진군 방향을 지시했다. 내일부터는 서쪽이 아닌 북동쪽으로 나아가야 한다. 수도로 들어갈 시간적 여유가 없는 것이다.

막사 안에는 마법이 걸린 구슬이 몇 개 매달려 빛을 발하고 있었다. 어떻게 보면 상당히 낭만적인 분위기의 막사였다.

레오는 자신의 침대에 걸터앉아 한쪽에 놓여 있는 술병을 들어 잔에 따라 들이켰다. 독한 위스키였다. 혀에 짜르르 하게 느껴지는 자극이 기분 좋았다.

레오는 어느새 자신의 무릎 위로 올라와 앉아 있는 네로의 머리를 쓰다듬으며 중얼거렸다.

"나는 방패가 아니라 창이다. 적을 막는 재주는 없어도 상대를 찔러 이기는 것은 가능하지."

그는 그렇게 말하고는 그대로 침대에 누워 잠이 들었다. 누운 후에 잠들기까지 이 분도 걸리지 않았다.

일단 레오가 잠들자, 네로는 조용히 탁자 위로 올라가 공간 주머니를 열고 자신의 일기장과 마법 펜을 꺼냈다. 그녀는 레오가 정말로 마법에 대해 완벽하게 무지하다는 것을 알았다.

그리고 일단 잠이 들면 옆에서 어떤 일이 일어나도 모른다는 것도 알 수 있었다.

그러나 조금이라도 자신에게 위협이 될 만한 일이 일어나면 반응을 하는 것 같았다. 시험 삼아 자는 사이 살살 다가가서 얼굴을 할퀴려고 했는데, 그는 즉시 그녀의 발을 잡아챘다.

그리고는 무서운 얼굴로 ‘또 깨우면 혼난다’ 라고 말하고는 다시 잠들어 버렸다. 그때의 살기는 정말 대단해서 네로가 절대 레오의 잠을 깨우지 않기로 결심했을 정도였다.

일기를 쓰는 것은 레오를 귀찮게 하는 일이 아니므로 전혀 문제가 안 된다. 물론 그녀의 성격상 은신의 결계를 치기는 하지만 결계가 없어도 레오가 절대 잠에서 깨어나지 않으리라 확신했다.

미노 왕국이 마음을 단단히 먹은 것 같다.

어쩌면 슈란 왕국은 이 남자 때문에 멸망할지도 모르겠다.

중요한 것은 슈란 왕국 내에도 미노 왕국의 손길이 뻗쳐 있다는 것이다.

이들은 그것을 꿈에도 생각지 못하겠지.

기분이 나쁘다. 일단 나에게 의뢰를 했으면서 또 따로 손을 쓰다니?

하지만 이해를 할 수는 있다. 부친의 원수라고 했으니 수단과 방법을 가리지 않을 것이다.

나 스스로도 그랬으니까.

만약 이번 전쟁에서 레오가 죽는다면 그 시체를 확보하는 것이 큰일이다.

뭐, 죽이는 비용이 덜 드니까 손해는 아니겠지.

이 바보가 무엇인가를 하려 하는데 그것을 부하에게 말하지 않았다.

어떻게 싸울 건지 알아야 나도 손을 쓰기가 편한데……

아직 시간은 많다. 가능하면 전쟁에서 살아남아 내가 직접 손을 쓰게 되었으면 좋겠다.

최소한 이자는 내가 오십 년 만에 진지하게 상대할 생각이 들게 한 강자이니까.

툭.

네로가 글을 다 쓰자 할 일을 다 한 마법 펜은 힘없이 바닥에 떨어졌다. 네로는 일기장의 잉크가 마르기를 기다려 다시 그것들을 공간 주머니에 넣고 레오의 머리맡에 가서 웅크리고 앉아 잠을 청했다.

고양이의 생활이 은근히 마음에 드는 그녀였다.

전령이 도착한 다음날부터 군대는 계속해서 동북쪽으로 나아갔다.

사흘이 지났을 무렵, 포르넨 평원 지대에 이르러 일단 군을 재정비하였다.

여기서 북쪽으로 가면 발도어 왕국과의 국경이 나온다. 원래대로라면 그쪽의 성채에 들어가 적의 침략을 막아야 한다.

그런데 레오는 여기서 군을 동쪽으로 돌렸다. 마치 발도어 왕국군을 우회하여 구석으로 피하려는 것 같았다.

수하 기사들은 크게 의문을 가졌다. 그러나 그들은 이미 레오의 말에 질문 없이 따르기로 맹세했다.

다시 삼 일이 지나 레오의 부대는 슈란 왕국의 동쪽 국경에 도착했다. 그곳과 맞닿아 있는 왕국은 발도어가 아닌 동맹국인 매키아 왕국이다.

"영주님, 이곳은 매키아 왕국과의 접경입니다."

발렌이 조심스럽게 레오에게 말했다.

"알고 있다."

레오는 당연하다는 듯 대답했다. 그리고는 다시 고개를 돌려 수하들에게 말했다.

"오늘밤은 여기서 야영한다! 내일부터는 강행군이 될 것이니 충분히 휴식을 취하도록."

"알겠습니다."

기사들은 레오의 명을 받고 급히 각 부대로 야영 준비의 신호를 보냈다. 병사들은 텐트를 치고, 불을 피우고 수프와 빵, 그리고 고기를 배급받았다.

레오는 그때까지 참을성있게 뒤에서 기다리고 있는 발렌에게 말했다.

"오늘밤, 작전회의를 연다. 내일부터는 여유가 없으니 모든 부대의 지휘관들은 오늘 작전을 숙지하도록."

"그렇게 하겠습니다."

발렌은 순순히 명을 받았지만 레오의 생각을 전혀 헤아릴 수가 없었다. 적은 없다. 적의 진군 방향과는 전혀 다른 곳, 동맹군과의 접경 지역에서 무슨 작전을 펼칠 수 있다는 것일까?

하지만 그래도 레오가 설명을 하겠다고 하니 마음의 여유가 생겼다. 지난 삼 일 동안 참았던 의문이 곧 풀린다.

발렌은 즉시 모든 지휘관들에게 집합하도록 했다.

그동안 레오는 간이 회의실에서 조용히 눈을 감고 기다렸다. 무슨 일을 하기 전에 수하들에게 작전을 설명하는 것은 그에게 익숙한 방법이 아니다. 어떻게 말을 할지 조금은 생각해야 했다.

이윽고 한 사람 두 사람씩 회의실로 들어와 조용히 자신의 자리에 앉았다. 백인대의 부대장인 기사가 구십 명이다. 그 위에 천인대장이 아홉 명, 마법사 유스, 그리고 부지휘관인 발렌까지 백일 명의 인원이 모두 모였다.

"다 모였습니다."

인원 점검을 마친 발렌의 보고에 레오가 감았던 눈을 떴다.

번쩍.

그의 눈에서 순간적으로 강한 안광이 뿜어져 나왔다. 지휘관들은 모두 레오의 눈빛에 압도당했다.

찬찬히 부하들을 돌아본 레오는 입을 열었다.

"좋아, 그럼 작전을 설명하겠다. 우리는 내일 동쪽으로 진군한다."

"옛?"

지휘관들은 레오의 말을 듣고 모두 충격을 받은 얼굴로 그를 보았다. 도대체 무슨 말인지 이해할 수 없었다.

동쪽으로 진군한다니? 동쪽에는 매키아 왕국과의 국경이 아닌가?

발렌은 심각한 어조로 레오에게 말했다.

"영주님, 매키아는 동맹국입니다."

"동맹국?"

레오는 오히려 발렌에게 무슨 소리냐는 듯 반문했다.

기가 막혔다. 이런 상황에서 동맹국을 모르다니? 하지만 발렌은 참을성이 많았다.

"동맹국이 맞습니다. 지금 상황에서 동맹국을 침범할 수는 없습니다."

두 왕국의 합공을 받고 있는데, 다른 왕국을, 그것도 동맹국을 침범한다? 그건 정말로 해서는 안 될 일이다.

그것도 왕의 명이 아닌 영주 개인의 독단이다. 반역죄로도 부족하다.

발렌은 레오에게 단연코 안 된다는 음성과 표정으로 말했다.

그러나 레오는 오히려 발렌에게 물었다.

"발도어 왕국이 군사를 거의 총동원하다시피 모았을 때, 그대가 말한 동맹국인 매키아가 무엇을 했지?"

"예?"

레오는 다시 힘주어 말했다.

"그들은 발도어 왕국과 인접국이다. 옆 나라에서 군사를 동원할 때 인접국인 매키아는 조금도 군대를 움직이지 않았다."

"아!"

그렇다. 매키아는 군사 활동을 전혀 하지 않았다. 도둑 길드의 정보로 레오와 발렌 등은 그것을 알고 있었다.

하지만 당연하다. 발도어 왕국의 목표는 슈란, 그것을 뻔히 아는 매키아 왕국이 아까운 국비를 낭비해 가며 군대를 움직일 필요는 없다.

발렌의 생각을 뚫어보듯 레오는 차갑게 웃으며 말했다.

"그들은 우리가 공격당하는 것을 보고도 모른 척했다. 조금만 군대를 움직여서 무력 시위를 했다면 발도어 왕국이 우리를 공격할 수는 없었을 것이다. 즉, 이번 공격은 매키아 왕국의 묵인이 있었기에 벌어진 일이다!"

"그, 그렇군요!"

"이미 그들은 동맹국이 아니다. 소극적일 뿐, 적성국가라고 할 수 있지."

레오의 말에 모든 지휘관이 납득한 듯 고개를 끄덕였다. 지금 상황을 보자면 매키아 왕국은 이미 슈란 왕국을 배신하고 발도어 왕국과 손을 잡았다고 추측해도 무리가 아니다.

하지만 그렇다고 해서 정식으로 동맹을 파기한 것은 아니다. 그런 상태의 국가를 함부로 침범할 수는 없다.

"그렇다고 해서 함부로 국경을 침입할 수는 없습니다. 그런 짓을 하면 매키아 왕국은 즉시 군사를 일으켜 우리를 칠 것입니다."

한 발자국도 물러서지 않는 발렌, 그는 레오에게 조금이라도 뒷일을 생각해 달라고 말하고 있었다. 두 왕국의 침략을 받은 상태에서 다시 다른 왕국까지 쳐들어오면 감당하기는 거의 불가능하다고 할 수 있다.

하지만 레오의 관점은 달랐다.

"설사 저들이 침략을 해온다 해도 군대를 모으고 쳐들어오는 데는 약 한 달 이상이 걸린다. 그 안에 상황을 해결하면 그들은 침략을 포기할 것이다."

"그럴까요?"

발렌은 조심스럽게 반문했지만 더 이상 반대하지는 않았다. 그의 역할은 주군이 혹여 생각하지 못한 점을 찾아 알려주는 것에 불과하다.

처음 생각과는 달리 레오는 모든 것을 생각한 후였고, 이쯤 되면 달리 할 말이 없다. 이미 따르겠다고 맹세를 한 상태이다. 자신의 목숨을 그의 결정에 맡겼다.

발렌은 뒤로 한 걸음 물러나서 레오의 다음 말을 기다렸다. 모든 지휘관이 긴장된 얼굴로 레오를 보고 있었다.

이미 상식을 벗어난 명령, 이제는 레오가 무슨 말을 해도 놀라지 않으리라. 그들은 하나같이 그런 생각을 하고 있었다.

탁.

레오는 벽에 걸린 지도의 한곳을 지휘봉으로 두드렸다. 그가 가리킨 곳은 현재 아군의 위치였다.

지휘봉의 끝이 국경을 넘어서 산 아래쪽의 평야를 따라 옆쪽으로 선을 그리며 움직였다. 그리고는 어느 산의 아래쪽에서 멈췄다.

탁, 탁.

그 지점을 두 번 정도 두드린 레오는 기사들을 보며 선언했다.

"동쪽으로 산맥 아래쪽의 평야를 따라 진군한다. 1차 목적지인 팔론 산의 기슭에 도달하면 일단 군사를 정비한 후, 그대로 산을 넘어 북상하여 발도어 왕국의 수도 블라도스를 친다."

"수도를 직접 말입니까?"

"그렇다."

"으음."

기사들은 하나같이 인상을 구기며 신음 소리를 내었다.

나쁘지 않은 작전이다. 뒷일을 전혀 생각하지 않는다면 꽤 매력적이라고 할 수 있다.

적을 막으려는 것을 포기하고 그 대신 반대로 우회하여 심장부를 찌르는 적극적인 작전이다. 군이 부딪치는 것을 피하기 위해 일부러 옆 왕국의 국경을 침입해서 움직일 정도로 과격한 작전이기도 하다.

그러나 아무리 생각해도 무모한 짓인 것 같았다.

일단 남의 나라를 행군한다는 것 자체부터가 힘들다. 잘못하면 매키아군과 계속해서 싸워야 한다. 그 위에 보급의 문제도 심각하다. 본대는 몰라도 보급대가 매키아의 영토 내를 무사히 지날 수는 없을 것이다.

그리고 결정적으로 그 험난한 팔론 산을 넘어 발도어 왕국의 국경에 들어가야 한다. 생각만 해도 아찔한 이야기이다.

마법사 유스는 그런 기사들의 생각을 읽은 듯 그들을 대신해서 앞으로 나섰다. 발렌이 이미 물러난 이상, 레오에게 질문할 사람은 그밖에 없었다.

"영주님, 두 가지 문제가 있습니다."

"말하라."

당당한 모습! 광오할 정도로 자신감에 찬 눈! 그는 이 작전을 진심으로 실행할 생각임에 틀림없다.

유스는 자신의 심장이 뛰는 소리가 들리는 듯했다. 무슨 말을 해도 소용이 없을 것 같았다. 하지만 물을 건 물어야 한다. 그래야 최소한 설명이라도 들을 수 있다.

"일단 매키아 왕국군과의 마찰은 어떻게 할 생각이십니까? 그들과 일일이 싸우며 나가면 병력 손실이 클 것입니다. 이후의 보급도 기대할 수 없습니다."

유스의 말은 모두의 생각을 대변한 것이었다. 레오는 짐작했다는 듯 곧바로 대답했다. 잠시의 망설임조차 없는 모습이 이에 대해 미리 대비한 것 같았다.

"일단 국경을 뚫으면 쉬지 않고 나아간다. 막는 자는 치지만, 막지 않는 자들은 그냥 지나간다. 어차피 후속의 보급은 필요가 없으니 보급선을 고려하지 않는다."

한마디로 전속력으로 지나가서 주변 영지의 병력이 모여 효과적인 방어를 하기 전에 지나간다는 의미다.

그게 가능할까? 유스는 그렇게 생각하며 발렌을 보았다.

발렌이 무겁게 고개를 끄덕였다. 돌아올 것을 감안하지 않는다면, 그리고 보급을 받을 필요가 없이 계속 이동한다면 가능하기는 하다는 뜻이다.

유스는 한숨을 쉬었다. 잘못해서 군의 진로가 막히면 실패할 수밖에 없다고 해도 일단 가능성이 있다고 하니 레오의 말에 정면으로 반박할 수는 없다. 이미 모험적인 작전이라는 것을 직감하고 있었고, 그럼에 도 불구하고 레오의 작전에 따르겠다고 했기 때문이다.

하지만 아직 한 가지 질문이 남았다. 영주인 레오가 이것에 대해 대 답하지 못한다면 그의 뜻을 바꾸도록 설득해야 한다. 만약에 작전이 성공한다고 해도 소용이 없게 된다는 것을 말해야 한다.

"우리는 원래 발도어의 침략군을 저지하게 되어 있습니다. 그런데 지금 저들은 아무런 저지도 받지 않고 국경을 침범했을 것입니다."

"그랬을 것이다."

레오는 유스의 말에 순순히 동의했다.

유스는 그런 레오를 똑바로 보며 계속 말했다.

"그렇다면 거리상으로 아군이 적의 수도를 치기 전에 발도어 군이 자국의 수도인 헬룬을 점령할 것입니다. 왕성이 함락되면, 설사 양국 이 서로의 왕성을 함락시킨다고 해도 나중에는 우리가 불리해질 겁니 다."

기사들은 하나같이 유스의 말대로라는 눈을 하고 있었다. 적의 수도 를 친다. 좋은 소리이기는 해도 아군의 수도가 함락당하는 것과는 바 꿀 수 없다.

유스는 다시 말했다.

"우리가 받은 명령은 왕성을 지키라는 것입니다. 만약 헬룬이 함락 당한다면, 그 어떤 공을 세워도 우리 군은 명령불복종으로 처벌을 받을 것입니다."

왕성을 지키지 못한 죄는 크다. 그런데 그게 고의였다고 하면 더 이 상 할 말이 없다. 영주인 레오 휘하의 주요 지휘관들은 모두 처형당할 것이다. 그것이 싫다면 모든 것을 버리고 도망가야 한다. 자신이 충성을 맹세한 왕의 명을 거역하고 도망가다니? 영주나 기사에게 있어서 그보다 더한 치욕은 없다고 할 수 있다.

유스는 쉬지 않고 말했다. 의견을 말할 수 있을 때에 말해야 한다고 느끼고 있었다.

"영주님의 명에 무조건 따르겠다고 맹세를 했습니다. 하지만 분노로 적을 치기보다는 힘들더라도, 피해가 나더라도 아군의 수도를 보호하는 것이 우선이라고 생각합니다. 부디 작전을 바꾸어주십시오."

지금이라도 늦지 않았다. 적의 뒤쪽을 치며 보급선을 위험하게 한 후, 일부가 우회하여 중요 성채에 진입하면 충분히 저들의 진군을 막을 수 있다.

지금이라도 마음을 바꿔야만 이 자리의 모든 사람이 반역자가 되는 결과를 막을 수 있다고 유스는 주장하고 있었다.

레오는 입을 굳게 다문 채 날카로운 눈으로 유스를 쳐다보고 있을 뿐이었다. 그가 말하는 모든 주장을 다 듣고도 조금도 동요하는 기색이 없었다.

"유스."

"네."

"왕성이란 무엇인가?"

"네?"

레오의 질문에 순간적으로 유스는 말을 멈췄다. 무슨 소리인가? 그러나 레오는 유스의 대답을 기다리지 않았다. 그는 그대로 앞쪽에 앉아 있는 기사들을 보며 강하게 말했다.

"왕성이란 폐하가 계시는 성을 말한다! 지금 우리 슈란 왕국의 왕성은 헬룬이 아니다. 타카 2세 폐하가 계시는 다즈 성이 바로 왕성이다!"

"다즈 성!"

기사들은 자신도 모르게 중얼거렸다. 레오의 기백에 압도당한 그들의 머리 속에 레오의 말이 마치 진리인 것처럼 흘러들어 왔다.

"원래대로라면 폐하께서 계신 다즈 성이 함락될 염려는 없다. 하지만 지금은 다르다. 폐하께서 쓰러지셔서 지휘를 할 수 없는 지금 다즈 성이 얼마나 버티리라 보는가?"

이세 레오는 전신에서 무서운 기세를 뿜어대고 있었다. 유스도, 발렌도 뭐라고 말을 할 수 없게 되었다.

"아군은 발도어의 수도를 쳐서 함락시킨다. 그리고 그대로 회군하여 폐하가 계신 다즈 성으로 향한다. 발도어의 수도를, 블라도스를 함락시키면 발도어의 침략군은 회군할 수밖에 없다. 왜냐하면 그들에게 회군을 명할 수 있는 자가 블라도스에 있기 때문이다."

레오가 말하는 자는 바로 발도어 왕국의 왕이다. 과연 왕성은 왕이 있는 성을 뜻한다.

"아! 그럼?"

"발도어 군만 막으면 애슐론 군에 전력을 집중시킬 수 있다. 서둘러야 한다. 폐하의 몸이 그들의 손에 떨어지기 전에 우리는 돌아가야 한다."

기사들은 침묵했다. 그리고 필사적으로 머리를 굴려 레오의 말이 정말로 실현 가능한 작전인가 하고 생각했다.

매키아의 국경을 강행돌파하여 발도어 왕국의 수도를 친 후, 회군하여 왕국의 반대편에 있는 다즈 성까지 가서 타카 2세를 구하는 작전!

싸우지 않고 이동하는 데에만 한 달 가까이 걸릴 것이다.

단지 휴케바인만큼은 레오의 작전에 대해 더 이상 생각하지 않았다. 레오가 저렇게까지 말한 이상, 죽든 살든 따르는 수밖에 없다. 그 점에 대해서 누구보다 잘 알고 있기에 이미 잡념은 없었다.

그는 오히려 레오가 풍기는 강렬한 기세와 말에 놀랐다.

휴케바인은 레오가 서두르고 있다는 것을 느꼈다.

'영주님이 여유를 잃고 있다!'

처음엔 설마 하는 생각이 들었다. 하지만 그가 느끼는 레오의 감정은 확실했다.

'국왕 폐하를 걱정하고 계신 거야. 단지 전쟁을 이기기 위한 것이 아니었어.'

레오에게서 느껴지는 초조감!

휴케바인이 난생처음 본 그것은 바로, 주군을 걱정하는 기사의 마음이었다.

❖ Chap 7 ❖
진군

진군

레오의 굳은 의지는 기사들에게 더 이상의 망설임을 허용하지 않았다.

다음날 아침이 되자 그들은 군의 정비를 하고 다시 행군을 시작했다. 전날과 달리 언제라도 전투를 할 수 있도록 반전투 태세를 갖춘 모습이다.

언덕 하나를 넘자 매키아 왕국 국경의 수비 관문이 나타났다. 그들은 믿을 수 없다는 표정으로 자신들의 앞쪽에서 구천의 병사들이 진군해 오는 모습을 지켜보았다.

전혀 눈치채지 못했던 일이다. 이곳은 국경치고는 지나칠 정도로 평화롭고 안전한 지대였다. 수비대라고 해야 가끔씩 나타나는 마물들을 잡고 산적들의 출몰을 경계하는 것이 고작이었다.

"저, 정지! 이곳은 매키아 왕국의 영토요! 슈란 왕국의 군이라면 동맹국의 맹약에 따라 군을 물리시오!"

관문의 대장으로 보이는 자가 가까스로 정신을 차리고 외쳤다. 관문의 경비병은 약 오십 명, 방어 성채는 산 너머에 있다. 이 병력으로 얼핏 보아도 일만에 가까운 적과 맞서 싸운다면 전멸하는 것은 순식간이다.

관문 대장은 초조하게 상대의 반응을 살폈다.

레오의 눈짓을 받은 휴케바인이 말을 몰아 군의 정면으로 나섰다. 그는 거대한 덩치로 위압감을 발하며 우렁차게 소리쳤다.

"매키아의 병사들이여, 길을 열어라! 우리는 너희들의 땅을 지나 발도어의 후방을 치겠다."

"뭐라고?"

관문대장의 눈이 휘둥그레졌다. 그는 눈앞의 거인 기사가 하는 말을 순간적으로 이해하지 못했다. 그만큼 상대의 말은 터무니없는 황당한 요구라고 할 수 있었다.

곧 제정신을 차린 그는 주어진 임무에 맞게 외쳤다.

"그 요구는 허락할 수 없소! 불가능하오. 정식으로 폐하의 허락을 받지 않는 한 외국의 군대를 국경 안으로 들어놓을 수는 없소!"

그야말로 전형적인 반응이며, 명확한 대응이다. 다행히 저 거인도 상식은 있는지 순순히 고개를 끄덕여 보였다.

'그럼 그렇지!'

지금 슈란 왕국에서 다른 왕국을, 그것도 동맹국을 칠 여력이 있을 리 없었다. 관문대장은 안도의 한숨을 내쉬며 저들이 물러서리라 생각했다.

"그러니까 안 된다는 거지? 그럼 할 수 없지."

휴케바인의 얼굴에 딱하다는 표정이 아주 잠깐 스치고 지나갔다. 다음 순간 그는 한 손을 번쩍 들어올리며 쩌렁쩌렁하게 외쳤다.

"공격!"

"와아아아아아."

약속된 명령이 떨어지자 구천의 병사들은 기다렸다는 듯 일제히 함성을 질렀다. 그와 동시에 가장 앞 열에 있던 일천 명의 중보병들이 보조를 맞추어 앞으로 걸어나왔다.

척, 척, 척, 척.

길이가 3m나 되는 기다란 창을 앞세운 파이크병이다. 몸에는 기사들의 전신 갑옷과 거의 비슷할 정도로 완전히 무장을 했다. 그들의 갑옷에 반사된 햇빛이 관문 병사들의 눈을 부시게 만들었다.

"네놈들이!"

관문대장은 믿을 수 없다는 얼굴로 바로 앞까지 접근해 온 중보병들을 보았다. 그리고는 곧 몸을 돌려 뒤로 뛰었다.

"전원 후퇴! 산체스 성까지 퇴각한다. 슈란 왕국의 침입 사실을 알려라!"

그는 전력으로 달려 뒤쪽에 있는 말을 타면서 크게 외쳤다. 사실 그가 명령을 내릴 필요도 없었다. 일반 병사들은 적의 공격 명령과 함성 소리가 들리는 순간부터 이미 필사적으로 도망가고 있었다.

쾅, 쾅, 쾅!

관문을 부수는 데는 오 분도 걸리지 않았다. 방해하는 적도 없으니 단순히 부수기만 하면 되는 터라 작업은 쉽게 이루어졌다.

"계속 전진한다!"

휴케바인은 검을 든 손을 높게 치켜들고 크게 외쳤다. 군의 선봉장으로서 그의 그 거대한 체격과 당당한 목소리는 병사들의 사기를 올리는 데 안성맞춤이었다.

일단 산줄기를 따라 하루 정도를 행군한 후, 평야로 내려가 이동 속도를 높이기로 되어 있었다. 산체스 성의 병사들은 그때쯤이면 성을 방어할 준비에 몰두하고 있을 것이다.

하지만 국경의 성을 공략할 필요는 없다. 보급은 없다. 지금의 물자가 떨어지기 전에 적국의 수도에 진입해야 한다.

아무 피해 없이 관문을 지난 레오의 군대는 계곡을 따라 행군을 계속했다. 발렌은 방심하지 않고 능선 쪽으로 훈련된 레인저들을 보내 혹시라도 있을 적의 움직임을 살폈다.

"능선 너머로도 적 군대는 보이지 않습니다."

"척후병이 몇 있었지만 모두 척살했습니다."

정찰을 하던 레인저들은 계속 비슷한 보고를 해왔다.

레오가 예견한 대로 산체스 성에서 군대가 출동할 기미는 보이지 않았다.

"과연 이런 식이라면 의외로 쉽게 행군을 할 수 있겠군요."

기사들 중 한 명이 흐린 미소를 지으며 말하자, 다른 기사들도 한시름 놓았다는 표정을 숨기지 않았다.

발렌은 신중한 태도로 기사들에게 엄격하게 주의를 주었다.

"우리는 쉬지 않고 행군을 해야 한다. 갈수록 지칠 것이고, 적은 처음에는 몰라도 결국에는 우리의 움직임을 미리 파악해서 앞쪽에 진을 칠 것이다. 싸움의 장소와 시간을 적이 정할 수 있는 이상, 우리 앞에 다가올 위험은 결코 작지 않을 것이다."

"으음."

"차라리 이대로 계속해서 산을 타고 진군하는 것이 안전할지도 모른다. 하지만 산속의 행군은 평지보다 몇 배나 힘들고 또 느리다."

발렌은 주변 기사들이 모두 들을 수 있을 만한 소리로 현재의 상황을 최대한 냉정하게 설명했다. 이들은 모두 지휘관들이며 기사들이다. 이들이 상황을 정확하게 알아야만 만약의 사태에 대비할 수 있다. 물론 병사들에게는 불안이 될 만한 요소를 나열해 봐야 사기만 떨어뜨릴 뿐이니 이런 말을 할 필요는 없다.

기사들은 모두 발렌의 의도를 이해한 듯 동의하는 기색을 보였다. 발렌은 내심 뿌듯한 마음으로 그들을 둘러보다가 시선을 돌려 앞쪽을 보았다.

발렌의 시선은 지금 레오를 향하고 있었다. 기사들에게 한 말을 그가 들었을지 궁금했다. 주군은 과연 이것을 어떻게 생각할 것인가? 대비하고 있는가?

그 의문에 대답이라도 하듯 레오가 갑자기 뒤를 돌아보더니 오라는 뜻의 손짓을 했다. 발렌은 빠르게 말을 몰아 레오의 옆에 나란히 섰다.

"영주님, 부르셨습니까?"

"영지의 병사들 중에 산악에서의 움직임에 능숙한 자가 얼마나 되지?"

"오백 명 정도 됩니다. 전문 레인저보다는 못해도 충분한 훈련을 받았습니다."

"실전에서의 능력은?"

발렌은 미소를 지었다.

"최고입니다. 그들 중 대부분은 과거 애슐론과의 1차 전쟁 때 살아남은 자들입니다."

자부심이 깃든 목소리였다. 그때의 가혹한 전투에서 살아남은 생존자들은 정말로 강해졌다. 그 위에 다시 엄격한 훈련을 통해 칼날처럼 벼려진 특수 산악 부대이다.

레오는 앞쪽의 봉우리를 바라보며 말했다.

"그들을 먼저 보내라. 산맥을 따라 이동하며 적의 움직임을 관찰하도록 한다."

"선행정찰대로 쓰기에는 오백은 너무 많습니다."

"목적지인 팔론 산까지 도착하면 남은 자들로 아군이 산을 넘을 준비를 하게 한다. 그러면 조금이라도 빨리 산을 넘을 수 있겠지."

은근한 기대와 달리 레오는 발렌의 말에 전혀 신경을 쓰지 않고 있었다. 지금 레오가 생각하고 있는 것은 목적지의 일뿐이었다. 발렌이 걱정하고 있는 바로 앞일에는 관심도 없어 보였다.

그러나 일단 명을 받았으니 수행해야 했다. 발렌은 얼른 복명하고 명을 수행할 기사를 불러들였다.

현재 산악병의 지휘관은 피터슨, 빠른 몸놀림으로 쾌검을 구사하는 기사다. 그는 무거운 중갑주를 입는 것보다 오히려 경갑을 입고 활동하는 것을 더 좋아하는 성격이다. 레인저로서의 훈련까지 마친 피터슨만큼 산악병의 지휘관에 어울리는 기사는 없었다.

발렌은 레오의 작전을 좀 더 구체적으로 바꾸어 피터슨에게 하달했다. 산을 타는 데 익숙하지 않은 일반 병사들이 갈 길을 확보하기 위해 해야 할 일들을 상세하게 지시한 것이다.

주군이 의도하는 바를 가장 정확하고 확실하게 이행하는 것, 이것이 발렌이 트루 나이트로 불리는 이유이다.

"명을 이행하겠습니다!"

피터슨은 비장한 눈빛으로 레오에게 예를 취하고는 그대로 군의 선두로 나아갔다. 그를 따르는 산악병 오백 명은 수풀로 위장한 복장에 작은 컴포지트 보우를 메고 묵묵히 피터슨을 따랐다.

그러는 동안에도 군은 진군을 계속하고 있었다. 이제는 날이 어둑어둑해져서 걸음을 옮기기가 쉽지 않았다.

레오는 한 손을 들어올려 군을 세웠다.

"오늘은 이곳에서 휴식을 취한다. 단, 불은 사용할 수 없다. 미리 준비한 비상 식량을 먹도록."

위치가 알려지면 곤란하다. 산체스 성에서 나온 척후병들은 모두 척살했다. 불을 피우지 않는다면 적들은 아군의 위치를 알아볼 수 없을 것이다.

마법사 유스는 몇몇의 견습 마법사들과 함께 곳곳에 알람 마법을 걸었다. 누구의 지시도 없었지만 그는 나름대로 혹시 모를 사태에 대비하고 있었다.

레오는 계곡 위로 올라가 자신의 눈으로 주변을 돌아보았다. 별다른 이상이 없다는 것을 확인하고는 그대로 막사로 돌아와 잠에 빠져 버렸다. 적이 나타나면 즉시 대응할 수 있도록 갑옷을 입은 채였다.

폴짝.

네로가 기다렸다는 듯 침상 위로 뛰어올랐다. 그녀는 평소와는 달리 머리맡이 아닌 허리 부분 근처에 자리를 잡더니 유심히 레오를 살피기 시작했다.

사실 동그란 푸른 눈동자가 뚫어지게 보고 있는 것은 레오가 아니라 갑옷이었다. 귀엽게 머리를 갸웃거리며 한참을 유심히 살피던 네로는 오른쪽 앞발을 살짝 들어올렸다.

‘어디 한 번.’

조심스럽게 힘을 주어 날카로운 발톱을 드러낸 후 갑옷 위를 살짝 긁어본다.

그윽.

단단하다. 전혀 부드럽지 않다. 네로는 살짝 뒤로 물러나 콧잔등에 주름을 잡고 다시 한 번 갑옷을 확인했다.

레오가 몸을 뒤척인 부분은 정말 부드럽게 접힌다. 마치 주인을 보호하는 가디안처럼 레오를 조금도 귀찮게 하지 않고 편안하게 모시려고 노력하는 것 같았다.

야아아옹.

‘마법 갑옷이다! 틀림없어! 이걸 왜 일찍 발견하지 못했지?

네로는 갑자기 기분이 좋아졌다. 무식하게 튼튼하고 힘센 몸뚱이뿐만 아니라 또 좋은 소득물이 있었다.

‘그래도 대륙 최강의 검사인데 마법 무구가 없다는 것은 말이 안 되지. 암, 그렇구말구!’

여기까지 생각한 네로는 혹시나 하는 생각이 들었다.

‘검사, 아! 그렇다면?’

확인을 위해 레오가 한쪽 손으로 잡고 있는 바스타드 소드 쪽으로 달려갔다. 먹이를 노리는 듯 날카로운 눈빛이 한동안 검 위를 꼼꼼하게 살피며 지나갔다.

‘쳇!’

콧방귀가 절로 나왔다. 오만한 푸른 눈이 경멸의 빛을 띠는 듯하더니 이내 고개가 휙 돌아갔다. 평소 자신의 자리인 레오의 머리 근처로 다시 옮겨간 네로는 속으로 투덜거렸다.

'무슨 최강 검사가 저런 허접한 검을 들고 다니지? 그가 죽인 자들이 들고 있던 무기 중에서 대충 주워도 저보다는 훨씬 쓸 만하겠다. 눈만 버렸네.'

그녀는 그렇게 생각하며 그대로 눈을 감았다. 오늘 하루가 끝났으니 내일이 올 때까지 휴식을 취해야 했다.

다음날 아침이 밝자 레오의 군대는 식사를 하고 계곡을 벗어나 산을 내려왔다. 넓은 평야가 그들의 눈앞에 펼쳐져 있었다.

그들은 산의 기슭을 따라 계속해서 행군했다. 먼저 산줄기를 따라 떠난 오백 명의 산악병을 빼도 팔천오백 명의 병사다. 이런 변방의 영주들이 감당할 병력은 아니다.

하지만 그들이 가고 있는 길은 바로 매키아 왕국과 발도어 왕국의 국경 산맥, 곳곳에 국경 수비대가 머무는 방어 성채가 있다. 그곳에는 이, 삼천 명의 정예병이 주둔하고 있을 것이다.

곧 첫 번째 적이 그들을 막았다. 삼천 정도에 달하는 병사들, 그들은 넓게 군을 포진하고 대부분 화살로 무장하고 있었다. 시간을 끌다 후퇴하는 것이 목적인 것 같았다.

"어떻게 할까요?"

레오를 향해 묻는 발렌의 목소리에는 숨길 수 없는 초조감이 묻어났다.

대답 대신 레오는 조용히 말을 몰아 군의 선두로 나갔다. 앞쪽에 있던 휴케바인이 레오를 보고 씨익 웃었다. 지금 휴케바인은 주군이 조금도 동요하지 않고 있음을 알 수 있었다.

레오가 저렇게 자신감을 풍긴다는 건 위험이 없다는 보장과 같다.

휴케바인에게 눈앞의 적군은 아무 의미가 없었다. 그가 위험을 느끼는 기준은 바로 레오의 태도일 뿐, 과거의 경험은 그렇게 말해 주고 있었다.

"같이 갈까요?"

휴케바인은 레오의 옆으로 말 머리를 나란히 하고 물었다. 마치 적을 치러 가는 길에 자신도 끼워달라고 말하는 투였다.

그러나 레오는 검집으로 휴케바인이 타고 있던 말의 목을 가볍게 툭 하고 치며 말했다.

"대기하고 있어라."

휴케바인을 지나친 레오는 계속해서 말을 몰아 완전히 군의 선두로 나갔다.

"본인은 니룽 자작이다! 동맹 조약을 무시하고 우리 매키아의 영토에 무단으로 들어오다니! 너희들은 침략자다! 순순히 항복하지 않으면 한 놈도 살아남지 못할 줄 알아라!"

매키아의 국경 수비대 장군 중 한 사람인 니룽 자작은 크게 외쳤다.

그는 자신만만했다. 거리는 충분하다. 방어 성채가 가까이 있으니 적이 접근해 올 때까지 화살을 날리다가 적당한 선에서 성으로 후퇴하면 된다.

그것으로 충분하다. 자신의 임무는 이 무례한 침략자들의 진군 속도를 줄이는 것. 그러는 사이 앞쪽에 일만 이상의 국경 수비대가 모일 것이다.

자신감으로 충만하여 연신 웃음을 보이던 니룽 자작의 표정이 갑자기 굳어졌다. 적의 선두에서 걸어나온 자가 조금 이상했다. 어디선가 많이 보던 모습이었다.

그때 상대가 말했다. 그다지 크게 외친 것도 아니었다. 그러나 그 목소리는 아주 선명하게 니룽 자작의 귀에 파고들었다.

"나는 흑사자다. 그대들은 나에게 검을 겨누려 하는가?"

"흑사자!"

"흑사자다!"

여기저기에서 경탄의 소리가 터져 나왔다. 신화의 주인공! 절대적으로 강한 자!

그때서야 니룽 자작도 상대가 그 흑사자인 것을 깨달았다. 초상화로 보던 복장과 똑같은 검은 갑옷으로 전신을 둘렀다. 굳이 모습을 확인할 필요없이 그의 몸에서 줄기줄기 뿜어져 나오는 기세가 그것을 증명했다.

"흐, 흑사자라니?"

니룽 자작이 타고 있던 말이 명령하지도 않았는데 뒤로 주춤주춤 물러나고 있었다. 얼른 고삐에 힘을 주어 말을 멈추었지만 그도 속으로는 말처럼 뒤로 물러나고 싶었다.

삼천의 병력 앞에 당당히 선 흑사자, 레오는 물었다.

"나는 적인 발도어를 치러 가는 중이다. 그대들은 적인가? 아니면 아군인가? 정하라!"

"으윽!"

니룽 자작은 신음 소리를 냈다. 그는 곧바로 대답을 할 수가 없었다. 흑사자를 건드리는 것은 왕명으로 금지되어 있다. 건드리지만 않으면 이유없이 횡포를 부리는 경우는 거의 없기 때문이다. 이는 거의 대부분의 왕국에서 이미 불문율로 정해진 일이나 다름없었다.

흑사자는 위대한 무인이다. 평소에는 대륙 곳곳의 강자를 찾아다니며 비무를 한다. 정중하게 예의를 지키며 함부로 상대를 죽이지 않는다.

그러나 이런 것은 모두 흑사자와 원한 관계가 없을 때의 일이다. 일단 적이 된 자에게는 가장 집요하고 무서운 면모를 보인다.

흑사자는 적에게는 절대 자비를 베풀지 않는다!

니룽 자작이 아무리 담이 커도 흑사자를 건드릴 생각은 없었다. 하지만 이것은 임무이다. 그는 고민했다. 지키는 것도 왕명, 건드리지 않는 것도 왕명!

흑사자는 조용히 기다렸다. 적에게 결정권을 주었다. 싸울 것인지 물러날 것인지를 정할 것이다. 더 이상의 말은 필요없다.

시간이 흘렀다. 양군 모두가 극도로 긴장한 시간이었다.

이윽고 니룽 자작은 자신의 지휘봉을 위로 들어 크게 흔들었다. 그러자 병사들이 서서히 물러서기 시작했다.

그는 자신의 왕국을 위협하는 것도 아닌 흑사자의 군대와 싸우는 것을 포기했다. 만약 여기서 싸우면 설사 이긴다고 해도 후환이 무궁무진하다.

혹시 흑사자가 살아나서 왕궁을 습격이라도 한다면, 그 성패 여부와는 관계없이 자신은 죽을 것이다. 흑사자를 건드린 책임을 져야 한다.

'이건 내 선에서 결정할 일이 아니다.'

니룽 자작은 속으로 그렇게 되뇌었다. 일단 성으로 돌아가자마자 수도로 사람을 보내 왕에게 흑사자에 대한 것을 보고하고 그 처리 방법을 물어야 했다.

적이 물러났다. 싸움은 일어나지 않았다. 이 모든 상황을 보고 있던 레오 쪽 병력들은 아직도 이해가 안 가는 듯 멍해져 있었다.

레오는 뒤를 돌아보며 평온한 어조로 말했다.

"계속 진군한다."

간단한 명령, 그러나 그것은 한줄기 바람처럼 병사들의 가슴속을 시원하게 했다. 그들의 주군은 명을 내리고는 그대로 선두에 서서 나아가고 있었다.

누가 나를 해할 수 있겠는가?

그의 등은 마치 그렇게 말하고 있는 듯했다.

뒤를 따르는 기사들과 병사들은 경외의 눈으로 주군을 보았다. 병사들 사이에서 낮은 속삭임이 오고 갔다. 이름만으로 적을 물러나게 하다니? 과연 흑사자다. 그들은 그렇게 소곤거렸다.

불안의 그림자가 순식간에 사라지고 필승의 자신감이 가슴속에 가득 찼다.

부하들에게 패배를 생각하지 않고 승리만을 맹신하게 하는 자는 명장이라고 한다. 용맹함과 무력을 갖춘 자는 맹장, 지략이 뛰어난 자는 지장, 덕으로 부하들을 감복시킨 자는 덕장이다.

흑사자는 최강의 맹장이었다. 그리고 부하들에게 필승의 자신감을 심어주는 명장이었다.

이후로 며칠간 이 행군을 가로막는 군대는 없었다.

니룽 자작이 흑사자의 존재를 다른 장군들에게 알린 모양이었다. 그리고 그들은 일단 왕궁에서 결정이 내려질 때까지 흑사자를 건드리지 않기로 결정한 것 같았다.

밤이 되었다.

레오의 군대는 태연하게 진을 치고 야영 준비를 했다. 경계는 철저히 했지만 타국의 영토 안에 있으면서도 불안해하지는 않았다.

우리의 주군은 무적이다!

병사들은 며칠 전의 일로 이런 믿음을 가지게 되었다. 직접 목격한 사건과 타국에서 누구도 가로막지 않는 현실이 그들 자신도 무적이라는 생각을 가지게 했다.

물론 그것은 일반 병사들의 생각이고, 지휘를 맡고 있는 상급 기사들은 그렇게 대충 생각하지 않는다. 논리적인 사고와 계산으로 모든 것을 수치화시킨다.

임시 회의실, 레오는 몇몇의 상급 기사들과 회의를 하고 있었다.

"영주님, 그런데 정말 저놈들이 끝까지 우리를 건드리지 않을까요?"

휴케바인이 가장 먼저 확인하듯 물었다.

레오가 온다고 하면 오는 것이고, 오지 않는다고 하면 안 오는 것이다. 그게 틀려서 목숨을 잃게 되어도 상관없다고 생각했다.

그는 레오를 맹신한다. 평소에는 열심히 잔머리를 굴려도 일단 레오가 선언한 것에는 이성적으로 생각하려 하지 않는다.

"안 온다. 어제 잠시 적들의 기색을 살펴보니 그들은 이미 경계 태세를 풀었다."

적들은 완전히 사라진 것이 아니다. 거리를 두고 레오의 군대를 쫓아오는 중이었다. 그 수는 눈뭉치처럼 불어나 이제는 거의 이만에 달했다.

그에 따라 발렌 등을 비롯한 기사들의 가슴속에는 상당한 부담감이 생겼다. 만약 싸운다면 승패에 관계없이 이쪽의 피해가 막심할 것

이다. 산을 넘어 발도어의 국경을 깨고 수도를 공격하는 것은 무리가
된다.

그런데 레오는 오늘 그들이 자신들을 공격하지 않는다고 선언했
다.

발렌은 레오의 말을 곰곰이 생각하더니 자신도 동의한다는 듯 고개
를 끄덕였다.

"저도 어렴풋이 느꼈습니다. 아마 매키아 왕실에서 흑사자를 그냥
통과시키자고 결론을 내린 것 같더군요."

그도 전쟁을 경험한 남자, 적의 기세에 대해 느끼는 감각이 어느 정
도 있었다. 어제부터의 변화에 대해 계속 의아하게 생각해 오다가 레
오의 단호한 선언에 갑자기 떠올라 버렸다.

레오는 발렌을 보며 미소를 지었다. 설명할 필요가 없다는 것이 그
의 기분을 좋게 했다.

"그럼, 계속 행군한다. 팔론 산까지는 이제 하루만 가면 되지. 공격
을 당할 염려는 없으니 푹 쉬도록."

레오는 그렇게 말하고는 회의를 끝낸다는 의미로 손을 들어 옆으로
한 번 젓고는 밖으로 걸어나갔다.

자리에 남겨진 기사들은 일제히 발렌을 보았다. 한 사람이 떠났으니
이제 설명을 할 수 있는 사람은 그가 유일하다.

"별거 아니오. 매키아 왕실에서는 흑사자를 건드려서 싸우는 것보다
는 흑사자가 발도어 왕국을 치는 걸 방관하는 것이 더 이익이라고 결
론을 내린 것 같소."

"으음, 과연 그럴까요?"

에고른이 회의적인 목소리로 물었다. 엄격한 성격의 그는 개인적으

로 뛰어난 기량을 지니고는 있지만 이런 식으로 상대의 의중을 추론하는 능력은 조금 떨어졌다. 더군다나 고지식한 그로서는 입장을 바꾸어 생각해도 자신의 나라를 침범한 군대를 그냥 보낸다는 것은 있을 수 없는 일이었다.

발렌은 다시 설명했다.

"적의 기세가 완전히 죽었소. 그들이 우리를 적이라고 보지 않는 중거요. 경계만을 하고 있는데, 이 정도로 갑자기 기세가 죽으려면 왕궁에서 명령을 받았다고 봐야 할 거요."

"다행이군요. 하하하."

휴케바인이 호탕하게 웃었다. 사실 그는 레오가 선언을 할 때부터 이 사실을 믿고 있었기에 발렌의 친절한 설명도 믿어 의심치 않았다.

"그럼 우리는 이제 발도어 왕국과 싸우기만 하면 되는 겁니까?"

라이안은 아직 실감이 안 나는 듯 재차 물었다.

발렌은 가볍게 미소를 지으며 고개를 끄덕였다. 신중한 그로서는 평소에 좀처럼 보이지 않는 아주 확실하다는 표시였다.

지휘관들은 그날, 편안한 잠을 잘 수 있었다.

팔론 산은 결코 만만하게 넘을 수 있는 수준의 산이 아니다. 산을 넘으면 수도가 겨우 일주일 거리에 있음에도 그곳을 지키는 국경 수비대는 상당히 적은 편이었다. 팔론 산을 통한 적군의 침입 따위는 기우에 불과하다고 믿기 때문이다.

실제로 그만큼 가파르고 험해서 보통 사람들은 쉽게 넘을 수 없을 정도였다. 이런 산을 대군을 이끌고 넘는다는 것은 거의 불가능해 보였다.

그러나 레오의 병사들은 굴하지 않았다. 그들은 인간이 지나다니지 않는 길을 개척하면서 악착같이 진군했다. 맨 몸으로 오르기 어려운 구간에서는 앞에 보냈던 오백의 산악병들이 요소요소에 늘어놓은 밧줄을 붙잡고 기어올랐다.

이 산만 넘으면! 저 비열한 발도어의 심장에 칼을 꽂을 수 있다!

한마음이 된 그들은 이런 생각을 하며 이를 갈았다.

여기까지 왔는데 돌아갈 수는 없다고 생각했다.

발렌은 병사들 한가운데에서 그들과 같이 기어올라 가며 쉬지 않고 호령을 했다. 그의 능력이라면 단번에 뛰어올라 갈 수 있을 텐데 그러지 않았다.

"절대 서두르지 말아라! 천천히, 그러나 멈추지 않고 손과 발을 움직이는 거다! 정상은 금방이다. 힘내라! 흑사자께서 너희들을 지켜보고 있다!"

기를 담아 외치는 소리는 지친 자들의 팔과 다리에 힘을 불어넣어 주었다. 특히 흑사자라는 이름은 상당한 효과가 있었다.

기사들 역시 그런 발렌의 본을 받아 곳곳에서 병사들과 함께 걸으며 격려를 아끼지 않았다.

산악병들이 미리 조사해 놓은 비교적 쉬운 길이었지만, 일반 병사들, 특히 중보병들에게는 정말 힘든 여정이었다.

하지만 역시 끝이 없는 등산은 없다. 최초의 한 사람이 봉우리 옆쪽의 능선에 올랐다.

"우아아아아아아!"

우아아아아아아.

메아리가 울려 퍼졌다. 기쁨의 메아리, 승리의 메아리이다.

정상에 이 많은 병사들이 쉴 장소는 없었다. 그들은 그대로 다시 내려가기 시작했다. 그나마 내려가는 쪽은 조금 완만했다.

"병사들의 체력이 한계에 달했습니다. 지금은 정신력으로 버티지만 산 아래로 내려가면 완전히 지쳐 버릴 것입니다."

발렌이 레오의 곁으로 다가와 말했다. 일단 아래로 내려가면 전투가 벌어질 가능성이 크다.

지금 상태로 싸우면 전멸한다. 극도로 지친 몸은 싸움이 벌어지고 얼마 가지 않아 모두 마비될 것이다.

레오는 무심히 옮기던 발걸음을 멈추고 주변을 둘러보았다. 발렌의 말대로 병사들의 얼굴에는 숨길 수 없는 피로가 드러나고 있었다. 억지로 걷고는 있지만 자세히 보면 다리가 후들거리는 것이 심심찮게 보였다.

"그렇군, 병사들의 체력을 생각하지 못했어. 발렌, 산중턱에서 적당히 자리를 잡아 병사들을 쉬게 하라. 그리고 척후병을 보내라. 국경에 적들이 얼마나 남아 있는지 알 수가 없군."

"알겠습니다."

발렌은 자신의 충언을 두말없이 받아준 레오에게 깊이 고개를 숙였다. 이 강한 남자는 스스로가 체력의 한계란 것이 없다 보니 병사들의 체력을 고려하지 못하곤 한다. 가끔씩 까먹는 것이다.

즉시 사방에 진군을 멈추라는 명이 내려졌다.

"쉴 만한 곳을 찾아라! 충분히 넓은 곳이 아니라도 좋다. 백인대 별로 야영을 하고, 나중에 하산해서 다시 모인다!"

중앙 본대가 어느 정도 중심을 잡고 좌군이나 우군, 혹은 후군은 거의 독립적으로 다른 산줄기를 타고 내려가는 중이었다.

이런 산악 지대에서 오와 열을 맞추어 행군할 수는 없다. 당연히 야영도 따로 해야 한다.

산을 타고 내려가는 병사들의 모습은 마치 긴 뱀과도 같았다. 이제 그들은 군데군데 모여 불을 피우고 야영 준비를 했다.

"화공의 위험은?"

"바람 방향도 안 맞고 척후병의 보고에도 없습니다."

"좋아. 적은?"

"아래쪽에 있는 적의 방어 성채에서 약 이천의 병사가 나온 모양입니다. 저들은 아직 우리의 수를 정확히 파악하고 있지 못할 겁니다."

산의 줄기를 타고 내려가는 병사들의 수는 나무에 가려 파악하기가 상당히 힘들다. 아마 실제 수의 절반 이하로 보일 것이다.

무엇보다 이곳에 갑자기 적이 나타난 것에 놀랐을 것이다. 대놓고 불을 피웠으니 산중턱에 보이는 불꽃으로 인해 아래쪽은 거의 혼란 상황에 빠졌을 것이 틀림없다.

"화공도 안 된다면 이곳까지 올라오지 않는 한 공격할 방도가 없지. 쉬겠다. 내일부터는 전투이니 모두 가능한 한 피로를 풀어두도록."

레오의 명에 따라 기사들이 일사불란하게 움직였다. 그중 한 명이 밖으로 나가려다 걸음을 멈추고 다시 물었다.

"술을 먹일까요?"

"허락한다."

술을 적당히 마시고 자면 확실히 피로가 풀린다. 피의 순환이 빨라지기 때문이다. 전투 전에 사기를 충전시키기도 한다.

새 울음소리와 같은 신호가 사방으로 퍼져 나갔다.

각 부대는 산을 기어오르면서도 버리지 않았던 술통을 땄다. 진한 주향이 그들의 코를 찔렀다. 그것은 전장에서 만난 사소한 행복이었다.

"와아아아아."

수백 개의 부대기가 산에서 불어 내려오는 계곡풍에 기세 좋게 휘날렸다.

파도처럼 밀려 내려온 병사들은 정면에서 진을 치고 그들을 막는 삼천의 병사들에게 돌격했다.

내려가는 부대의 모습은 전체적으로는 어떤 진형도 아직 완벽하게 구축되지 않은 상태이다. 상식적으로는 이 상태로는 절대로 공격을 가해서는 안 된다.

하지만 그들은 각 부대가 하나의 기마창처럼 날카로운 돌격형 진형을 취해 용감하게 나아갔다.

마치 작은 삼각형 수십 개가 커다란 벽에 부딪치는 형태였다.

그 삼각형으로 된 창의 앞쪽에는 레오를 비롯한 휴케바인, 발렌, 에고른, 라이안, 피터슨 등의 강자들이 있었다.

"화살을 쏴라!"

슈슈슈슈슉.

수비병들은 미리 준비한 화살을 쏘기 시작했다. 화살은 주로 정면에 위치한 적의 지휘관들, 즉 기사들을 향해 집중적으로 쏟아졌다.

파파파팍.

“아아악!”

아무리 중보병이라고 해도 화살을 완전히 막을 수는 없다. 돌격진의 전면에서 방패를 들고 돌격했던 그들 중 몇 명은 화살에 맞고 쓰러졌다.

그러나 지휘관급들은 하나같이 전신 갑옷을 입고 그 위에 방패로 몸을 가렸다. 강력한 헤비 크로스 보우라면 몰라도 멀리서 쏘는 화살은 그들의 무장을 꿰뚫을 수 없었다. 그나마 몇몇 저격수들이 노리고 쏜 크로스 보우의 쿼렐도 능숙하게 쳐내어 버렸다.

다시 화살이 날아왔다.

슈슈슈슉.

“아악!”

“큭!”

달리던 병사들 중 몇 명이 다시 쓰러졌다. 그것이 마지막, 이제 화살을 쏘기에는 너무 가까워졌다. 적병들은 화살을 거두고 서둘러 창을 들었다.

그 순간 돌격하던 자들 중에서 한 사람이 무서운 속도로 앞으로 쏘아져 나갔다. 검은 갑옷을 전신에 두르고 바람에 검은 망토를 휘날리며 날아오르듯 달리는 자, 바로 흑사자 레오였다.

위잉, 파파파팍.

단번에 적병의 앞까지 달려간 레오는 검을 비스듬히 그었다. 순식간에 병사들 몇 명이 그들이 들고 있는 창과 함께 갈라졌다. 레오는 다시 앞으로 몇 걸음 나가며 검을 돌려 방금 전과 엑스 자가 되도록 검을 휘둘렀다.

파팍.

　병사들이 기겁을 해서 물러섰다. 잘라진 팔과 다리가 허공으로 비산했다.

　"으아아아아."

　그 뒤를 쫓아온 부대의 선두에는 휴케바인이 있었다. 그는 자신을 노리는 수십 개의 창을 거대한 방패로 쳐내 버리고 앞에 있던 자의 가슴에 검을 꽂았다. 그리고는 그자의 몸을 통째로 들어올려 휘둘렀다.

　거대한 방패와 검에 꽂힌 병사의 시체는 무서운 병기가 되었다. 광기가 번득이는 눈으로 날뛰는 휴케바인을 막는 자는 거의 없었다.

　그 두 사람과 그들을 따르는 병사들은 잘 드는 가위가 되어 상대의 진형을 비단 천을 찢듯이 주욱 파고들었다.

　"이놈! 네놈들은 누구냐? 매키아의 놈들이냐? 감히 우리 발도어 왕국에 침입하다니!"

　한 기사가 분개한 어조로 외치며 휴케바인의 앞을 막았다. 키가 2m에 가까운 거한은 덩치에 걸맞게 거대한 도끼를 들고 있었다. 그런 그도 휴케바인의 가까이에 서니 겨우 턱 위를 넘을 정도였다.

　휴케바인은 검에 걸린 시체를 툭 하고 털어버리고는 방패와 함께 진지한 자세를 취했다.

　"나는 가이안의 휴케바인이다! 네놈의 이름은?"

　귀족답지 않은 직접적인 물음이다. 그는 원래 평민 출신, 평소에는 그럴듯하게 보여도 일단 싸움이 일어나면 원래의 성격과 말투가 나타난다.

　상대는 휴케바인의 말에 놀라 급히 한 걸음 뒤로 물러나 그의 거대도끼를 양손으로 든 채 자세를 낮췄다. 강한 자를 상대로 일격필살을 노리는 수준 높은 자세였다.

"슈란 왕국의 거인 기사! 그렇다면 네놈들은 슈란 왕국 놈들이란 말이냐?"

"무식한 놈, 질문하기 전에 자기소개를 해라!"

위잉, 쾅!

훈계라도 하듯 말하며 방패를 휘둘러 상대의 머리를 내려치는 휴케바인의 공격은 다소 장난스러운 데가 있었다. 상대는 그런 모습에 크게 화가 난 듯 옆으로 슬쩍 피하며 몸을 한 바퀴 회전시켜 거대 도끼를 휘둘렀다.

바아아앙, 치링.

"원심력을 이용해 힘을 늘려? 그런 잔재주도 부리다니!"

휴케바인은 검을 높이 들어올렸다가 크게 그어 상대의 거대 도끼의 궤적을 바꿨다. 한 손으로 막기에는 힘든 위력이었는데 그는 해냈다. 힘의 조정이 거의 절정에 달해 있다는 증거이다.

"으음, 내 문설트를 받아내다니? 나는 발도어 왕국의 기사인 베이넌이다."

"휴즈 액스 베이넌! 네가 발도어 왕국 최고의 장사라고 소문난 자로군."

"거인 기사의 명성은 익히 들었다. 하지만 한 번도 나보다 강하리라고는 생각하지 않았지. 이제 승부를 가리자!"

베이넌은 투지에 불타는 모습으로 당당하게 소리쳤다.

휴케바인 역시 오랜만에 자신과 비교되는 장사를 만나자 모처럼 힘 대결을 펼치고 싶어졌다. 슬쩍 돌아보니 이미 주변의 전황은 압도적으로 유리하게 진행되고 있었다.

　방벽의 진을 형성한 적에게 백 명 단위의 방추진으로 돌격을 하는 것은 무모한 작전이다. 보통은 바위에 계란을 던지듯 깨어져 버린다.

　하지만 지금은 오히려 그 반대의 결과가 나타나고 있었다. 그만큼 방추진의 선두에 선 자들의 무력이 하나같이 강했다.

　무엇보다 가장 먼저 적의 진형을 반으로 가른 흑사자의 힘은 절대적인 것이었다.

　휴케바인은 눈앞의 상대에게 전력을 다하기로 결심했다. 이자를 놔두면 병사들이 괴로울 것이다.

　"와라!"

　"간다!"

　위이이잉, 쾅!

　"크윽, 대단한 힘이군."

　방패로 적의 도끼를 막았는데 몸이 뒤로 밀려 버렸다. 도끼가 아닌 바윗덩어리로 얻어맞은 느낌이었다. 팔이 저렸다.

　휴케바인은 방심하던 마음을 버리고 즉시 검으로 상대의 배를 찔렀다. 빈틈을 노린 검은 독사의 혓바닥처럼 영묘하게 베이넌의 수비를 뚫었다.

　"타핫!"

　베이넌은 그대로 몸을 뒤로 젖혔다. 보통 방법으로는 상대의 속공을 피할 수 없다고 생각한 순간 뒤로 눕듯이 몸을 날린 것이다.

　촤락.

　그의 갑옷에 휴케바인의 검이 스쳐 지나갔다. 조금만 더 몸을 눕히는 것이 늦었으면 배를 관통했을 것이다.

베이넌은 그대로 뒤로 한 바퀴 굴러 땅에서 벌떡 일어났다. 엎드려 있던 두꺼비가 뛰어오르는 것과 비슷한 동작이었다. 그리고 그 반동의 힘으로 몸을 옆으로 한 바퀴 틀며 도끼를 휘둘렀다.

"어억!"

쾅!

휴케바인은 베이넌을 쫓아가다가 갑자기 그에게 반격을 당하자 미처 반응하지 못했다. 과연 이 왕국에서 가장 강한 자 중에 한 명답게 휴케바인을 압도하는 실력을 지니고 있는 것 같았다.

방패로 막기는 했지만 정확하게 흘려내지 못한 탓에 팔에 충격이 심했다. 그의 거대 도끼에서 터져 나오는 파괴력은 생전 처음 보는 것이었다.

'아니야, 처음이 아니거든!'

툭.

휴케바인은 방패를 땅에 버리며 속으로 그렇게 중얼거렸다. 영주님이 있는데 어찌 생전 처음이라는 말이 나올 수 있는가? 레오 영주님은 십이 세에 지금 눈앞의 이놈보다 힘이 강했다.

휴케바인 자신도 상대에 비해 힘으로 뒤진다고 생각되지는 않았다. 단지 상대의 거대 도끼에 비해 자신이 가진 롱 소드가 힘을 싣기에 적합한 무기가 아닐 뿐이다.

완력으로 비교할 자가 없었던 지금까지는 중병기가 필요없었다. 롱 소드로도 상대의 힘을 충분히 감당할 수 있었으니까.

'발렌 경처럼 도끼를 노려 파괴해 버릴까?'

휴케바인은 상대의 무기에서 눈을 떼지 않고 속으로 생각했다.

'아서라, 휴케바인! 넌 아직 그 정도까지 기를 집중시키지 못해. 네

가 할 수 있는 검법을 펼쳐!'

파앗.

생각은 길어도 행동은 빠르다. 휴케바인은 롱 소드를 두 손으로 잡고 눈에 보이지도 않을 정도로 빠르게 휘둘렀다. 그가 가장 자신있게 펼칠 수 있는 검법은 쾌검! 정교하면서도 빠르고, 또 그만큼 강력한 힘을 가진 검법이었다.

카카카캉.

"으윽! 이렇게 빠르다니?"

베이넌은 필사적으로 휴케바인의 검을 막았다. 그도 최절정의 고수인만큼 상대의 검을 막을 수는 있었지만 반격만큼은 도저히 불가능했다. 하나를 막기 무섭게 바로 다른 하나가 날아왔다.

슈슈슈슉, 카캉.

검의 날이 두세 개로 보였다. 그리고 다시 머리 위로 벼락처럼 검이 떨어져 내렸다.

"크윽!"

쩡!

머리 위쪽의 공격은 정말로 무서운 위력을 가지고 있었다. 급히 도끼를 들어 막았지만 오히려 몸이 상대의 검에 눌리는 것 같았다.

'연속으로 서너 번을 빠르게 찌르고도 모자라 중검초를 펼칠 수 있다니?'

베이넌은 자신이 상상했던 거인 기사와는 너무나도 다른 휴케바인의 검법에 크게 당황했다.

검은 멈추지 않았다. 휴케바인은 드디어 베이넌의 빈틈을 찾아냈다.

캉, 슈슈슉, 파팍.

“크으윽!”

베이넌은 연신 뒤로 물러났다. 머리 위와 정면의 찌르기, 그리고 아래로부터의 몸통 베기가 연속적으로 들어오고 있었다.

문제는 머리 위쪽의 공격이다. 하나같이 철퇴로 내려치는 것 같은 무거운 중검법! 그 검법을 막기 위해 무기를 들어올리며 힘을 집중하면 바로 아래쪽으로 다음 공격이 이어진다.

베이넌도 키가 거의 2m나 되는 거한이다. 그는 자신보다 키가 큰 자와 싸워본 경험이 아직 없었다. 그래서 위로부터의 공격에 아주 작은 빈틈이 있었다.

“이놈!”

팍, 부웅.

베이넌은 도끼로 휴케바인의 공격을 막으며 몸을 돌려 몸통박치기를 시도했다.

자신의 무기를 방패로 삼아 상대의 무기를 봉쇄한 채 스스로의 몸을 무기로 삼는 수법! 그의 가문에 전해져 내려오는 풀 어썰트의 기술이었다.

“칫, 무식한!”

휴케바인도 지지 않으려는 듯 같이 몸을 날렸다.

두 거한이 서로 전력으로 몸을 부딪쳤다. 선수와 기세는 베이넌이, 힘과 덩치는 휴케바인이 더 유리했다.

펑!

인간의 몸이 부딪친 소리라고는 믿기 어려운 커다란 소리가 울렸다. 그리고 두 사람은 동시에 뒤로 튕겼다. 양쪽이 거의 비슷한 충격을 받은 것 같았다.

그런데 그때, 휴케바인의 검이 날카롭게 베이넌의 가슴을 찔렀다. 엄청난 충격과 함께 뒤로 팅기면서도 휴케바인은 정신의 집중을 놓치지 않고 상대의 빈틈을 찾아냈다.

푸욱.

"끅! 네, 네놈이!"

베이넌은 억울하다는 듯 두 손으로 든 도끼를 머리 위로 들어올려 휴케바인을 내리찍으려 했다. 하지만 휴케바인이 검을 뽑자 중심이 흐트러지며 그대로 고꾸라졌다.

"넌 너보다 강한 상대와 싸워본 적이 없겠지만, 난 아니라구. 아무리 고통스러워도 검을 뽑을 순간을 놓치진 않아. 그때를 놓치면 그나마 가망이 없으니까."

휴케바인은 베이넌의 검을 살피며 그렇게 중얼거렸다. 그들이 싸운 주변은 텅 비어 있었다. 워낙 기세가 강해서 병사들이 접근할 엄두를 내지 못한 것이다.

"검이 많이 상했군. 최상급 검인데… 이제 못 쓰겠는걸?"

휴케바인은 그렇게 말하며 주변을 두리번거렸다. 그는 곧바로 땅에 쓰러져 죽어 있는 발도어의 기사가 들고 있는 검 몇 자루를 주웠다. 그리고는 자신이 던진 방패를 다시 주워 팔에 차고는 냉정하게 주변을 돌아보았다.

적병은 거의 보이지 않았다. 아군의 완벽한 승리다!

발도어 왕국의 내부에 남아 있는 병력은 그야말로 최소한의 수비 병력에 불과하다. 일단 국경 수비대를 격퇴했으니 이제 수도까지는 별다른 병력이 없을 것이다.

고개를 들자 하늘 위를 날고 있는 까마귀들이 보였다. 전장의 단골

들, 불길한 존재이자 시체를 먹는 새! 자신의 이름은 그중에서도 가장
불길한 재앙을 부르는 저주받은 까마귀를 뜻하는 휴케바인이다.
　"좋은 이름이야. 전장에서 가장 어울리는 것 같군."
　휴케바인은 약간 자조적으로 툴툴 웃으며 그렇게 중얼거렸다.

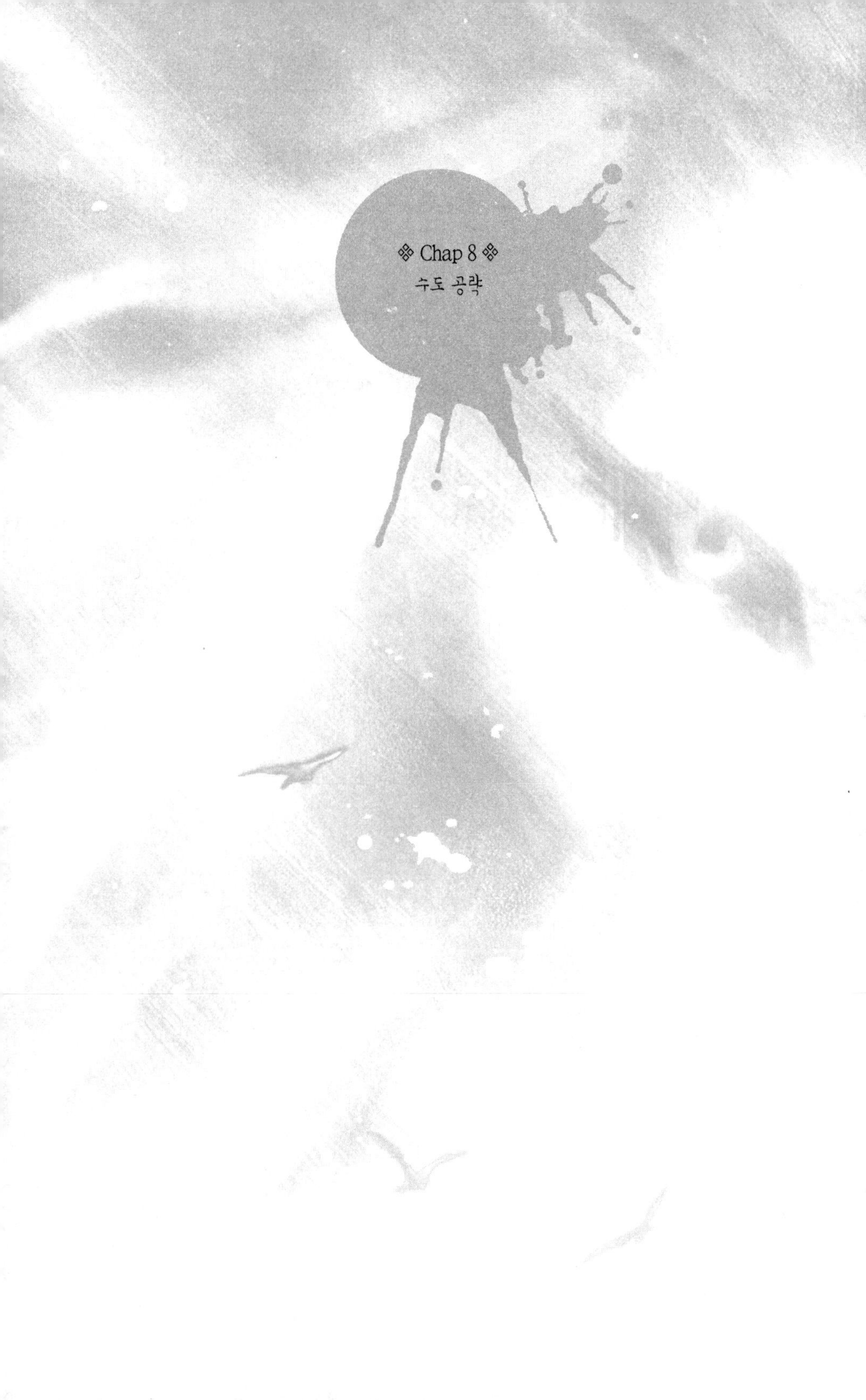
❖ Chap 8 ❖
수도 공략

수도 공략

전장을 정리하는 데에는 반나절이 걸렸다. 부상자를 구출하고, 전사자를 매장하는 것은 명에 의해 싸우다 죽은 병사들에 대한 최소한의 예의이다.

하지만 레오는 기다리지 않았다. 일천 명의 병사들을 남겨 수습을 하게 하고는 그대로 진군을 시작했다.

사상자는 약 일천, 수습을 위해 남긴 일천의 병사들까지 빼면 칠천이 남았을 뿐이다. 물론 일천의 병사들은 최대한 빠르게 정리를 하고 쫓아올 것이다.

밤이 되어 겨우 야영을 하자 지휘관들은 모두 임시 회의실로 모였다. 이제 수도까지는 일직선이다. 수도를 지키고 있는 병력만 이기면 작전의 절반은 성공이다.

그들의 눈은 광기와 집념으로 불타오르고 있었다. 가장 어렵다고 생각했던 고비는 이미 넘겼다. 여기까지 온 이상 무슨 수를 써서라도 이기고 싶었다.

"블라도스에 주둔하고 있는 정예병의 수는 약 팔천이라고 알고 있습니다."

"그 정도겠지."

"비정규군까지 합치면 거의 삼만이 될 것입니다."

공격은 몰라도 수성에는 비정규군도 상당한 도움이 된다. 사기 조절만 잘 시킨다면 충분히 정예병의 보조로 사용할 수 있다.

칠천으로 삼만이 지키는 성을 쳐야 한다. 그것도 가장 튼튼한 성이라 할 수 있는 왕성이다.

"제가 선봉에 서겠습니다! 삼만이고 뭐고 이제는 다 때려 부수는 것만 남았을 뿐입니다!"

휴케바인이 흥분한 음성으로 자신의 가슴을 탕탕 두드렸다.

"공성전에는 선봉이 별 의미가 없네."

에고른이 점잖게 충고했다.

"어? 그건 그렇군요."

휴케바인은 흥이 깨지는 듯 머리를 긁적이며 대답했다. 피식거리는 웃음이 여기저기서 새어 나왔다.

발렌은 진지한 표정으로 보고를 계속했다.

"현재 아군의 사기는 충만합니다. 이대로라면 삼만이 지키는 성을 공략하라고 해도 마다하지 않을 것입니다. 하지만 그것도 일주일이나 이 주일 정도입니다. 그 이상 지속되면 점점 현실적으로 계산을 하게 될 겁니다."

공성전은 대부분 장기전이 되기 마련이다. 그럴 경우 아무래도 지키는 쪽보다는 공격하는 쪽이 먼저 지친다. 발렌은 이 점을 걱정하고 있었다.

"성 함락에 일주일이나 걸리면 문제가 커진다. 그전에 함락을 시키지 않으면 안 되지."

레오는 단순히 성을 함락시키는 것만으로는 부족하다고 생각했다. 최대한 빠르게! 그렇지 않다면 돌아가는 순간이 늦어진다.

"어떤 작전이 있으십니까?"

발렌이 조심스럽게 물었다.

"내가 성문을 열겠다. 나에게 있어 성이란 것은 거의 의미가 없다."

"과연!"

레오의 선언에 사람들은 크게 감복했다. 평야에서의 전투에도 압도적인 힘을 발휘했지만 레오의 진짜 힘은 성을 공략할 때 나온다. 그가 안으로 들어가 문을 열려 한다면 못 열 성문은 없다.

"그럼 진입조의 선봉은 저에게 시켜주십시오!"

휴케바인이 다시 기운을 되찾은 듯 손을 번쩍 들고 말했다.

과거 뒷골목 왈패들의 본부를 습격할 때에도 레오가 안을, 자신이 바깥쪽을 맡았다. 지난번 후작의 영지에서도 마찬가지 방법이 통했다. 일단 레오가 상황을 끝내고 문을 열면 자신이 들어가 초토화시키면 된다.

어차피 성 공략에서도 똑같다. 레오가 문만 열어주면 부하들과 함께 들어가 걸리적거리는 것들은 모두 밀어버릴 자신이 있었다.

레오는 모처럼 휴케바인의 청을 쾌히 승낙했다.

"알았다. 일단 문이 열리면 휴케바인, 네가 기마병을 이끌고 안으로 진입하라."

“넵!”

휴케바인의 입이 크게 벌어졌다. 그는 신이 나서 대답을 하고는 만족한 표정으로 대기했다.

레오의 명령은 계속되었다.

“그리고 발렌 경.”

“말씀하십시오.”

“나를 대신해서 아군을 총지휘하여 지속적인 공성전을 펼쳐라.”

“그렇게 하겠습니다.”

레오는 간단하게 명하고는 천천히 고개를 돌려 이곳까지 자신을 따라온 부하들을 바라보았다.

실수도 있었고, 부하들과 뜻이 맞지 않을 때도 있었다. 하지만 이들은 충실하게 자신을 따라왔다.

몇 명의 모습은 보이지 않았다. 전사한 것이다. 인간은 너무 약하다. 한 번 검에 찔리면 대부분 죽는다. 전투가 끝나면 꼭 희생자가 나온다.

레오는 거의 일방적으로 명령을 내렸다. 공성전에 대한 공부를 한 적은 없다. 하지만 자신만의 방법이 있는 이상 다른 사람의 병법은 거의 필요가 없었다.

다른 기사들도 그런 레오의 명령에 두말없이 복명했다. 그들은 레오를 천재로 알고 있었다. 상상을 초월한 천재! 그러나 그것은 엄밀한 의미에서 조금 다르다. 그의 성취는 천재로 표현할 수 있는 한계를 훨씬 상회하고 있다.

회의가 끝나자 그들은 모두 자신들의 부대로 가서 작전에 따라 부대를 움직이기 시작했다.

그로부터 일주일 후, 레오가 이끄는 병력은 발도어 왕국의 수도에 도착했다.

수도의 수비병들은 갑자기 나타난 슈란 왕국군에 대한 보고를 받고 기겁했다가 그 병력의 수를 보고 어느 정도 안심하는 모양이었다.

그 위에 이들은 변변한 공성 병기조차 없다. 산을 넘어오는 과정에서 말들도 많이 잃어 병종들의 구성도 완전하지 못했다.

성벽의 병사들은 레오의 부대가 산개하여 남쪽의 성문 주변을 감싸듯 진을 치는 것을 보고 코웃음 쳤다.

"문을 열고 항복하라! 그렇게 하면 너희들의 그 비겁한 왕의 목숨만은 살려주겠다!"

휴케바인이 크게 외쳤다. 그러자 그를 향해 수백 발의 화살이 날아왔다. 뿐만 아니라 마법사의 마법까지 날아왔다.

슈슈슈슈슉.

"월 오브 포스!"

뒤에 있던 유스가 얼른 방어막을 쳤다. 물리적인 힘을 거의 대부분 막아줄 수 있는 강력한 5서클 마법. 이걸 파해하기 위해서는 최소한 6서클의 마법이나 마스터의 검강이 필요하다.

콰콰콰쾅! 파파파팍.

다행히 공격이 닿기 직전에 완성된 방어막 덕분에 휴케바인은 화를 면할 수 있었다.

"에이, 치사한 놈들, 몇 발이나 날리는 거야?"

휴케바인은 깜짝 놀랐다는 듯 투덜댔다.

해가 떠올라 서서히 땅이 덥혀지는 시간이다. 그 땅이 불덩어리와 뇌전 때문에 더욱 빨리 뜨거워졌다. 땅이 파이고 먼지와 함께 아지랑

이가 피어올라 주변이 잘 보이지 않을 정도였다.

"와아아아아아아!"

슈란 군이 일제히 함성을 질렀다. 그러자 성의 병사들도 지지 않겠다는 듯 함성을 질렀다. 한쪽은 마법과 화살을 막았다는 함성이고, 다른 한쪽은 함부로 접근하면 이렇게 강력한 공격에 당할 거라는 과시였다.

슈란 군은 화살의 사정거리로부터 벗어나 있었기에 수도의 수비병들도 별다른 공격을 하지 않았다.

그러다가 잠시 후, 심심했는지 투석기로 돌을 날리기 시작했다. 그 사정거리는 화살보다 더 길었기 때문에 슈란 군이 있는 곳까지 닿을 것 같았다.

"투석기입니다!"

"뒤로 물러나라!"

발렌은 즉시 명했다. 병사들은 서둘러 뒤로 50m쯤 물러났다.

슈우우웅, 쾅! 슈우우웅, 쾅!

거대한 바위가 땅에 박혔다. 하나둘씩 날아와 박히는 바위는 사람의 손으로는 들기도 어려울 정도로 큰 것들이었다.

"하하하하, 겁에 질려 감히 성에 접근하지도 못한다니! 네놈들, 그럴 거면 그냥 돌아가는 게 어떠냐?"

성벽 위에 한 사람이 나와 버티고 서서 비웃었다. 지휘관 중 한 명인 모양이다. 화살은커녕 투석기도 닿지 않는 범위까지 적이 물러나자 마음 놓고 나와서 도발을 하는 모양이다.

"와아아아아!"

성의 병사들이 다시 함성을 질렀다. 사기가 올라가는 모양이다.

반면에 슈란 군 쪽에서는 어떤 움직임도 보이지 않았다. 사기가 떨어진 것일까? 아무 대책이 없어서 지휘부가 움직이지 못하는 것으로 보아 틀림없다! 그렇게 생각한 성의 병사들이 더욱 크게 함성을 질렀다.

둥둥둥둥.

북까지 치는 자들이 나타났다. 성벽 위에 올라가서 춤을 추는 병사들도 보였다. 마치 공격할 테면 해보라는 시위였다.

"재미있군."

에고른이 이마의 주름을 더욱 진하게 잡으며 중얼거렸다. 말과는 달리 우스워하는 기색이라곤 전혀 없는 모습이었다.

그는 자신의 등에 걸려 있는 거대한 활을 잡았다. 비레아, 그가 아끼는 마법의 활이었다.

스윽.

그는 천천히 검은 나무로 된 화살을 꺼내 비레아에 걸었다. 화살촉도 없이 그냥 끝이 뾰족하게 깎인, 일견하기에 투박한 화살이다. 하지만 그것 역시 마법의 화살, 저주받은 검은 나무로 만든 화살은 철판도 관통한다.

발렌과 휴케바인 등은 숨을 죽이며 그 모습을 보았다. 소문으로만 듣던 에고른의 활 솜씨를 처음으로 실전에서 구경하게 된 것이다.

슉.

작고 날카로운 파공음이 울림과 동시에 마법활 비레아에 걸렸던 화살이 사라졌다. 너무나도 빠르게 날아가 그 궤적이 보이지도 않았다.

팍.

"끄윽!"

“앗! 바카야 백작님!”

성벽 가운데에 서서 슈란 군을 도발하던 지휘관의 이마 한가운데에 화살이 박혔다. 그는 비명조차 크게 지르지 못하고 그대로 쓰러졌다.

“와아아아아아아!”

슈란 군의 병사들이 크게 함성을 질렀다. 다시 화살이 날았다. 이번엔 북을 치던 자의 목에 박혔다. 그 다음 화살은 북을 찢었다.

성벽 위에서 춤을 추던 자들은 황급히 뒤로 몸을 숨겼다. 투석기보다 더 멀리 화살을 날릴 수 있는 사람이 있다니? 그들은 경악과 당황한 기색을 여실히 드러내며 슈란 군을 바라보았다.

“과연 대단하오! 거리도 거리지만 정말 백발백중이구려!”

발렌은 엄지손가락을 내밀며 말했다. 한 점의 융통성도 없이 고지식함의 극치를 달리는 기사 에고른은 그 성격 때문인지 그야말로 천하의 명궁으로 알려져 있었다.

소문으로만 듣다 직접 보니 정말 이자와는 절대 거리를 두고 싸우면 안 된다는 생각이 뇌리를 스쳤다.

“그나저나 잘됐을까요?”

유스가 약간 초조한 듯 물었다. 휴케바인은 별걸 다 묻는다는 표정으로 대답했다.

“그야 당연하지요!”

“잘돼야지. 안 되면 큰일이지 않나?”

유스가 여전히 불안한 기색을 보이자 발렌은 일부러 가벼운 어조로 거들었다.

“그건 그렇지요.”

그들은 하나같이 무엇인가 기대하는 눈빛으로 성 쪽을 보았다. 에고른도 적의 기세를 꺾고 자신의 자존심을 세운 것으로 만족했는지 더 이상 화살을 날리지는 않았다.

잠시 후, 성벽 한쪽에서 기다렸던 반응이 나타났다.

팍, 슈각.

"아악!"

"꺼윽!"

병사 몇 명이 비명을 지르며 성벽 아래로 떨어졌다. 그들의 몸은 처참하게 갈라져 피를 쏟아내고 있었다.

"앗! 침입자다!"

"어느새? 잡아랏!"

성벽의 아래쪽에서 병사들이 급박하게 외치는 소리가 들렸다. 멀리서도 그곳의 어수선함과 불안함이 전해지는 듯했다.

휴케바인은 성벽에서 병사가 떨어지는 것을 보고 옆에 있던 발렌을 보며 웃었다.

"그럼 가지요."

"그러도록 하지."

발렌은 손을 번쩍 들어 레오로부터 받은 지휘봉을 크게 휘두르며 외쳤다.

"전군 공격!"

어느새 말에 오른 휴케바인도 자신이 지휘하기로 한 기마병들의 선두에 서서 말의 박차를 가하며 외쳤다.

"돌격한다! 목표는 성문, 성문은 열린다! 절대로 속도를 늦추지 마라! 끼랏!"

두두두두두두두두.

보병들이 일제히 앞으로 전진하고 기마병들은 속도를 높여 돌진했다. 성벽의 병사들은 놀라서 연신 화살을 날렸다. 투석기의 돌도 날아왔다.

화살의 비가 하늘을 덮었다.

슈슈슈슈슈슉.

"아아아악!"

아무리 머리 위에 방패를 뒤집어쓰고 달려도 화살에 맞는 자는 있게 마련이다. 그런 자들은 비명을 지르며 땅에 쓰러졌고, 곧 더 많은 화살이 꽂혀 순식간에 목숨을 잃었다.

하지만 전체적으로 그 수는 그다지 많지 않았다. 수십 명 정도의 인원이 손실되었다. 화살의 수에 비하면 터무니없이 적은 피해라 할 수 있다. 그만큼 레오는 병사들에게 화살을 막으며 전진할 수 있는 장비를 많이 마련하게 했다.

나무껍질을 벗겨 만든 갑옷 겉대, 둥그런 방패, 모자, 그리고 가슴막이, 이 모든 것은 조금이라도 더 화살로 인한 피해를 줄이기 위한 것이었다.

"머뭇거리지 마라! 멈추면 화살이 한 발이라도 더 날아든다!"

병사들은 지휘관인 기사들의 독려를 받으며 온 힘을 다해 앞만 보고 돌격을 감행했다.

이미 선두의 기마 부대는 성문 가까이 접근하고 있었다. 해자가 앞을 가로막고 있었지만 조금도 속력을 늦추지 않았다. 그들은 무서운 기세로 해자를 향해 돌격했다. 마치 해자에 빠져 자살을 함으로써 자신들의 시체로라도 해자를 메우겠다는 의지를 표명하는 것 같았다.

이 무모하기 짝이 없는 돌진에 응답이라도 하듯 굉음이 울려 퍼졌다.

촤르르르르르, 쾅!

사슬이 맹렬히 풀리는 소리에 이어 해자와 성을 잇는 다리가 땅을 울리며 내려앉았다.

그그그그.

다음 순간 무거운 것을 움직이는 듯한 소리가 나기 시작했다. 성문의 한쪽이 서서히 열리고 있었다. 휴케바인이 이끄는 기병대는 그 성문이 단 한 사람에 의해 밀리고 있는 믿을 수 없는 장면을 목격했다.

높이 30m에 폭 15m인 문은 장정 수십 명이 달려들어도 꼼짝하지 않을 무게이다. 오직 기관과 연결된 쇠사슬로만 열린다.

이 쇠사슬은 두 가닥으로 나뉘어 있어서 동시에 당겨야 한다.

레오는 그냥 그 쇠사슬을 검으로 끊어버리고 자신의 힘만으로 열고 있었다.

돌격하는 기마대의 앞에서 휴케바인이 소리 높이 외쳤다.

"가자! 저런 황당한 힘을 지닌 분이 우리의 주군이다! 아무것도 두려워하지 말고 걸리는 것은 다 쓸어버려라!"

"와아아아아!"

이백여 기에 달하는 기마병들이 함성을 지르며 일제히 성안으로 쏟아져 들어갔다.

이미 성벽 주변에는 수십 구의 시체가 널브러져 있었다. 언제 레오가 거기 나타났는지, 언제 이 정도의 병사들을 학살했는지는 누구도 알지 못했다.

달리는 기마병들은 가장 위험한 병기이다. 성안의 병사들은 이백여 기의 기마에 크게 타격을 입어 효율적으로 반격을 가하지 못했다.

어느새 성문 두 개를 완전히 연 레오는 성벽 위로 뛰어올라 가 궁수들을 처리하기 시작했다. 돌격하는 적을 향해 공격을 퍼부어야 할 성벽 위의 병사들은 순식간에 혼란에 빠졌다.

"으악!"

"헉!"

검은 갑옷을 입고 망토를 휘날리며 움직이는 레오는 마치 양 떼 속을 누비는 맹수와 같았다. 눈 깜짝할 사이에 두세 명씩 짚단처럼 쓰러지는 동료들을 보게 된 병사들은 공포에 이성을 잃고 허둥대기 시작했다.

덕분에 성벽 위에서 퍼부어야 할 공격은 그 맥을 잇지 못하고 흐지부지되고 있었다.

기마병들이 다 들어가고 나자 이제는 다른 병사들 차례였다. 삼만이라는 수는 어디까지나 비정규군과 합친 수이다. 그렇게 되면 수적인 힘이 불어나기는 하지만 군 전체가 조직적으로 움직이지는 못한다. 특히 지금처럼 대응하기 어려울 때에는 더욱 그렇다.

"아아아아악!"

"살려줘!"

너무나 허무하게 성문이 열리는 바람에 사기는 바닥으로 곤두박질쳤다.

지휘관들이 소리를 쳐서 사태를 진정시키려 했지만 결코 쉬운 일이 아니었다. 고함을 쳐도 병사를 안정시킬 수 없다. 오히려 지휘관 티를 내면 흑사자를 부르는 주문이 된다. 그들은 어디선가 나타난 검은 사자의 검에 맞아 죽었다.

왕국의 수도가 너무나도 쉽게 함락되고 있었다.

아직까지 모든 왕국들은 흑사자의 대비책을 세울 때 그가 혼자서 움직인다는 것을 전제로 하고 있었다. 지금 그 흑사자가 군대를 이끌고 적을 치게 되니 그 힘은 몇 배로 커졌다.

발도어 왕국의 병사들은 오늘 그것을 대륙 최초로 뼈저리게 느낄 수 있었다.

"영주님! 완승입니다. 적은 이미 총붕괴의 상태이고, 얼마 남지 않은 수가 내성 벽의 안쪽으로 들어가 저항을 하고 있을 뿐입니다."

라이안이 레오를 향해 달려와 보고를 했다. 발렌으로부터 영주님을 찾아 보고해 달라는 명령을 받은 그였다.

레오는 막 한 무리의 적병을 처리하고 있었다.

검을 멈춘 레오는 라이안을 보며 말했다.

"내성까지 그대로 밀고 들어간다! 수도를 완전히 장악하고 왕궁 안의 왕을 잡아라! 절대로 놓쳐서는 안 된다."

"넷!"

라이안은 예를 취하고는 급히 발렌에게로 달려갔다. 아직은 완전히 안정된 전장이 아니었기에 가끔씩은 적병과 마주쳤지만 라이안에게 해를 입힐 정도의 실력자는 없었다.

곧 슈란 군의 일부분이 내성을 공격하기 시작했다. 레오가 그 선두에 있었다.

레오는 내성의 문을 부수고 그대로 혼자 왕궁까지 들어가 보이는 자들을 다 처치하기 시작했다.

"으으으, 이 악마 같은 놈! 네놈에게 저주가 있을 것이다!"

근위 기사 중 한 명이 크게 외치며 두 손으로 커다란 철퇴를 들고 레오에게 덤벼들었다.

쾅!

"크아악!"

그 무겁고 단단한 철퇴를 레오는 주먹으로 깨서 부쉈다. 한 손으로 잡고 있는 검은 여전히 살육을 멈추지 않았다.

마치 미노 왕국에서 혼자서 왕성을 장악했을 때처럼 무시무시한 살기를 퍼뜨리며 튀어나오는 모든 자를 베었다.

그리고 내궁으로 달렸다. 왕을 잡아야 한다. 레오의 머리 속에는 그것밖에 없었다.

바깥쪽은 자신의 수하들이 알아서 할 것이기 때문이다.

시간이 지나면 적의 군대가 들이닥치는 것이 아니라 자신의 수하가 온다. 그렇다면 왕궁의 모든 존재를 깨끗하게 쓸어버릴 때까지 아무런 방해도 받지 않을 수 있다.

쾅.

"어디 있나, 발도어의 왕이여!"

레오는 큰 목소리로 표적을 불렀다. 대답하는 자는 없었다.

쾅.

다시 하나의 문을 부쉈다.

"까아아아악!"

후궁인 여자들의 방이다. 반라의 여성들 몇 명이 비명을 지르며 달려 안쪽 방으로 사라졌다.

레오는 미로와도 같은 내궁을 샅샅이 뒤졌다. 빠져나갔을까, 왕궁에서?

"영주님! 외부는 모두 차단했습니다."

"휴케바인, 왕을 찾아라! 그리고 모든 왕족을 남김없이 찾아내라!"

"옛!"

레오의 말에 휴케바인은 자신의 뒤를 따르는 병사들에게 다시 명을 전했다.

그리고는 한쪽 방으로 뛰어들어 가는 레오의 모습을 보고는 이를 드러내며 웃었다.

이 남자는 왕궁을 자기 마음대로 유린하고 다닌다. 과거에 왈패들의 소굴을 뽀개는 것과 돌아와서 귀족의 집을 뒤집어엎는 것은 비교적 쉽게 납득을 했지만 설마 왕궁까지 가능할 줄이야!

너무나도 어울린다. 그래서 부럽다.

"역시 레오 영주님이야. 어떻게 저런 분이 세상에 나왔을까 신기하군."

휴케바인은 결국 입을 열어 그렇게 감탄하고 자신도 내궁을 뒤지기 시작했다.

이미 수도 내부의 적 병사는 전멸하다시피 했고, 발렌이 조직적으로 수도 전체에 포위망을 쳤다.

일단 수도를 점령하면 아무도 빠져나갈 수 없게 하라는 레오의 명을 충실히 이행하는 그였다.

반항하는 자는 가차없이 처형당했다. 대부분의 무관 귀족들이 슈란 왕국에 침입하느라 떠난 지금, 수도에는 문관 귀족들뿐이었다.

그들은 거의 모두 체포되어 그대로 왕궁의 지하 감옥에 갇혔다. 슈란 왕국의 군대는 난폭한 점령군이었다. 철저한 규율로 수도 내의 모든 것을 장악해 나갔다.

발도어의 왕인 사만 5세는 왕성 가장 깊은 곳에서 발견되었다. 그는 거의 사색이 된 얼굴로 레오의 앞에 끌려왔다. 레오는 태사의에 앉아 사만 5세를 노려보았다.

"으으으, 네놈이 감히 나의 왕궁에 침입하다니!"

사만 5세는 울부짖고 있었다.

"감히?"

레오의 눈에서 날카로운 빛이 반짝이자 사만 5세는 급히 울음을 멈추고 입을 다물었다.

정신이 번쩍 드는 것 같았다. 상대는 흑사자다! 그리고 지금 믿어지지 않지만 자신의 목숨은 그의 손아귀에 달려 있다.

생명에 대한 애착이 굳은 머리를 움직이게 했다. 사만 5세는 상대가 요구할 만한 모든 것을 떠올렸다.

"몸값을 치르겠다. 군대도 철수시키겠다. 나를 풀어다오."

"몸값과 군대의 철수라… 그대가 제시할 수 있는 것은 그것뿐이군."

레오는 나직하게 중얼거리며 고개를 끄덕였다. 그리고는 자리에서 일어나 천천히 걸어 사만 5세에게 다가갔다.

사만 5세는 급격히 심장이 뛰는 것을 느끼며 레오가 다가오는 것을 바라보았다.

레오의 손이 왼손에 들고 있는 검의 자루를 잡았다. 설마 하던 사만 5세는 두려움에 떨면서 발악하듯 외쳤다.

"안 된다! 나는 왕이다! 죽을 수 없는 몸이다!"

"그래도 미노의 왕은 죽는 순간에는 의연했다."

휘익, 팍.

사만 5세의 목이 높이 떠올랐다. 남겨진 몸에서 피가 쏟아져 나오며 서서히 옆으로 기울어지며 땅에 쓰러졌다.

탁, 데구르르르.

피의 향기가 진하다. 주변에 서 있는 기사들은 질린 표정으로 레오를 보았다.

왕을 죽이는 자! 이미 두 명의 왕이 그의 손에 죽었다.

"남은 왕족은 아직 못 찾았나?"

레오는 몸을 돌리며 라이안에게 물었다.

"궁정의 하인들을 통해 알아낸 바로는 아직 네 명이 남아 있습니다."

"찾아라! 적어도 수도 안에 있는 왕족은 모두 죽인다. 발도어 왕가의 씨를 말려야 한다."

꿀꺽.

무서운 저주이다. 수하들은 레오에게 공포를 느꼈다. 그는 적에게 있어서만큼은 가장 잔인한 악마일지도 모른다.

"영주님."

"뭐지? 말하라, 유스."

마법사는 기사들의 마음속에 스며드는 공포를 느꼈기에 레오에게 말을 건넸다.

공포는 곧 거리감을 형성한다. 주군을 필요 이상으로 무서워하는 것은 좋지 못하다.

"이미 왕을 죽였는데 왕족을 모두 찾아 죽일 필요는 없지 않겠습니까?"

휘익.

레오는 자신의 명에 이의를 제기한 마법사를 보았다. 왕성에 들어선 후, 레오는 계속해서 무서운 기세를 뿜어대고 있었다.

유스는 마음을 굳게 먹고 레오의 눈을 피하지 않았다. 눈동자가 떨리는 것은 어쩔 수 없었지만, 그래도 고개는 돌리지 않았다.

마법사의 의지! 그것은 기사의 맹세와 정신력보다 강한 것일 수도 있다.

레오는 의식적으로 기세를 누그러뜨렸다. 유스의 간절한 눈빛은 주군에 대한 충성심 외에 사심이라고는 보이지 않았다. 주변을 돌아보니 자신의 부하들의 눈에 공포가 깃들기 시작하고 있었다.

레오는 한결 부드러운 어조로 말했다.

"왕족은 모두 처리해야 한다. 왕을 잃은 왕국은 새로운 왕을 정할 때까지 외부로는 힘을 못 쓰지. 정통 후계자가 없다면 적어도 몇 년은 후계자 싸움을 할 것이다."

유스의 눈이 빛났다. 충분히 납득이 간다.

단순히 왕만을 죽이면 왕위 계승권자가 새로운 왕이 된다. 새 왕이 가장 먼저 할 일은 바로 선왕의 원수를 갚는 것이다. 결국 얼마 안 있어 발도어 왕국은 복수의 명분을 들고 슈란 왕국을 공격할 것이 불을 보듯 뻔하다.

그러나 왕위 계승권자가 없다면? 전국의 귀족들은 새로운 왕을 뽑아야 한다. 그 일이 그렇게 쉽게 결정될 리가 없다.

"과연 앞날을 생각하면 어쩔 수 없는 일이군요."

유스는 다들 들으란 듯 목소리를 높여 수긍했다.

"빨리 찾아라! 적어도 직계 왕족은 모두 처리해야 한다."

"알겠습니다."

유스는 고개를 돌려 기사들을 보았다. 기사들 역시 레오의 말을 이해한 표정이었다. 적어도 분노와 적개심에 한 가문의 씨를 말리려는 것이 아니라는 것은 알았다.

그들은 오히려 레오의 과감함에 감탄하고 있었다. 적을 무력화시키는 방법을 거의 본능적으로 알고 있다고 느꼈다.

다음날까지 슈란 군은 수도를 이 잡듯이 뒤져서 숨어 있는 왕족을 모두 찾아냈다. 그리고 그들은 잡혀오는 족족 참수당했다.

"이것으로 정식 왕위 계승자는 모두 사라진 셈입니다."

유스가 마지막 처형을 지켜보면서 말했다. 레오는 자신의 무릎 위에 앉아 혀로 손을 핥고 있는 네로의 목을 간질이며 말했다.

"이제 돌아가자. 벌써 한 달이 다 되어간다. 더 늦기 전에 돌아가 애슐론 놈들을 처리하고 폐하를 구한다."

"그게 좋겠습니다. 이제 얼마 안 있어 발도어 왕국의 본대가 회군할 겁니다. 그들과는 싸울 필요가 없으니 우회를 해야겠군요."

"음."

레오는 묵묵히 고개를 끄덕여 승낙을 했다. 회군로는 몇 가지가 있다. 결국 발도어의 본대와 부딪치지만 않으면 된다.

수도에 쌓여 있는 재물과 식량을 긁어모아 충분한 보급을 얻었다. 말도 마차도 모두 징수했다. 휴식을 취하고 있는 병사들도 내일이면 충분히 이동할 수 있게 될 것 같았다.

"내일 떠나는 것이 좋겠군."

레오는 결정했다. 발렌과 유스는 레오의 말에 잠자코 허리를 굽혔다.

다음날, 슈란 군은 발도어의 왕성 앞에 도열했다.

생존자는 약 오천, 그중 부상자가 이천 정도이다. 산을 넘은 후 벌어진 전투에서 일천의 군이 소실됐는데 다시 이천 정도가 사망했다.

사상자 삼 할, 부상자까지 합하면 육 할에 달하는 손실이다.

엄청난 손실이었지만, 별동대나 다름없는 군대로 적국의 수도를 점령한 것이다.

병사들은 살아남은 것을 다행으로 생각했다.

하지만 이것이 끝이 아니었다. 이제부터는 애슐론 왕국과 싸워야 한다. 그들의 눈은 승리자의 기쁨보다는 새로운 전장으로 나가는 긴장감으로 굳어 있었다.

군의 진형 같은 것은 대부분 발렌이나 에고른같이 경험있는 상급 기사가 짜게 된다. 레오는 별로 신경 쓰지 않았다.

발렌은 일단 부상자 이천과 그들을 보호할 호위군 일천을 따로 분리하여 군의 중앙에 두었다.

전군에 이천, 후군에 일천을 두고 남은 일천의 병사는 따로 떼어 별동대로 구성했다. 주로 산악병과 기병, 그리고 궁병들인데, 그들은 사방의 척후 역할을 담당하고 소규모 전투에서 발 빠르게 대처하는 역할을 했다.

진을 구성하고 그 역할을 각 부대의 지휘관에게 설명하는 것은 이미 어젯밤에 끝냈다.

이제 이곳을 떠나 고국으로 돌아가기만 하면 된다.

막 레오가 군에게 진군의 명을 내리려 할 때, 성의 외부 쪽에서 일단의 사람들이 달려왔다.

그들은 성의 입구에서 일단 멈춰 섰다. 그리고 그중 한 사람만이 레오를 향해 일직선으로 달려왔다.

"어르신! 급한 일이 있어서 왔습니다!"

화려한 보라색 얼룩 무늬의 비단옷을 입은 남자였다. 헐렁이는 옷감에 상인들이 주로 쓰는 모자를 써서 그저 약간 이색적인 의복 센스를 가진 상인 중 한 명으로 보였다.

하지만 그의 정체는 킬번, 슈란 왕국의 수도 도둑 길드장이었다. 슈란 왕국의 모든 도둑들 중 가장 큰 영향력을 행사할 수 있는 자이다.

"무슨 일이지?"

레오는 차가운 목소리로 물었다.

자신의 앞에 털썩 무릎을 꿇은 킬번의 기색이 심상치 않았다. 이자가 이렇게 심각하게 말할 정도라면 정말 보통 일은 아닐 것이다.

킬번은 잠시 숨을 가다듬었다. 그리고는 고개를 들어 레오를 똑바로 바라보며 말했다.

"가이안 영지가, 어르신의 고향에 애슐론 왕국의 별동대가 향했습니다. 지금쯤은 전투가 벌어졌을 겁니다."

"적의 병력은?"

"오천, 정예병으로 오천입니다."

"오천! 그곳의 수비 병력은 천 명뿐인데!"

휴케바인이 놀라 말했다. 타로스 아저씨! 그는 속으로 그렇게 부르짖었다.

킬번은 쉬지 않고 설명했다. 당연한 일이지만 어르신의 심기가 불편해 보였다. 조금이라도 희망적인 말을 해야 한다.

"일단 그쪽에도 사람을 보내 대피하라고 전했습니다. 영지가 약탈당하는 것만큼은 피할 수 없겠습니다만, 어르신의 지인들은 피해를 입지 않을 것입니다."

"타로스 아저씨는? 수비대장인 그분은 절대로 도망가지 않을 거요!"

모든 기사들이 휴케바인을 보았다. 휴케바인은 크게 흥분해서 레오에게 말했다.

"아저씨는 절대로 성벽을 떠나지 않을 겁니다. 적이 아무리 많아도 영주님이 돌아올 때까지 지킬 겁니다."

"그렇다면 구하러 가야 되겠군요!"

킬번은 당연하다는 듯 말했다. 그러나 그의 의견에 동의하는 자는 휴케바인뿐이었다.

에고른이 무거운 목소리로 말했다.

"우리의 다음 작전은 다즈 성을 포위하고 있는 애슐론 본대를 치는 것이오. 비록 영지를 보호하는 것이 영주의 임무이기는 하지만, 만약 폐하께서 저들의 손에 떨어지면 왕국이 미래가 위험합니다."

"에고른 경! 지금 영지민들을 버리자는 것이오?"

휴케바인은 크게 화가 난 얼굴로 에고른에게 항의했다. 그러나 에고른은 흔들림없는 엄숙한 눈빛으로 휴케바인의 찌르는 듯한 시선을 받아냈다.

영지는 소중하다. 하지만 충성을 맹세한 왕의 안위는 더욱 소중하다.

그의 눈은 그렇게 말하고 있었다.

다른 대부분의 기사들도 에고른의 말이 옳다고 생각하는 것 같았다.

레오는 잠시 생각에 잠겼다.

로엔, 그리고 마을의 여러 사람들, 자신의 고향이 약탈당할 것이다. 형의 유언으로 받은 영지이다. 발전을 시키겠다고 맹세까지 했다. 그래서 더욱 소중한 의미를 가진다.

영주로서 최고의 수치라고 할 수 있는 것이 바로 영지가 위험할 때 지키지 못하는 것이 아닌가?

하지만 타카 2세는 왕이다. 주군이다!

그 왕이 위기에 처해 있음을 알았을 때 레오는 그를 걱정하는 자신을 발견했다.

어렸을 때부터 받은 귀족과 기사로서의 교육은 바로 부친과 왕은 같은 존재라는 것이 아닌가? 그 가르침은 오랜 시간 레오의 마음에 잠들어 있다가 왕을 인정하는 순간 깨어났다.

타카 2세가 스팔시온 후작과 맞서던 레오를 감싸주는 판결을 내린 그 순간 레오는 그를 자신의 왕으로 인정했다. 그의 아래에서 영주로서, 신하로서 살기로 결정한 것이다.

경기장에서 그 결심은 충성의 맹세로 이어졌다. 난생처음으로 타인을 자신의 머리 위에 두었다.

그를 왕으로 인정한 순간부터 레오는 세상에 없는 아버지 구스타프의 자리에 타카 2세를 놓았는지도 모른다. 왕은 자신에게 강제로 명을 내릴 수 있는 유일한 존재로 인정한 그의 주군이다.

옆에서 보고 있던 발렌이 정중한 목소리로 물었다.

"어떻게 하시겠습니까?"

하나를 택하면 하나를 포기해야 한다.

고향이냐? 아니면 왕국이냐?

조카냐? 아니면 주군이냐?

가장 괴로운 결정이다. 하지만 그것을 결정할 사람은 바로 영주인 자신뿐이었다.

레오는 인상을 찡그렸다.

『흑사자』3권에 계속…